文化名家

说痴癖雅好

名家谭系列

杨耀文\选编

全国百佳出版社
中央编译出版社
CCTP Central Compilation & Translation Press

图书在版编目(CIP)数据

文化名家说痴癖雅好/杨耀文选编. —北京:
中央编译出版社,2011.4
(名家谭系列)
ISBN 978-7-5117-0806-9

Ⅰ.①文… Ⅱ.①杨… Ⅲ.①散文集-中国-当代 Ⅳ.①I267

中国版本图书馆 CIP 数据核字(2011)第 044669 号

文化名家说痴癖雅好

出版人	和　龑
责任编辑	杜永明
出版发行	中央编译出版社
地　　址	北京西城区车公庄大街乙 5 号(100044)
电　　话	(010)52612345(总编室) (010)52612341(编辑室) (010)66161011(团购部) (010)52612332(网络销售) (010)66130345(发行部) (010)66509618(读者服务部)
网　　址	www.cctpbook.com
经　　销	全国新华书店
印　　刷	中青印刷厂
开　　本	710mm×960mm　1/16
字　　数	270 千字
印　　张	17.5
版　　次	2011 年 9 月第 1 版第 1 次印刷
定　　价	32.00 元

本社常年法律顾问:北京大成律师事务所首席顾问律师　鲁哈达

写在前面的话

这是一本专说闲情雅玩的散文集。

本书精选了六十多位名家的散文作品，从各个方面畅谈那些关于痴玩、癖好的事。

我们可以在吴组缃的《谈癖》、周汝昌的《自家的癖性》等文章中，聆听名师大家们“谈痴说癖”；在周瘦鹃的《夏天的瓶供》、张中行的《砚田肥瘠》等文章中，鉴赏名家的“案头清供”；在钱歌川的《藏书与读书》、黄苗子的《藏书与藏书印》、周国平的《爱书家的乐趣》等文章里，领会大家名人“淘书品画”的心得；在冯骥才的《遛摊》、陆文夫的《得壶记趣》等文章中，领略文化名家们的“玩古趣记”。另外，还可以借老舍的《小动物们》、王蒙的《猫》、汪曾祺的《草木春秋》等散文名篇中，感悟名家对“草木鱼虫”的爱；在孙犁的《戏的梦》、叶广岑的《戏缘》、刘绍棠的《每日“堂会”》等文章中，领略名家“戏缘戏梦”；更有初国卿的《秋思莼鲈》、宗璞的《风庐茶事》等文章，可以让我们跟随名家们去“自怡自乐”。

让我们一起，品读这些散文名篇，领悟名家的闲情雅好，在忙碌的生活中，体会一段宁静、豁达的美好时光。

目 录
Contents

案头清供

淘书品画

花鸟虫鱼

戏梦戏缘

自怡自乐

谈痴说癖

林和靖妻梅子鹤，王羲之癖鹅，陶渊明癖菊，此不过有所喜爱而已；纵然也算是癖，无足奇者。史载温庭筠每吟咏，必八叉其手；陈后山作诗，先闭门酣卧。这就有点意思。

谈　癖

吴组缃

> 俞平伯先生酷喜昆曲，执教清华时，居南院，家中聘一笛师，每课毕及星期假日，则携一篮，中置笛子曲谱与水瓶茶杯之属，偕夫人公子暨笛师，到校后圆明园废墟中大吹大唱，往往流连终日。

人之癖，当无聊闲谈的时候，是个有趣的题目。

何谓癖？严格的定义倒似乎不容易下。通常大约是指某些不正常、没道理的习性而言。其形成，想多起于积习，慢慢发展而成心理甚至生理的病态。世上绝对无癖的人，恐怕不见得多。不过普通人的癖，或因司空见惯，人遂不觉，比如喜抠鼻孔，好抠脚丫之类；或因相习成风，积非成是，比如旧时代的人喜爱妇女小足之类。有一些癖，来得显著而又奇特，使别人惊诧，不能理解；他本人亦莫知其然，并且无可如何：这就应当归入怪癖一类。

有一位本家老哥，终天做一副怪脸：眼睛瞪着，鼻梁皱着，牙关撕开着，自鼻侧至嘴角，扯出两条很深的折痕。略如佛殿前四大金刚的面目。我初见他时，以为他本是这副面目。那知其实不然。有一时他忽然松开脸孔，怪相立刻不见，五官原来都很秀气。然此秀气的脸孔，只可于偶然的一刹那中见之，经常显现出来的，还是那副“金刚怒目”的怪相。此人甚怕我的父亲。父亲常叱骂他做此怪脸，他即努力要抹去脸上怪相，但极不易如愿，而且不能持久。我们有时嘲笑他，仿效他，他即生气。又有一位同学，当与他对坐谈笑，或并肩同行时，他常常突然一回头，自用其嘴咬一下肩膊，并发出一种怪声，如狗抢食时的叫声。此种怪动作，每日至少要做二三次，总把我吓了一跳。他即脸红耳赤，觉得极难为情。察其情，直有不能忍禁的苦处，像我们平常人打喷嚏或打嗝儿一样。有一年在津浦铁路上遇一旅客，此人与我同房。我看见他的脸上，眼睛，眉毛，鼻子，嘴唇，以至两边腮巴，每个部分，每块肌肉，无时无刻不在动着。各部分的动，有许多变化，或二至三个部分向同一方面动，或另以数部分作方向不同之动；或各部分轮流递换地动，或各部分同时一齐动。而且或努，或扭，或扯，或牵，或跳，方式种种不同，总使整个脸孔经常地保持在动的状态中。动到一种辰光，大约他自己也觉得难过或难为情了，就用手使劲在脸上摸一把，意欲使之不动。但无效果，不等他的手拿开，脸上各部又已开始动起来了。此人脾气甚大，见人偶有笑容，以为笑他，即怒目相视。但尽管怒视，他的脸还在动；见茶房露笑容，他必怒骂："王八旦，笑什么，没规矩!"但尽管怒骂，他的脸还是要动。车中无聊，有时我亦偷偷将脸面壁，而仿效其动。可是顾此失彼，不知所措。以视他脸上那动之匀称熟练与自然，怕练他十年也不会成功。

幼时家中有一常来的客人，此人有数怪癖。当他举碗喝茶时，他必先以左手食指入茶中，立时吓了一跳，连忙缩回手指，而后才若无其事的喝茶。当他睡觉时，解衣后于床沿坐定，忽然举起一足，把鞋子摔出很远，于是独脚跳着过去，套上那鞋子，重复回床坐定；再把另一脚上鞋子照样摔出，又照样跳着过去，把它穿上。如此表演毕，才若无其事的上床安寝。当他大解时，他搂起衣摆，走到厕上向坐处探头一看，而后吃一惊似的走回；再走去一看，重又走回。如此来往二三次，才若无其事的解开裤子，坐了上去。幼时顽皮好奇，因为素知他这些有趣的怪癖，到他睡觉或上厕所时，必从门缝中窥看。我看见当他这般表演时，他的脸色极是严肃认真，绝无一点开玩笑的样子，他喝茶时试之以手指，而又吓了一跳，表情亦是如此。而且每次必如此做一套。察其情似亦有不得已者。他的怪癖，不止这三种，据传说，他的太太就知道另有一种，可惜未闻其详。不过上述三种，都是我们大家所熟知亲见的。

以上所说，苟非亲眼看见，谁能置信？若说是因心理或生理的病态，毕竟是何病态？若说由于积习，又是怎么样养成的？其间必有一些复杂而微妙的原因，人莫能知。癖之怪而至于此，真是太没道理了。

一个人的生活过于窄狭单调与呆滞，最易使其习性作畸形之发展；一个人受压迫太甚或生活太悲苦，最易发生心理甚至生理的病态；旧时代妇女之有怪癖者特多，实非偶然。

曾见一婢女有偷食癖。做婢女的吃不着少爷小姐吃的好东西，因而偷了解馋，这本是有道理之至的事。但此婢女情形有不同者。她的老主人性格宽厚，少主人则力讲自由平等之道，他们待她实在很好（后来送她上学校读书，做了女学生）。每逢吃东西，必有她的一份。但是递给她时，她总不肯接受。她说："我不喜欢吃这个。"但背后她必想方设法，甚至冒甚大危险，偷食此拒而不要的东西。后来发现的次数多了，人人以为奇怪。一次同伴于闲谈时问她何必如此。她说："我自己也不知道为什么，心里总觉得偷的好吃些。"说此话时，愁眉苦脸，若不胜重忧者。又见一婢女有放火癖。她荷包里老藏着一盒火柴。当她到柴房取柴时，她即将柴草点燃，看着火烧大了，她又吓得大声呼救。早晨她在房中扫地，往往暗将帐子点燃，但随即以手乱扑，并且急得呼号。在避人耳目之时，她总要放火，而且总把自己吓得面无人色，以至哭叫。起初，人家不知道此即她自己干出来的事，于是疑神疑鬼，当是狐仙作祟，轰传远近。但日子一久，马脚渐露，终于把她拿住了。问她何以如此，她说不出道理。此女时十六七岁，聪明，伶俐，主人素来看重。说她出于顽皮无知，说她心里藏着什么怨恨，似都说不过去。

有一妇人吃饭，必须捧着碗，靠在门方上站着，才吃的下去，否则不能下咽。若参加宴席，她只能陪着坐坐，连筷子也不举。必待席散，她才到厨房里盛一碗饭，钳点菜堆在上面，慢慢的吃着，显得香甜无比。若出外赴席，亦必回家再吃。她发觉人家有意的看她吃饭，必羞得狼狈而逃。因此她躲到偏僻处的门上去吃的时候多。人家拿她取笑，她即说："各有各的脾气，少见多怪的！"此人婢女出身，后作主人的偏房，后又扶正。又一年老仆妇，经常以坐着打瞌盹，为正当的睡觉；除非重病不得已，从未上床躺着睡过。坐以打盹的地方，最好是门阶上，旧式床的脚踏上，否则短脚凳上亦可。坐高登难得佳眠，平躺着则不能合眼。又此妪喜食瘟猪肉及腐臭霉烂之菜，简直嗜之如命，若闻何处何家弃有死猪及腐烂败味不堪入口之菜，必跑去设法弄来，虽有要事在手亦丢开不顾。

在太太们，洁癖怕是最普通的癖。我的一位寡婶，除一贴身婢女外，不许任何人进她的卧房。即此婢女，亦须确有必要之事，始许脱去鞋子进去，立刻就须出来；闲常轻易不许入房，不脱鞋不许入房。人至其家，除递来的茶碗外，任何物件，即如桌子，凳子，门扇，墙壁之类，也最好不要随便用手去摸或动。她很爱我。一次她生病，叫我去给她看看；但我不肯脱鞋，结果竟蒙特许。此是除那婢女外，第一个人进她的房，而且是空前绝后的一次有人穿着鞋进她的房。又一新式太太，出身贵家，爱洁成癖。每日洗脸洗手，没个遍数；这不必细说。今举一事为例：一日，与其丈夫家人等闲坐谈笑，她的丈夫说了一句话调侃她。她即起立，一边娇嗔地说："我要打你！我要打你！"一边走入房中，以香皂洗手一次，走出来，在她丈夫身上轻轻拍了一下，再到房里以香皂洗手一次，而后始像做完一件大事，含笑归坐。

还有一位太太嫌恶许多东西，虽对并非不洁之物亦然。后来最使她嫌恶的是落下的毛发之类。若见地上或桌上有一根落下的头发，她即蹙额瞪眼，以手紧握其嘴，失声惊呼："啊哟不得了！一根头发！"其紧张之状，实已超过嫌恶，而类恐怖，这显然快成病狂了。

积习成癖，积癖而成病狂。习，癖，狂，原只是量的差别，其始似并无本质之不同。

按理说，小孩子年纪小，入世不深，不应该养成什么古怪的习性。可是据我的观察，小孩子也有小孩子的癖，他们缺乏理性，往往有些莫名其妙的喜好。喜好什么，而莫名其妙，亦是癖，至少类乎癖。

曾见许多小孩，当他们两三岁的时候，喜在地上抓鸡屎吃，喜在门窗器具上掠尘灰吃，亦有喜食泥土者。有一女孩喜吃干鸡屎，见则如得糖果，若有人拦阻她抓食，必号哭滚跌，与之拼命。又一小孩常瞒着大人，躲到人迹少至的阁楼上去吃灰尘。若被人发现，他即害羞而逃。我的一个侄女，幼时喜吃水烟袋烟杯中之所谓“烟屎”。每见大人吸水烟，必索其烟杯，到手，先以指头抠食，而后十分馋饕的置杯于口中舔吮之，吃的眉开眼笑。若要不到手，则撒赖拼命。平常欲止其啼哭，或欲其依从何事，亦唯有以给她脏烟杯子为条件，始能达到目的。这都是说的两三岁小孩子。还有一亲戚家之女孩，年已七八岁，喜食纸灰。平常吃的，是吸水烟用的纸捻儿上的烬灰，这不算奇。一次邻家有了丧事，俗例于钵中烧“纸钱”，以奠亡魂。此是大量的烧纸，有大量的纸灰。她即成天守着那钵子，大把大把地抓了吃，吃到咳呛流血，吓得哭起来，哭了一会，想想，还是不能忍禁，抓吃如故。其何以有此？想是生理上缺乏什么质素？怕也未必。今大人之嗜好烟草，已成一全世界普遍的风习。吸烟与吃灰，严格的，客观地说，有什么不同？人本有一些莫名其妙的事儿。

我的一个小孩今年算是六岁。此君颇有些有趣的癖。他常坐着出神，一个人说些莫名其妙的话。每天早晨在上马桶时，他独自坐着，眼睛看定一个地方，做着手势，说：“这边来了一只老鹰，哦，没有了！这边来了一只狐狸，哦，没有了！我拿石头打你！你不怕石头？搬飞机来摔你炸弹，看你怕不怕？”云云。不知他是对谁说话，又常喜弄点吃的东西，一个人躲到门角落里，以门将自己遮掩起来，有时于其中扮演数个人对话，有时不作声，也不吃东西，呆头呆脑的蹲着，久久不动。也不明白他想的些什么。我知道许多小孩有类似的癖性。我依稀记得我自己幼小时，亦喜如此，情形大致与我这个儿子相同。所以我对此孩的所为，颇了解与同情。但我已忘记自己当时毕竟是何心情。于是有人说，此孩此癖，是受的我遗传。有些癖性乃由遗传而来，恐怕不假。

总而言之，孩子们的癖似都无关系“积习”；与大人们的癖究竟不相同。

癖，是畸形的发展；做文人，据说须有天才，天才亦是畸形的发展。故若将此题目拿到文人身上，亦有不少可谈的。

林和靖妻梅子鹤，王羲之癖鹅，陶渊明癖菊，此不过有所喜爱而已；纵然也算是癖，无足奇者。史载温庭筠每吟咏，必八叉其手；陈后山作诗，先闭门酣卧。这就有点意思。德国哲学家康德氏，于其搁笔凝思时，恒注目窗外远处的一棵树梢，一日此树被伐，遂致文思枯索。英国文豪约翰生，每于深夜，踯躅街头，遇电杆则以拳击之；若身已走过，发现遗一电杆未击，必回身补击之。这也有趣的很。但此皆见于记载，何必谈它？我们还不如近处取材，谈谈当代的中国文人。

当代的中国文人之中，不佞只于几位新文艺作家有些所见所闻。诗人朱湘喜蓄长发及肩，状如古板书上所见披发行吟之屈大夫；后先生竟亦是投江而死，此亦大奇！又白采先生喜于案头置一极精巧之珠漆小棺，白莽先生喜以骷髅脑袋作书案小摆设。但此皆得之传闻，未知翔实。而今这几位也都亡故了。

俞平伯先生酷喜昆曲，执教清华时，居南院，家中聘一笛师，每课毕及星期假日，则携一篮，中置笛子曲谱与水瓶茶杯之属，偕夫人公子暨笛师，到校后圆明园废墟中大吹大唱，往往流连终日。夜间及风雨天，则于寓中行之；星期六之日虽至深夜，歌声笛声不止。又闻一多先生，自民二十前后亦任清华教授，喜穿“双梁鞋”“扎脚裤”；此时新士大夫阶层无论中装西装皆穿皮鞋西服裤，闻先生独保持民初服式，故显得古香古色，极为惹眼。我已快十年没看见俞、闻二先生，现在如何，不敢妄测。但若许我妄测的话，我敢说他们十分之九不会改变。

小说家张天翼住在南京他的令姊家里时，喜欢带点稿纸，跑到熟朋友住处去写文章。又有一奇习，就是喜欢用两个指头扯他的下嘴唇。在他写稿子凝思的时候，听人家谈话的时候，必将其下唇连连揉而扯之，愈想或听得入神，则愈扯得上劲。问他为何这样？他笑而不答。后来我查明白了。此习之起，是因为他的下唇的里面破了一块皮，破处结疤，他即揪着嘴唇，将此疤于牙齿上面揉破之，等到再结为疤，再揉破之。随破随结，随结随揉。积日既久，疤上加疤，遂致长成肉茧。若不揉扯它，就有些难过；若是揉扯它，则颇有趣味。——是这个道理。但是当初既已结疤，又将它揉破做什么？这却没道理可说。杂文作家魏猛克喜躺着看书，同时脱了袜子，自搔其脚丫，及倦而抛书，则将其臭袜子夹入书中，以作书签；及起而整装，则另取一双袜子穿之；及再躺下看书，随手另拿一册，看了一会，又以刚自脚上脱下之袜夹入之。故其床头抛乱的书中多夹着此种奇妙的书签。

我结识老舍先生暨何容先生亦已多年。二位先生皆正正常常，合情合理，想发现他们什么特殊习性，简直无懈可击。近年过从较密，竟被我“把握”到一些。原来何容先生睡觉喜以被蒙头，如小孩子听了鬼故事之后睡觉者然。又酒后话多，说来说去，反复无已，只是那一句。但此一句必是参透世情，至警至辟之语。老舍先生除每晨必打一套太击拳外，于写稿停笔时必以骨牌“打通关”，以养精神，以助文思。其骨牌置于床上；写了一会，遇着问题，即离开桌子，坐到床沿上，打一会通关。问题有了办法，立刻丢开骨牌，继续伏案去写，不管通关有没有打通。又嗜食苦瓜。他到敝寓串门儿，自己买了苦瓜带来，托为炒菜佐餐。问是否须放水中漂一漂，漂去它一点苦味。先生乃大惊诧：“就是要吃那个苦味儿!”我试吃了一筷子，其苦赛过奎宁，不禁连刮舌头。

或说，这里所谈的，有些无非是小小的习嗜而已，多还算不得癖，至少不奇不怪。这是可以说的。但也要看发展下去不。比如何容先生，倘若将来在炎天暑热时候，也要弄床棉被蒙着头始能睡觉；比如老舍老先生，将来若从苦瓜中提炼出精或粉，以瓶装着随身带着，吃饭时必须于菜及汤中搁它一勺，如平常之放盐放油或放味精味素者然：这时请问以为何如呢？

书痴

黄裳

> “饥读之以当肉，寒读之以当裘。孤寂而读之以当友朋，幽忧而读之以当金石琴瑟也。”这个著名的声明，出之诗人之口，很有点浪漫主义的味道。

看题目，这好像是从《聊斋志异》上抄了来的。一个年青的读书人废寝忘食地在书斋里读书，半夜里，一张少女漂亮的脸在窗外出现了……后来，自然要有一段曲折、甜蜜的恋爱生活，然后，书生得到少女的帮助，终于考中了状元，做了大官……

自然，这不过是说笑话。蒲松龄的思想境界是不至如此低下的。但在风起云涌继《聊斋志异》而出现的什么《夜谈随录》、《夜雨秋灯录》之类的作品里，这样的故事就不只是可能而且是必然要出现的了。在那样的社会里，“书中自有黄金屋，书中自有颜如玉，书中自有千钟粟……”的“美妙”幻想，在读书人的头脑里，简直是独霸着的，这就使他们不能不整天价做着此类的白日好梦，也自然要进而写进他们的创作中间。

不过关于读书人真实的并非捏造的故事，也是有的。如果图便捷，不想翻检许多书本，我想，叶昌炽的《藏书纪事诗》是可以看看的。

叶昌炽辛苦地从大量原始记录中搜罗了丰富的材料，依时代次序，把许多著名藏书家的故事编缀在一起，是煞费苦心的。他的书在这一领域不愧是“开山之作”，过去还没有谁就此进行过系统的研究。

叶昌炽的书另一值得佩服的特点是，他在取材时尽量选取的是那种“非功利性”的读书人的故事，因而也较少封建气息的污染。当然这也只能是相对而言。和“为艺术而艺术”一样，百分之百的“为读书而读书”是不存在的。读书，无论在什么时代，总都有他的目的性。但取舍之间，不同作者的眼光是大不相同的。我想这和叶昌炽自己就是一个生性恬淡，习惯于寂寞的研究，因而热爱书本的书呆子不无关系。

如果想探索一下，是什么促使人们热爱书本，那原因看来也只能归结为强烈的求知欲。司马光是爱书的，他所藏的万余卷文史书籍，虽然天天翻阅，几十年后依然还像“新若手未触者”一样。他对自己的儿子说过，“贾竖藏货贝，儒家惟此耳”。这是很坦率的话。书是知识分子的吃饭家伙，是不能不予以重视的。这里我把“儒家”译为知识分子，和“四人帮”的论客的解释是不同的。虽然在政治上司马光和王安石是对立的，但他这里所谓“儒家”看来也只是封建社会读书人的泛称，并没有什么格外的“深意”。

司马光自然并不是“为读书而读书”的人，他编写《通鉴》的目的是为了“资治”，一点都不含糊。他的得力助手刘恕也是一位藏书家，他受司马光的委托，经常走几百里路访问藏书家，阅读抄写。一次，他到宋次道家看书，主人殷勤招待。刘恕却说，“此非吾所为来也。殊费吾事”，“悉去之，独闭阁昼夜口诵手抄，留旬日，尽其书而去，目为之翳”。

也是宋代的著名诗人尤袤，则公然声明他的藏书的目的是：“饥读之以当肉，寒读之以当裘。孤寂而读之以当友朋，幽忧而读之以当金石琴瑟也。”这个著名的声明，出之诗人之口，很有点浪漫主义的味道。他是道出了“为读书而读书”的真意的。近代著名学人章钰为自己的书斋取名“四当斋”，就是出典于此。

书籍是传播知识的工具，在知识还是私有的时候，知识分子对书的争夺是不可避免的。于是有许多见不得人的勾当干出来了。有一些还被传为“美谈”，其实正是丑史。过去的藏书家喜欢在自己的藏书上加印。除了名号之外，也还有一种“闲章”，有时要长达数十百字，就等于一通宣言。从这些印章中，很可以窥见藏书家的心思。

陈仲鱼有一方白文印，“得此书，费辛苦。后之人，其鉴我”。这是很有名的印记，读了使人有一种无可奈何的印象，觉得陈仲鱼是挺可怜的。他这里所说的后人，并非指自己的子孙，而是后来得到他所藏书籍的人。在这一点上，他还是明智的，比有些人要高明得多。风溪陶崇质“南村草堂”藏书，每每钤一楷书长印，文云：“赵文敏公书跋云：‘聚书藏书，良匪易事。善观书者，澄神端虑，净几焚香。勿卷脑，勿折角，勿以爪侵字，勿以唾揭幅，勿以作枕，勿以夹策。随开随掩，随损随修。后之得吾书者，并奉赠此法。’陶松谷录。”这也是很通脱的。爱书，但私有观念并不怎样浓重，是很难得的。明代著名藏书家、澹生堂主人祁承㸁的印记则说：“澹生堂中储经籍，主人手校无朝夕。读之欣然忘饮食，典衣市书恒不给。后人但念阿翁癖，子孙益之守弗失。”则已明显地露出了贪惜之念，而且要向子孙乞怜，把希望寄托在他们身上，结果当然是失望。祁家的藏书后来被黄梨洲、吕晚村大捆地买去，吕还为此作了两首诗，其一云：“阿翁铭识墨犹新，大担论斤换直银。说与痴儿休笑倒，难寻几世好书人。”说了一通风凉话，却料不到他自己连同所藏书籍的命运比祁氏还要来得悲惨。

清末浙东汤氏藏书也有一方大印，“见即买，有必借，窘尽卖。高阁勤晒，国粹公器勿污坏”。说得更是开脱，而且毫不讳言，必要的时候尽可卖掉。这就分明可以看出，到了封建社会的晚期，“子孙世守”那样的观念已经日趋淡薄，而书籍作为商品，在读书人心目中的地位也已大大改变了。

但在明代或更早，这种通脱的意见是难以遇见的。著名的天一阁，就历世相传着极严格的封建族规。藏书应怎样保管，要经过怎样烦难的手续才能看书……都规定得十分明确。有清一代，有许多著名的学者想登阁观书都被回绝，这样的纪事是很多的。约略与范钦同时的苏州著名藏书家钱谷有一方印记则说：“卖衣买书志亦迂，爱护不异随侯珠。有假不返遭神诛，子孙鬻之何其愚。”就大有咬牙切齿之意。钱叔宝是一位贫老的布衣，也是真正爱书、懂得读书的人，他的这种愤激的言辞是可以理解的。说得更为可怕的是明末清初宁波的万贞一（言），他是万斯同的侄辈。我买到他的藏书，读到他手钤的藏印时，是吃了一惊的。他说：“吾存宁可食吾肉，吾亡宁可发吾椁。子子孙孙永勿鬻，熟此自可供饘粥。”在我浅薄的见闻中，像这样说得斩钉截铁、血肉淋漓的可再也没有了。

为了保护藏书，一方面是训斥子孙，另一面则是威胁买主。可以作为代表的是另一方大印，不过已说不清是否是钱叔宝的手笔了。“赵文敏公书卷末云：吾家业儒，辛勤置书。以遗子孙，其志何如。后人不读，将至于鬻。颓其家声，不如禽犊。苟归他室，当念斯言。取非其有，无宁舍旃！”

话虽如此，有些人肚里明白，他们寄以殷切期望的孝子贤孙往往是靠不住的。明代的杨仪吉年老时就将所藏书散给了亲戚、故旧，同时还恨恨地声明：“令荡子爨妇无复着手，亦一道也。”他大概看够了官僚地主家庭子孙“不肖”的实例，才想出了这一条计。他是隐约地看出了“君子之泽，五世而斩”的规律的，自然并不明白那原因。

以上通过几方藏书图记，约略勾画了藏书家愉快、痛苦交错的矛盾心情。这些位，如称之为“书痴”，大概是并无不合的。当然具有较为高明的识见者也不是没有。明末的姚叔祥就说过“盖知以秘惜为藏，不知以传布同好为藏耳”这样的话，是很有见地的。可惜的是并不多见。

“嗜书好货，同为一贪。”这是并非藏书家的极平凡的常识性见解，恐怕事实也确是如此。旧记中常常有人们千方百计搜求书籍的故事，有些自然是使人佩服的，有的就难说。比如朱彝尊买通了钱遵王的书童，把《读书敏求记》的手稿偷出来传抄，就被当作“佳话”写入了序文。这其实就是孔乙己著名的自我辩护的蓝本。“佳话”与“笑柄”的区别，完全以是否“名人”为准，事物的本质往往是被忽略了的。在阶级社会里，人们的行动是不能不受社会阶级地位的制约的。孔乙己如果没有落魄，或有朝一日又阔了起来，他就会使出不同的手段来抢，人们也不但不敢笑，而且还要眼睛望着地面了的。

关于《清明上河图》或“一捧雪”的故事，人们是熟知的。因为有戏曲和小说的宣传。严嵩、世蕃父子的收藏，详细记录在《天水冰山录》里的，恐怕无一不是用同样手段取得的，但很少有人知道，严家父子的前辈，秦桧父子早已玩过同样的花样了。

陆游《老学庵笔记》记：“王性之（名铚，是作《挥麈录》的王明清的父亲）既卒，秦熺方恃其父，气焰熏灼。手书移郡，将欲取其所藏书，且许以官。其长子仲信名廉清，苦学有守，号泣拒之曰：‘愿守此书以死，不愿官也。’郡将以祸福诱胁，皆不听。熺亦不能夺而止。”这是八百多年以前的故事，但今天听来也还面熟得很。同时还不能不叹息古人到底“淳厚”，王廉清顶了一下，秦熺也就算了。如果换了陈伯达或那个“顾问”，你顶一下看，谁都知道那后果是什么。

中国历代皇帝有一种高妙的创造发明，好像一直不曾引起过怎样的注意。那就是“抄家”。一个奴才，受到主子的宠信，逐渐爬起来了，一路上贪污、受贿，巧取、豪夺，终于积累了一大笔家私。到了一定的时机，皇帝就将面孔一板，抄家问罪。既平了“民愤”，皇帝自己也在“山呼万岁”声中写写意意地将贪官的辛勤集聚搬到内库里来。这实在是极为巧妙的一举两得的方法，比起自己出面接受“孝敬”要干净得多也省力得多。因此一代代继承下来照办无误，不过一直心照不宣，也从不写进什么总结里去。到了十年浩劫之时，“四人帮”之流就全盘继承了这个办法，并加以发展、提高。原来只限于几个贪官的，现在就推广到全民中去。原来的口号是惩治贪污，现在就改为破除“四旧”。在深度、广度的变化上，都不能不说是受了清代文字狱的启示。一切书籍、文物、艺术品……只要用“四旧”的尺子一量，就再也没有地缝可钻，一古脑儿被抄了去了。

奇怪的是，当时作为“罪证”的“四旧”，今天在许多人的眼睛里又有了完全不同的意义。当党和政府三令五申、拨乱反正，责成清理发还时，有的人就很不愿意。在他们看来，“四人帮”的反革命掠夺，在理论上是非法的，在实际上却是一种“成果”。

我不敢确说这样的思想状况有多少普遍性。因为即使抱有这种想法的人大抵也不肯坦白表示，他们嘴里说的往往倒是更为动听的词句。不过从具体的现象中可以知道它是确实存在的。我自己的几本破书被“四人帮”的爪牙抄去，已近八年。有些书就放在上海图书馆里，我也早就看到了那详目，知道是完整地保存着的。可是至今也还没有发还的讯息。偶尔去打听一下，就会听到全套公文程式的答复。最后这种繁复的套话浓缩成一句，是“尚未清理完毕”，而且已经重复了若干次了。真是奇怪，难道那几本书就一直是点不清楚的么？

一九七九年十二月二十日

书癖

冯亦代

> 我站在昏暗的店堂里读了十多页，简直爱不释手，碰巧身边带的钱不够买这套书，而原主又不许书店削价出售，只得怏怏而回。第二天再去看时，则已经为他人所得了，心里的懊丧简直无法描述。

不知什么时候起，我变成了个爱书成癖的人，只要闻到新书里散发出一阵纸张与油墨的扑鼻清香，我便欣喜若狂，不啻是嗅着一捧鲜花。即使在旧书店里，屋底里透出阵阵霉味，但只要我打开书叶，也是可以闻到旧书所特有的气味来的。这一种爱书的怪癖，我不知别的爱藏书的人有否同感，也许只是我特有的吧！

爱书必须逛书店，首先是爱逛书店，才能养成爱书之癖。我一生第一次踏入书店的经过，却不是个愉快的回忆。那时我不过七八岁，有位同学的父亲在商务印书馆杭州分店做事，分店开在清和坊，离我家还有一大段路，但是那位比我大两岁的同学带我去了。一走进这书店，门后四壁都是玻璃书橱，竖摆着一本本的书。店堂里进除了有一列算账的柜台外，便是店堂中央有四张玻璃桌面的桌子，桌面下平摆着一摞摞的书。初进去时看见同学的父亲不免有些羞涩，但过不久，便为书橱里陈列的童话书所吸引了。有如入宝山而见宝藏，我一本本翻看起来，竟不知时之云暮。倒是同学的父亲催我快回家，怕家中人着急，而且还亲自派学徒陪着我，走到我家的街口。

我事先并未告诉家里要去书店，怕告诉了大人不让我去。如今放学后多时不归，祖母大不放心，先是以为我被老师留校了，后来派我奶妈去学校找不到我，全家就着急起来。正在祖母牵肠挂肚的时候，我却突然回家了。祖母是既高兴又生气。高兴的是我终于站在她的面前了，生气的则是我居然敢事先在家里不作一声，而和同学跑到老远的清和坊去。祖母倒拿着鸡毛掸子要打我，我便在八仙桌周围，和她转起磨来。她当然没有我跑得快，所以鸡毛掸子只在桌面上敲出声音，而打不到我身上。我起初害怕祖母真的打我，便又喊又叫；后来祖母也追我追得累了，便坐了下来。我停止了叫喊，却看见祖母端坐在圆椅上，竟然老泪纵横。这一下我知道自己闯了大祸。只见祖母一面抽抽搭搭，一面数落我说，如果我妈在世，她才不操这番心，只因为我妈早死，才使她到老还要管一个孩子，惟恐有所闪失。我便昵在她身上，说以后一定听她的话，不叫她生气。这才使她破涕为笑。一场风波就此了结，可是以后我也别再想到商务印书馆去了。不过我心心念念是那几本童话书，终究还是祖母差了我的大表哥给我去买回家来。

我再进书店门时已有十一二岁了。离我家不远的保佑坊开了一家新书店，叫光华书局。开幕日我的一个同学便带我去了。这里面卖的都是新文艺和新社会科学的书籍。我想我之日后爱书成癖，与这家书店不无关系。我在这里买到了郭沫若、郁达夫的书，以后又买到鲁迅、茅盾、巴金的著作。我当时的头脑正如一块会吸水的海绵，这几位大师的著作，滋润了我的心田。我不但读他们的书，而且从他们那儿学会了写作。当时就说是写作，不免有些夸大，事实上，不过是涂几笔而已。写了东西便向报纸投稿，也居然受到杭州《民生报》编辑的青睐，不但采用了我的稿件，而且还约我到报馆见面，从此有一个时期我便成了他的小助手。这位编辑名张人权，他不但教我编报画版样，而且教我读书。他是念法语的，对法国文学有研究，中国最早出版法国都德的《磨坊文札》就是他译的。

跑书店竟使我日后成了一位弄笔头的人，实非我始料所及。不过因为弄笔头，就更增加了我对书的兴趣。杭州的湖滨路有三两家旧书店，我于跑光华书局之余，又去跑这几家旧书店了。记得首次使我去旧书店的，是郁达夫先生写的小说《采石矶》，我读了之后，深为清诗人黄仲则的身世所感动，便想一读他的《两当轩集》。我在旧书店居然找到了这部木刻的集子，买回家来念了，不时为他一掬同情之泪。这部诗集我一直自上海带到香港，从香港带到重庆，又从重庆带到上海。最后则随我到了北京。一直到"文革"初期，始作为四旧"呈缴"给当时的"英雄好汉"们。

跑旧书店使我有机会遇见了郁达夫先生，他那时常来杭州，一来必到旧书店。那天我和一个同学在书店漫游书城，他是达夫先生的亲戚，因此介绍认识了。我记得那天达夫先生还请我们到陈正和酒店喝老酒，听他大谈黄仲则，他是非常喜欢黄仲则的，每每以黄仲则自况。

到上海读书以后，星期六或星期日有暇，也常到法租界一家西文旧书店去跑跑。那时使我看入迷的是一本美国白耐特·塞夫谈外国藏书故事的书。过去我对国外的藏书一无所知，读了这本书，才知道他们藏书也是十分讲究版本的。这本书是美国《现代文库》中的一本，一九八〇年秋我访美时也去跑了几次哥伦比亚大学附近的旧书店，遍访此书不得，只买了一本琪屈罗·斯坦因的选集。这几家旧书店真是旧书店，店面既破败，藏书亦很杂乱。十月的天气，纽约还不凉快，钻在旧书堆里密不通风，竟使我挤出一身汗来。但我以获得一本斯坦因的选集而喜不自胜。她虽然是二十年代的人物，而且开创了美国一代文风，但曾几何时，在美国似乎是早被遗忘了的人。"文章千古事"，在美国不过是夏日雨后的长虹，虽然光彩夺目，亦不过刹那间事耳。

上海被日寇侵占后，我南行避地到香港。香港也有几家书店，大都是出售英美新书的，但偶尔也杂有几本旧书和过期的杂志。当时我和徐迟、杨刚、乔冠华等经常去盘桓的，是设在摆花街的李全记书店。海明威写西班牙内战时马德里却柯特酒店所发生的三个故事，我便是在这里买到的旧《老爷》杂志中发现的。这三个故事竟成了我步入翻译界的敲门砖，实非始料所及。日后读到海明威的《（第五纵队）与最初四十九个短篇小说集》，已是在八十年代了。这本书在纽约的旧书店里也没有买到，东道主美国哥伦比亚大学翻译中心的诗人白英说可以复印一本，也因页数过多未成事实。倒是最近在老友徐成时处看到他收藏的一本，不免又引起我的怪癖来了。成时乃以此书作赠，对于我来说这岂是一书之赠，这里面包含着成全一个人的盛意在内，所以我也不以言谢，只是怀着感激的心情接受了。

我到重庆时已是一九四一年，重庆早已被炸成一堆瓦砾。除了几家大银行商号之外，城里多的是饭馆小吃店，只是在两路口有一二家旧书铺。到一九四二年，日寇的轰炸大为减少，雾季时竟可成月不闻警报声，我出城有便时就去浏览一番。有次吴宓先生到重庆，我有个朋友是他的学生，常和我谈起吴先生的诗词。一天，我偶尔在旧书店里买到了他的诗集，厚厚的十六开一大册，以后几年中我经常翻读，我觉得他的诗自有一种空灵的气氛。另外买到的两部书，也是非初意所想到的。一本是 D. H. 劳伦斯的《恰特里夫人的情人》，还是翻印本。这本书在英美当时都是禁止出售的，但中国的书商将该书翻印了。在大学时我曾经托一位在清华大学念书的同学买到，但以后大家传阅，再不能有物归原主的机会。这次我遇到了这本旧书，缅想在烽火中不知流亡到何处的赠书人，为之悒悒不乐者久之。另一本则是英国法兰克·海里斯的《我的生活与爱情》。如照金圣叹的标准，这是本奇书。因为海里斯在这本书里，上至英法政治人物，下至市井鸨妓，无一不包罗在内。对于邱吉尔他倍加称颂，对于萧伯纳则刻意调笑。特别是英文之漂亮，自成一家，令人叹为观止。

有次在一家旧书店里看到一套十五本的法国普鲁斯特的《追忆似水年华》，是英译的，可惜我现在把这位翻译者的姓名忘掉了。这套书原主人因有急用而在旧书店里寄售，我站在昏暗的店堂里读了十多页，简直爱不释手，碰巧身边带的钱不够买这套书，而原主又不许书店削价出售，只得怏怏而回。第二天再去看时，则已经为他人所得了，心里的懊丧简直无法描述。就在这天晚上，故友顾梁背着一大布包书来了，说是专门买了送给我的。打开包袱一看，则从我手底下漏去的《追忆似水年华》赫然出现眼前，我那个高兴劲儿也是无法描述的。这套小说随我自重庆到了上海，又北行到北京，可是卷帙浩繁，却使我不能读毕全书。五十年代初，我把它和其他的爱书，送给了外文出版社（外文局前身）的图书室。经过十年动乱，不知这套书是个什么下场，我不敢去问，惟恐听的是不好的消息。

抗战后回到上海，那时我正热衷于电影，便把上海所有新旧谈电影技术及艺术的英文书，都收集到了。后来陈鲤庭和何为等办电影文学所，我便全部赠送给他们。据鲤庭说这些书在“文革”中，也全部散失了。这里面有些书当时即已绝版，今天再要搜罗，显然已成难事，惜哉！

我的书癖大概在五十年代初叶，达到登峰造极；因为解放后出版事业蓬勃发达，许多书如《鲁迅日记》的影印本以及郭沫若、茅盾、巴金、老舍的文集都相继出版，使我可以闲坐书城，摩挲观赏，亦人生一大乐事。但好景不常，奇祸迭降。为了儿女衣食，不得不将这些伴我岁月的典籍，尽行出售。另外则还有一种心情，觉得文章误我，今后再不作这种生活了，就此卷铺盖上干校去也。

不想我这甘心在干校落户一辈子的信念，在一九七二年十一月忽然奉“令”改变了，于是又卷铺盖回到北京。夫妻重逢，首先谈到生活，不愿月圆人寿，但愿多有时间读读想读的书，以了宿愿。于是原来已经放在厨房使用的书架，亦重新升格，回到居室为藏书之用，不再每日与油盐酱醋为伍了。我又能重亲新印书刊的纸墨清香，其乐也陶陶。

但是事物的发展，总不会好的常好，坏的常坏。正在我们离休之后，认为今后可以多得时间，亲炙楮墨的时候，本本买来的或送来的书刊竟占领了我们的整个居室，屋内四壁，床前床尾，堆的除了书刊还是书刊。每年底整理刊物时，老夫老妻间总有一番争执，有的她说可送废品站，而我不肯，有的我说可以烧火，她又舍不得。正是弄得身外无长物，唯积书盈室而已。

最近一对年轻夫妇到我家来做客，回去后称颂我室内既无组合家具，亦无华贵壁饰，所见者，就是到处都堆着的书刊，确实我们并不以此为辱，反而以此为荣。世上哪有比书籍更为温馨可爱的东西！在我看来，这比全套罗马尼亚沙发，或是一台夏普彩电还要贵重得多。

友人说我是个有书癖的人，自己想想这个头衔加给我可说是对我的知心话。什么东西都可以今日占有明天失去，惟有从书里发出的思想，却永远盘踞在你的脑海里，不作转蓬之客，这些思想有的可以引起争辩，有的又使人感到妥帖；有的可以兴起怒潮，有的又可以平静如镜。嬉笑怒骂，皆是文章，而尽收眼底，实人生一大享受！所以即使我在物质生活上，习于陋居，而在精神上，我却宁愿弃亿万富翁而不为。大概人云曰痴，痴就痴在这儿；而痴自何来，舍癖又安能期于其他。

这些也许正是使我有了书癖的道理，但是我宁愿有此癖而不悔，不愿人视我为白丁耳。

一九八五年十二月十日

自家的癖性

周汝昌

民间巧手，用秫秸棍儿扎成一座楼阁，糊以白纸，中燃红蜡，火气上冲纸轮就能旋转起来——周围系着纸剪的“皮影”人子，男女文武，影映纸上，宛如相逐而行。小时面对此景，真如人间天上，神往意迷！

文人情趣，也是个大家喜欢的话题。其所以如此，或缘好奇探“秘”，或欲“求其友声”，也种种不一。这方面我倒不是不想谈一谈，但总嘀咕——先得够个文人，才有资格谈自己的情趣，而文人者，并非与一般知识分子乃至作家之群是同义词的，自己原不够个文人，又何必妄谈情趣？因此久未落笔。

友人有善诙谐者，向我说道，你就作为一名“准文人”、“候补文人”甚至“冒牌文人”也好，何必认真“鉴定”？就来谈谈嘛。经他一鼓舞，我的勇气果然“大幅度增升”了。

我这人兴趣广，嗜好杂，条理乱，不谈时倒不以为意，一谈时方知大不简单。虽不比“一部二十四史”，却也不知从何说起才是。

古文人似乎离不开琴棋书画，被人视为雅事，但雅过了分儿，已变为“俗套”了，一提起真觉太“酸”。我看还不如书剑二事，就无那段俗气味儿。老杜的名句“检书烧烛短，看剑引杯长”，真写得好！又古时书生，常说是“书剑飘零”——就是飘零也显得那么风流潇洒，定非俗物。

因此，窃慕于剑。我买了三把，一是龙泉的，木鞘，黄铜凿花护饰，钢与木皆本色，不电镀，不抹漆，不贼光刺目，我心甚喜。挂在墙上，大红丝穗子，那斜悬的剑姿，启人美感。有时抽出剑来舞上几下

——“自造”的“剑法”，取其“意思到了”。比如陶元亮的琴，不张弦，不也是“意思到了”？又何必学会一套“青萍剑”呢？

提起琴，我与古琴、瑟、筝等无缘，交游名家室中常见，但未触过一下。而凡是“今”世（指我少年时）的“俗乐”，不拘弹拉吹敲，几乎所有民族乐器都弄过，丝竹二大类，只管子不能，因无那一段充沛惊人的气力。京剧的文场武场也都乱来不惧。还有津门特有的法鼓——大鼓、铙、钹、铛、镲为“五音”，都很“拿手”。我酷爱京、昆剧及大鼓曲艺，京剧还粉墨登场过，演《春秋配》、《玉堂春》、《虹霓关》的小生。

耳朵一坏，这一切都绝了缘。似乎老天不愿我那么胡闹，将我“改造”成一个“内向”、“面壁”的书呆子。

我从未落一个笨的称号，平生在学总是“名列前茅”、“鳌头独占”的，小时颖慧，“过目不忘”是丝毫不掺假的——可就有一样极拙极笨：不会下棋。走象棋，“马日相田”是懂的，但总难制敌取胜。不知为何，对这样去“钩心斗角”的耗费神思，觉得了无意味，只得敬而远之。

书画自幼皆喜涉笔，但不成“气候”，也都荒废放弃了。

——那剩下的还有什么吗？

答曰：有，不但有，还是不少。我酷爱民间工艺，过年过节的，孩童得以为宝的，我也喜而宝之。我这人有点儿怪，不喜欢“高档”“精品”，职业工厂“生产”的那种“宫廷摆设”，有钱也不想买，莫说无钱了。那种东西工虽精细，可是越细味道越薄，全无魅力引动我。而民间的手工艺，泥垛的，纸糊的，其味无穷，可爱之至。旧时的年节庙会，棚摊路摆，人人买得起。可惜，这种宝物已很难见到了，每逢节日，总想寻个赏心悦意的小玩意儿——总是失望而归。心中有一段难言的惆怅之感。

我特别喜爱红烛、纸灯这种“过年”的东西。不用往远说，五六十年代北京街头，腊月底就有挑担子卖红灯的，秫秸细篾片圈成的八棱灯骨架，油得半透明的大红纸糊得挺挺的，在阳光下发出喜庆的光彩。白日买一个提着回家，路上引得小孩童张大了眼，投以惊羡的目光。夜里点上，那微微晃动的内蕴而外溢的红光，真是一种人创的仙境。小孩们若打着红灯在院里走，远远地看去，美极了！

它和电灯的光亮、气氛、境界，是如此地不同。其理何在？愧非科学美学家，不能自问自解。

还有走马灯，迷人极了。民间巧手，用秫秸棍儿扎成一座楼阁，糊以白纸，中燃红蜡，火气上冲纸轮就能旋转起来——周围系着纸剪的“皮影”人子，男女文武，影映纸上，宛如相逐而行。小时面对此景，真如人间天上，神往意迷！

但是不知为何，这也再难享受了，好像绝了迹。有一年鼓楼举办灯会，过元宵节，报上宣传，我特意赶去——一见之下，原来尽是些小电灯泡的玩艺，用返光刺目的人造绸绢之类制的，一个转盘，坐立几个绢人子，单摆浮搁，了无意蕴，但见电流通时，盘子转动，几个呆板的绢人就那么毫无意味地兜起圈子。我感到索然兴尽，后悔为这个挤车奔波一大阵子。以后也再没有看过。

在海外逛商店时，看见那琳琅满目的形形色色的蜡烛。他们吃晚饭，故意去电灯而点彩烛。圣诞节的烛光炫影，更不可或少。这不禁又使我十分困惑：西方是电的世界，可是蜡烛仍然魅力未减。在北京，我想买支红烛点点，领略一丝诗词中引人入画的“绛蜡”、“兰膏”、“蜜炬”的意味，却无觅处。

此仅一例，已写了这么长，看来谈情趣也很麻烦，何况再论文人乎？

我没有什么怪癖

钱歌川

> 买书确是我的一种癖好。无论走到哪里，只要见着有书店，我就要进去逛一下，一走进了书店，就不愿出来，常要倾囊而后已。

《论语》的编者来函，说要出一个癖好专号，要我写一点关于个人的癖好，去凑凑热闹。在征文小启上，特别声明，不要皱眉苦思，矫揉造作，而要实事求是，信手拈来。这原不是一个难题，因为癖好人人都有，只消把自己的癖好写出来，便可缴卷，无奈我的情形却有些特殊，所以写起来，也就有点为难。

我的意思并不是说，我没有癖好，无法写这种文章，而是我的癖好太多了，要写出来，真不知从何下笔。当然，我也并不是一个无所不好的人，比方中国人大都癖好的麻将，我就宁肯独坐抽烟决不上桌。沾了点洋气的新人物，差不多都喜欢跳舞，我却未尝跟狐狸学步，而始终故步自封。下海货腰者既不能赚到我的钱，就是那些倚门卖笑者，也不能诱我升堂入奥，因为我是没有挟邪之癖的。

既不嫖，又不赌，我到底有些什么癖好呢？烟茶是敬客的第一着，算不了什么，何况我抽烟，只求其烧得出烟，无论纸烟、雪茄、烟斗都可，喝茶只求其润喉止渴，有茶喝茶，无茶喝水，从不计较。酒也只偶有客来，或应酬席间，随便喝几杯，并非三餐非有不可。有这三种嗜好的人，尝将它们比作三个儿女，其消费之巨，也就委实可观。

在衣食住三者之中，我不好吃，也不爱穿，在可能范围内，只希望住的地方舒适一点而已。这也说不上是癖好，因为有固然好，没有也并不觉痛苦，在战前是住的三层楼的洋房，到了现在战后，一家人挤在一间中国式的陋室里，也就过了。

说到战争，把我许多癖好都取消了。我少年时代每天跟着一些骚人墨客来往，于是嗜好也就转向那方面去。我临写碑帖，琢刻图章，又常吟风弄月，赏玩字画，但历年所有的成绩和收藏，都被战争所摧毁，现在连刻图章的工具都没有了。

后来负笈出洋，便染上了集邮和照相的癖好。同时又爱搜集西洋名画的印刷品。以照相而论，尝为取景煞费苦心；照完回家，即入暗室冲洗，马上用酒精把底片弄好，再入暗室印出来。如果结果觉得不满意的话，又要立刻再跑出去重新拍摄，回来再度洗印，从不惮烦。现在物价高涨，不仅不能那样大张放大，就是一张底片分作两张照都玩不起了。

过去搜集的邮票和画片，被日本兵抢去，也就无意重新再来搜集了。在劫余所存在的，就是我的藏书。

买书确是我的一种癖好。无论走到哪里，只要见着有书店，我就要进去逛一下，一走进了书店，就不愿出来，常要倾囊而后已。从前在日本读书的时候，最爱去的地方，就是旧书店，日本人常要把新书买来，很爱惜地读完，随即再卖出给旧书店，所以我们可以用较低廉的价钱，在旧书店买到一点污损也没有的新刊书，至于许多绝版书，尤其非经常跑旧书店无法购得。有时遇到一本好书，而能先人一着发现把它买回，把玩不忍释手，那时便有人间无比的快乐。如果发现某家有本什么我多年求之不得的逸品，而怀中又无充分的财力，可即把它据为己有，便要先把它藏在不打眼之处，回家典当衣物，想尽办法都要去买回来，若不幸被人捷足先得，我就要懊恼好几天，郁郁不乐，甚至陷于食无味、寝不安的境地。好书不见犹可，既见却又不能买回，真是人间一件最难受不过的事。

我家无恒产，而又好书成癖，因此不免常要望洋兴叹，痛苦不堪。古今中外的好书，汗牛充栋，而我的趣味，又偏偏那么广泛，线装书内容有经史子集，版本有宋元明清，已经够我买了。再加上外国书，日、英、法文的书，凡是关于文学科学的，我都不愿放过。

我一向有搜集禁书之癖，在意大利的米兰城中，无意中买到一本没删节的劳伦思的《卡泰莱夫人的情夫》，后来又在巴黎配上了一套插图，不意放在香港全被日本人掳去，至今引为憾事。

因为好禁书，而连带好买禁画，在意大利游旁贝古城，买了全套的壁画。在巴黎又买了许多名作，去年赴东京，也谋到了两套极精细绢底画本。可惜闻一多已死，不然是大可供诸同好，欣赏一番的。

十年来，我又染上了木刻的癖好，除自己在伦敦曾就名师学过相当时候之外，还搜集了不少的西洋版画，英国的木刻，自皮维克以下，直到当今的大家作品，我买了一大箱回来，都不幸在香港同遭劫运。

因为对西洋木刻的爱好，也就常涉及中国的版画，郑振铎出版的那五大辑，我当然都买了，就是其他中国的木刻插图画，我都感到有购买的必要。伦敦有一部《三国演义》，每面的上半截，都插上一张木刻，可惜落在外人之手，我们只好把它照相出来，看看影本了。

我因为自己也醉心于木刻的最新而又是最旧的那种艺术，由欣赏之余，不免技痒，偶然也刻几幅。虽然刻得不好，但我却有一种理想，我要用外国木刻的技巧，来表现中国的画面。我最讨厌看到许多中国人作的木刻，背景是洋房子，人物是高鼻子，就作品本身看，没有一点中国的气息，除了技巧和构图较为拙劣而外，和西洋的木刻完全无异。我不反对艺术受点外来的影响，不过一定要能反映出民族的特殊作风来。我很愿把中国的图画，尤其是花鸟草虫如恽南田等人的作品，用西洋技术，借木刻重现出来。可惜劳生碌碌，时间不许我在这些雕虫小技上去下功夫。

友人们见到我的字画，都说我天资不坏，如肯用上四五年功夫，定有很大的成就。我自己也确是有此志愿，在十五岁以前，我几乎见不得笔墨，随时遇到都要写几个字，以止技痒。至于那些峄山碑史晨碑之类，也通临写过若干通，后来对于隋唐人的写经，和新出土的魏志，都极爱好。只是跑到外国去，每天都与钢笔为伍，对于中国的字画，几乎绝缘了。一搁下笔，就是二十多年，现在重见到那些东西，真有如两小无猜的竹马之交，或少年时的情人一样，虽未免有情，然劳燕分飞，已各有各的归宿了。

日本在战败之后，许多大家庭都无以为生，只好把书架所藏的图书拿出来变卖，以补足家用，我恰好在那个时候重游日本，便又唤起了我少年时的旧好，我便向人借了几万圆日金，买到了许多好版的古书。这次最大的收获，就是一部三希堂法帖，每本大及三尺，共计二十四本，分装四木箱。还有一部历代墨迹大成，也有二十余卷，其中有许多如大词人李后主的笔迹，就是我从未见到过的。日本人不仅照年代把它影印出来，而且还附有解说和小传。搜罗自晋及清，真可谓集书法的大成了。

在书法之外，我还买到了几部国画的大成，现在所保存的中国名画，差不多都搜集齐全。像我们爱好字画的人，有了这几部东西，已够消磨一个老境而不愁了。

我是一个与文字结了不解缘的人，并无什么怪癖，如果一定要说癖好的话，那我只能说我好买书，书中自有颜如玉，黄金屋！

案头清供

这些案头清供，有时面对它，映入目中，我就会想到乡里，想到秋天，而也常常，我的思路和情丝就会忽然一跳，无理由地感到，我们的周围确是不少温暖，所以人生终归是值得珍重的。

夏天的瓶供

周瘦鹃

紫罗兰盦南窗下的书桌上，四时不断地供着一瓶花，瓶下恰有一方端砚，花瓣往往落在砚上，我也往往不忍磨墨，生怕玷污了它，足见惜花人的心理，是约略相同的。

凡是爱好花木的人，总想经常有花可看，尤其是供在案头，可以朝夕坐对，而使一室之内，也增加了生气。供在案头的，当然最好是盆栽和盆景；如果条件不够，或佳品难得，那么有了瓶供，也可以过过花瘾。

对于瓶供的爱好，古已有之。如宋代诗人张道洽《瓶梅》云：

寒水一瓶春数枝，清香不减小溪时。横斜竹底无人见，莫与微云淡月知。

徐献可《书斋》云：

十日书斋九日扃，春晴何处不闲行。瓶花落尽无人管，留得残枝叶自生。

方回惜《砚中花》云：

花担移来锦绣丛，小窗瓶水浸春风。朝来不忍轻磨墨，研落香粘数点红。

这与我的情况恰恰相同，紫罗兰龕南窗下的书桌上，四时不断地供着一瓶花，瓶下恰有一方端砚，花瓣往往落在砚上，我也往往不忍磨墨，生怕玷污了它，足见惜花人的心理，是约略相同的。

说到夏天的瓶供，我是与盆供并重的。从园子里的细种莲花开放之后，就陆续采来供在爱莲堂中央的桌子上，如洒金、层台、大绿、粉干叶等，都是难得的名种。我轮替地用一只古铜大圆瓶、一只雍正黄瓷大胆瓶和一只紫红瓷窑变的扁方瓶来插供，以花的颜色来配瓶的颜色，务求其调和悦目。单单插了莲花还不够，更要采三片小样的莲叶来搭配着，花二朵或三朵，配上了三片叶子，插得有高有低，有直有敧，必须像画家笔下画出来的一样。倘有一朵花先谢了，剩下一只小莲蓬，仍然留在瓶里，再去采一朵半开的花来补缺，这样要连续插供到细种莲花全部开完后为止。在这一个多月的时间里，我把这一大瓶高花大叶的莲花，用树根几或红木几高供中央，总算不辜负了“爱莲堂”这块老招牌；而上面挂着的，恰又是林伯希老画师所画的一幅《爱莲图》，更觉相映成趣。

除了瓶供的莲花之外，还有瓶供的菖兰。菖兰的色彩是多种多样的，有白、红、淡黄、深黄、洒金、茄紫诸色；而我园有一种深紫而有绒光的，更为富丽。我也将花与瓶的颜色互相配合，互相衬托，花以三枝、五枝或七枝为规律，再插上几片叶，高低疏密，都须插得适当，看上去自有画意。有时瓶用得腻了，便改用一只明代欧瓷的长方形小型水盘，插上三五枝小样的菖兰，衬以绿叶，配上大小拳石两块，更觉幽雅入画了。

我爱用水盘插花，觉得比用瓶来插花，更有趣味。除了菖兰，无论大丽、月季、蜀葵等，都是夏天常见的，都可用水盘来插；不过叶子也需要，再用拳石或书带草来一衬托，那是更富于诗情画意了。爱莲堂里有一只长方形的白石大水盘，下有红木几座，落地安放着，我在盘的右边竖了一块二尺高的英石奇峰，像个独秀峰模样，盘中盛满了水，散满了碧绿的小浮萍。清早到园子里，采了大石缸中刚开放的大红色睡莲二三朵，和小样的莲叶三五张，回来放在水盘里，就好像把一个小小的莲塘，搬到了屋子里来，徘徊观赏，真的是“心上莲花朵朵开”了。每天傍晚，只要把闭拢了的花朵撩起来，放在露天的浅水盆中过夜，明天早上，花依然开放，依然放到水盘里。天天这样做，可以持续三四天。

案头清供

张中行

名为清供，清的意义是没花钱，供的意义是我很喜欢，甚至想套用乾隆年间陈坤维女士的一句诗，“珍重寒斋（原为闺）伴我时”。

名为书生的，室内都要有个书桌，也有人称为书案。如果略去多占地方这个缺点，书案以宽大为好，语云，宁可备而不用，不可用而不备之义也。书案宽大，面上可以放各种用物，写写画画，以及钻研经典，攻乎异端等等；其下还有抽屉多个，不宜于摆在面上的，可以韫椟而藏。藏了，以不说为是；单说面上的，放什么，如何放，似乎也有学问，至少是习惯。记得多年以前，大学同学卢君以懒散著名，书案上的东西一贯是多而杂。有一次，我在场，他想吸烟，找烟斗和烟包，到堆满半尺高杂物的书案面上摸，费半天力，以为摸到烟包了，拉出来一看，原来是一只袜子。这是放物多的一个极端。还有放物少的极端，是已作古的友人曹君，书案面上一贯是空空如也，他说图看着清爽。我是中间派，实用和看着兼顾。都放了什么呢？写小文不同于填登记簿，决定躲开那些估计不能引人入胜的，只说我认为值得说说的一些。名为清供，清的意义是没花钱，供的意义是我很喜欢，甚至想套用乾隆年间陈坤维女士的一句诗，“珍重寒斋（原为闺）伴我时”。

清供三件，先说第一件，是个黄色的大老玉米。这是北京通用的称呼，其他地方，如东北称为包谷，我们京东称为棒子，正名或是玉蜀黍吧。名者，实之宾也，关系不大，还是说来源。是去年秋天，老伴接受她的表妹之约，到容城县乡下去住几天。我，依义要陪着前往，依情也愿意前往，于是只是半天就到了鸡犬之声相闻的乡下。坐吃，游观，都是例行之事，可按下不表；只说我最感兴趣的，是年成好，所养驴、鹅、鸭、鸡、鸽等都肥壮，我可以短时期偿与鸟兽同群的夙愿。人，古今一样，虽是逝者如斯夫，却愿意留些驻景。古人办法少，即如李杜，也不过写几首诗。今人同样可以写诗，只是因为不会或愿意更真切，一般是用照相法，个别的用录像法。我用照相法，请驴来，我紧贴在它身旁，照，成功。请鹅来，它摇头扭身，坚决不干，只好说声遗憾，作罢。活物不成，只好降级，院里黄色老玉米堆成小丘，坐在顶上也可以洋洋然，于是照一张，胜利结束。几天很快过去，离开之前，又想到老玉米，于是挑一个大而直且完整的，带回来。这东西在乡下不算什么，进我的斗室就成为稀罕物，常言道，物以稀为贵，所以它就有权高踞案头。

清供的第二件是个鲜红色椭圆而坚硬的瓜，我们家乡名为看瓜，顾名思义，是只供看而不能吃。也要说说来源。是今年中秋，承有车阶级某君的好意，我到已无城的香河县城去过中秋节。吃各种土产，寻开天旧迹，赏月以证“月是故乡明”等等，都是题外话，可不谈。只说这个看瓜，是一位有盛情的杜君请我到他家吃自做的京东肉饼，在他的窗台上看见的。他说是自己院内结的，大大小小十几个，如果喜欢，可以随便拿。窗台上晒着一排六七个，我选了个中等大的，也总可以压满手掌了。返京的车上，还有家乡产的月饼等等，我把这看瓜放在最上位，因为有老玉米的成例，它是清供，下车之后理应高踞案头的。

清供的第三件是个葫芦，不是常见的两节、上小下大的，是两节、上下一样粗的，据说这是专为制养蝈蝈的葫芦而种的，比较少见。也由来源说起，这回是由远在异县移到近在眼前。是同一单位的张君在单位院内种的，夏天我看见过，没注意。秋天，霜降以后，一次我从他的门前过，看见北墙高处挂着一排葫芦，也许因为少见，觉得很好看。我也未能免爱就想得到之俗，敲敲门走进屋。他热情招待，指点看他的鸟笼和鸟，已经制好的蝈蝈葫芦。我问他今年结了多少，有不成形的，可否送我一个，摆着。不想他竟这样慷慨，未加思索就说：“摆就得要好的，我给您找一个。”说着就上墙，摘个最大最匀称的给了我。我当仁不让，拿回屋，放在案头，使它与老玉米和看瓜鼎足而三。

鼎足而三了，我当然会常看。是不是也常想，或曾想，这有什么意思？如果追得太深，也许竟是没有意思。所以为了不至落得没有意思，最好还是不追得太深。或者哲理与常情分而治之：坐蒲团时思索哲理，起身走出禅堂或讲堂时还是依常情行事。我是常人，因而也就如其他常人一样，有想望，也有寂寞。怎么处理呢？其中一种可行的是如清代词人项莲生所说：“不为无益之事，何以遣有涯之生？”其实，这意思还可以说得积极一些，即如我这些案头清供，有时面对它，映入目中，我就会想到乡里，想到秋天，而也常常，我的思路和情丝就会忽然一跳，无理由地感到，我们的周围确是不少温暖，所以人生终归是值得珍重的。

砚田肥瘠

张中行

砚，用于磨墨，似乎只要能磨墨，就都算合用。其实不然。砚是文具，高雅称呼是文房四宝之一……

旧时代读书人四体不勤，五谷不分，几乎都是手不沾锄犁的人物。可是脑子里又藏有一些所谓清高的幻想，经史之余，还要歌颂诸葛亮的躬耕南阳，陶渊明的将有事于西畴。事实与幻想合不拢，有多种办法调停，其中之一是以砚为田，用笔耕之。这方面还出了有名的人，那是清朝金农，扬州八怪之一，自署“百二砚田富翁”；有名的书，崔致远的《桂苑笔耕集》。以砚为田，田有肥瘠；以笔为农具，农具有利钝。两者之中，似乎砚田的花样更多，所以这里只谈砚，不谈笔。

砚，用于磨墨，似乎只要能磨墨，就都算合用。其实不然。砚是文具，高雅称呼是文房四宝之一；如果旧而不新，等级又要大大提高，成为“文物”。为了全面了解，先谈文物的砚。讲究砚的人有不同类型。文物专家是少数。读书人常常要写，写有不同的目的，如顾亭林，是著述，如傅青主，是传法书，等而下之，如作八股，写信，以至于练字，都愿意砚合意，是多数。求砚合意，怎么样才能合意？这里面有的虽然不是什么大学问，却也相当复杂。可以自下而上分为几级。

一是砚质好。这从要求或效果方面说很简单，不过是磨墨快而细。快要砚不滑，细要砚不粗。不滑和不粗有矛盾，如锉，不滑，玻璃，不粗，可是都不能用。好的砚质要恰好能够调和矛盾，就是要细而不滑，涩而不粗，用旧的术语说是“润”，“发墨”。我住北京半个世纪以上，喜欢看砚、试砚，获得一点点经验，是，就我所能见到的说，以产于广东高要县的端石为第一。历史记载，南唐后主用的是龙尾砚，那是歙石，产于江西婺源县，文征明得的南唐贡砚想来也是这一种。历史，过去了，难于比较，就现在还能见到、还能比较的说，我一直认为，最好的端石总是超过最好的歙石。端石的结构，几年前曾见一篇地质学家调查、分析的文章，说是属于一种什么岩，所以宜于磨墨。这我不懂，我用一般人的话解释，是外柔而内刚，或说极细的沙粒里藏着尖利的小东西。论砚质，这“内刚”更为重要，因为外柔易知而内刚不易知。有多种砚石，可举为代表的如与歙石一山之隔的玉山石，面貌颇像歙石，用手摸，也细得很，可是缺点是内部也柔，因而不发墨，不好用。其他石以外的砚材，陶（包括汉砖、汉瓦等）、瓷、玉、铁等更是自郐以下了。澄泥的质也属于陶，因为制法精，还可用，不过比起端歙来，总是下一等了。

讲端石的质，有产地（通名“坑”）的分别，比如最出名的是老坑大西洞，其次有宋坑、麻子坑等等。讲坑，要以石的形色、花样为证。如大西洞是紫中含青，上有青花、火捺、鱼脑、蕉白、冰纹等花样，朝天岩石上多绿斑，古塔岩石如被火烧过，等等。又，同是一洞之石，花样不分上下，仍有平常和上好的分别，这有如同是贤人，能力终归不能等同。还是就上好端石说，蕉白多的比鱼脑多的更发墨，康熙坑的（清初）比乾隆坑的更发墨。这一类的评定，我的经验，靠眼不如靠手，就是最好用手指试磨，体会一下，是不是外柔内刚；如果是，那就是石质好。自然，用手鉴定也要多经验，非一朝一夕之功。

二是形式好。这包括尺寸、形状和做工。尺寸要求简单，只是不宜于过小，过于单薄。形状呢，方方正正当然好，不方方正正的要以人力补天然，比如细长的可以雕成瓜形。做工有粗有细，有巧有拙，这难得具体说，概括要求是美而雅。

三是年代久的好。这个原则最容易付诸实行，是宋比明好，明比清好。根据是玩古董心理，物以稀为贵。难的是确定年代。看石质、形状、做工是根据的一面，这当然也离不开经验。更有力的根据是上面的铭题，如果有的话。但铭题可以伪造，这就牵涉到鉴定问题，很复杂，这里只得从略。

四是有名人手泽的好。比如是米元章的、文天祥的，或者名闺秀叶小鸾的、顾太清的，那就比无款的名贵多了。但是，正如某前辈告诉我的，只有不值钱的才没有假的，旧时代市上流传的古砚，不是苏东坡就是赵子昂，甚至虞世南、李太白，可以推断十之十是假的。但是也得承认，沧海一粟，尤其时代靠后，真的可能总是有的，这就需要披沙拣金。拣金，要有眼力，眼力多从经验来，其中的微妙自然难于具体说。

以上说的主要是“玩”砚。其实，对多数人说，应该多注意的是“用”砚。这扣紧本篇的题目说，是既然要用砚田耕，就应该设法选一块肥的。选肥的难不难？也难也不难。要求只是“还可以”就不难。不满足于还可以，要求“真好用”，如通常形容的，用它磨墨，手有持黄蜡在温锅中转动的感觉，转不多时候，墨浓了，而且细润好用，那就不容易。所以要“选”。选，成功与否，一靠眼力，二靠机会。眼力是铁杵磨成针，功到自然成。机会就不能靠主观能动性。比如我有个老友，并不好动，一次去买衣服，过文物店，忽而灵机一动，问问有没有好砚。拿出一方，竟是十砚斋黄莘田的，当然万分高兴，于是用买衣服的钱买了。给我看，纯洁润泽如澄泥，是既好看又好用。

机会，非人力所能左右，只好不靠它，还是靠人力选。这由要求方面说可以分为两类：一是兼顾实用和欣赏，另一是只管实用，不管欣赏。先说前者，我的经验是不要过于高攀。这也可以分作两项说。一是不要贪大名，上面说过，名大而真的稀如星凤，反而不如名小而真，价不过高，玩玩也颇有意思。也举个实例，一位同事祖传一些文物，文革风暴之余，剩有砚两方，一方大，背后有乾隆皇帝铭，一方小，有不知名的人的铭，拿给我看，说他们觉得前者很珍贵，后者不算什么。我看看，那个大的石质很坏，铭很似，小的确是康熙坑，石质很好，追大名的常常这样错。二是不要贪华贵，因为华贵的总是价高，却未必好用。总之，要以石质好、合用为第一，其次才是时不太近，款不假。

再说只要求实用的。选，要以文革为界分为两个阶段，之前主要是由旧中选，之后就几乎只能由新中选。逝者如斯，不必追着慨叹，只说由新中选。总的原则仍是石质第一，就是，既是田就要能耕。有个同事张君不明此理，买一方金星歙砚给我看，说是他藏砚中的第一名。我摸了摸，说外表不坏，只是中看不中吃，因为内不刚而外不柔，拒墨。他试了试，果然疵拉疵拉响，不发墨。这就是砚田而不能耕。由新中选合用的，还要照顾财力的大小。财力大，可以从宋坑甚至老坑中选，这比较容易。这里还是多为寒士着想，我的经验，无妨从出于下脚料的廉价品中选，只要体不小，有砚池，发墨，就可用。近些年来，出于朝天、古塔等岩，长方形，有池，价廉的砚不少。不过不是都润泽可用，所以要选。多中选少，如果机会巧，也会遇见很合用的。是今年春天，历史博物馆处理朝天岩八寸淌池砚，我选了几方，准备送给想买而不识货的朋友，其中一方，颜色不偏于暗绿而偏于浅绛，很润，与明朝后期的相比，可以说具体而微。这是贱价的良田，宜于笔耕，我留下自用，为的是谈论砚田的时候，说明其肥瘠与价的高低可能一致，但常常不一致，舍瘠取肥，不可一味地信奉拜金主义。

语 石

黄苗子

> 如何能构成美？这属于美学的范畴，朱光潜、李泽厚可能写一二万字来解说。但以我的浅见，在不同的具体事物中，美的要求条件不是有绝对准绳的，钟馗如果画得像西施一样美，那就糟了。而裴艳玲演出钟馗，丑得非常之美。

很多熟人爱搜奇石，作为案头清供或置之庭院。沈衡山先生（钧儒）蓄石最精且佳。叶浅予近年也爱好石，前几年在新疆，登克孜尔石窟，七九高龄，沿木梯攀登洞窟，忽然发现有大绿石，重约十斤，颇似玉碱，急求同游者负之下山，辗转由飞机载回北京；游香妃墓，见一卵石大如柚子，石中大小螺纹圆形密布，色彩奇谲，晶莹夺目，解说员故神其说，谓是香妃从北京回新疆时路上捡得，放在香妃家族墓中下层，浅予巡回赞叹，可惜不能偷回去。

现代人看惯了前卫派、抽象派绘画书法，见怪不怪，也不斤斤问人画的是什么东西了。但十年前还是少见多怪，看到抽象派画展，就问及鄙人这是什么艺术，我用最简单的比喻作解：譬如居室花园放块石头，形状奇古，你能欣赏，为什么画得抽象些，你就不能像欣赏石头那样欣赏呢？郑板桥画石如果不配上兰、竹，还不是一幅抽象画吗？

前人总结案头或园林布置的石之美，曰：皱、秀、漏、透、丑。秀之外，其他四者，如何能构成美？老太太脸上的鸡皱纹，小姐的名贵丝袜漏穿一洞，舞台上布景破了，透露后台，这都不美，至于最后一个“丑”，更是美的反面，如何能构成美？这属于美学的范畴，朱光潜、李泽厚可能写一二万字来解说。但以我的浅见，在不同的具体事物中，美的要求条件不是有绝对准绳的，钟馗如果画得像西施一样美，那就糟了。而裴艳玲演出钟馗，丑得非常之美。

宋朝的米芾，爱石成癖，看到奇石，便拱手下拜，谓之“石兄”。他是最早的一个抽象艺术欣赏者，或者说，是个追求造型美的艺术家。

古人咏石的诗很多，多是把石比作人的坚贞品质来歌颂。汉焦仲卿妻诗：“君当作磐石”，把丈夫对自己爱情的贞坚比做石头，这是较早的例子。当然也有与贞坚的比喻无关的，诗人即兴咏物，也并不“公式化”。“丑石半蹲山下虎，长松倒偃木中龙”，东坡句也。“眈眈丑石罴当道，矫矫长松龙上天”，放翁句也。譬石于虎，暗用李广射虎事；譬石于罴，似落空，然以“当道”字联合，亦暗用《北史·王罴传》。从眈眈的丑石联想到罴，又想到当道的坏人王罴，放翁爱国爱石之念，随时都寄之诗咏。

海书品画

什么东西都可以今日占有明天失去，惟有从书里发出的思想，却永远盘踞在你的脑海里，不作转蓬之客，这些思想有的可以引起争辩，有的又使人感到妥帖；有的可以兴起怒潮，有的又可以平静如镜。嬉笑怒骂，皆是文章，而尽收眼底，实人生一大享受！

琉璃厂寻梦记

姜德明

鲁迅先生是忘怀不了琉璃厂的。不知今天琉璃厂的人们，当你们骄傲地向外国顾客展示《北平笺谱》的时候，可曾想到正是鲁迅先生，以及郑振铎先生完全依靠了个人的微薄力量来发掘和抢救这些国宝吗？

现在，北京东西琉璃厂的一些老店铺是正在拆除了。

这里将要建成一座新的文化街，是适应外国旅游者的要求，听说还可以赚外国人的大钱呢。

那天，我站在海王村路口，往西看，邃雅斋书铺的原址不见了；往东看，信远斋的原址也不见了。它引起我无限的遐想，把我对琉璃厂的一些温馨的记忆一下子也都撕碎了。

我并不感伤，我期待着新的琉璃厂快快建成。旧的总要被新的代替，琉璃厂的确古旧破败得可以了，人们要寻觅它的新梦。

一

琉璃厂旧书肆形成于清乾隆年间，已经有二百多年的历史了。古今来，记载琉璃厂书肆盛况的有多少著作啊，而我记得最真切的还是当年鲁迅先生在这里留下的脚步。翻开《鲁迅日记》，你可以看到当他一九一二年到北京的一周以后便去逛琉璃厂了。从此时有所至，往往隔几天便去一趟，说起来总有几百次之多吧。

一九三二年鲁迅最后一次北返探亲，他还留连于琉璃厂书肆，并发现笺纸的可贵，鼓动郑振铎同他合编了一部《北平笺谱》。我常想：鲁迅先生写《中国小说史略》，整理《嵇康集》，拟编汉唐石刻，很多零散的原始材料都是琉璃厂供给的，而鲁迅先生回赠于琉璃厂的却是千古不朽的研究成果，包括目前世界各大图书馆珍藏的《北平笺谱》在内。只有鲁迅先生的眼光才能发现这些行将淹没的民族文化精华。他还预言这部出自琉璃厂书肆的笺纸，可以走向世界而无愧，到三十世纪“必与唐版比美矣”。琉璃厂应该以接待过鲁迅这样的知音而感到荣耀。

当时身在北京的郑振铎也承认，他的目光的确不如鲁迅先生：“至于流行的笺纸，则初未加以注意。……引起我对于诗笺发生更大的兴趣的是鲁迅先生。”又说《北平笺谱》的印成：“全都是鲁迅先生的力量——由他倡始，也由他结束了这事。”这些话都见于郑振铎写的《访笺杂记》。

当我还没有到过北京而先读到《访笺杂记》这篇散文时，我便向往琉璃厂，作着梦游厂甸的美梦了。

“留连到三小时以上。天色渐渐的黑暗下来，朦朦胧胧的有些辨色不清。黄豆似的灯火，远远近近的次第放射出光芒来。我不能不走。那么一大包笺纸，狼狈不堪的从琉璃厂抱到南池子，又抱到了家。心里是装载着过分的喜悦与满意。……

“那一天狂飙怒吼，飞沙蔽天；天色是那样惨澹可怜；顶头的风和尘吹得人连呼吸都透不过来。一阵的飞沙，扑面而来，赶紧闭了眼，已被细尘潜入，眯着眼，急速的睁不开来看见什么。……”

鲁迅先生以为郑振铎的这些描写“是极有趣的故事”，也许引起了他当年漫步于琉璃厂的回忆吧。

鲁迅先生是忘怀不了琉璃厂的。不知今天琉璃厂的人们，当你们骄傲地向外国顾客展示《北平笺谱》的时候，可曾想到正是鲁迅先生，以及郑振铎先生完全依靠了个人的微薄力量来发掘和抢救这些国宝吗?

二

三十多年前，当我刚到北京的时候，心里总是想着琉璃厂。我要沿着鲁迅先生的脚步，去重温那些迷人的旧梦。有一天，我终于来到琉璃厂，推开了一家家店铺的门。

这条名街已经变成了名副其实的陋巷，一片荒败的景象。顾客不多，房屋低矮而阴暗，线装书散发出一股霉气，连荣宝斋也空荡荡的，店员闲得正下象棋……我的梦幻破灭了，琉璃厂的盛况在哪里？多彩的文化宝藏又在哪里？

这破败的景象是日伪和国民党摧残的结果，而我们刚刚进城。百废待兴，一系列社会改革运动正在进行着，一时还顾不上琉璃厂。

多年来，我很少到琉璃厂去。我感到今天的琉璃厂同我所向往过的书肆有很大的不同，书铺越来越少了，这里已经变成一座专卖古玩和字画的小巷。旧书大概都被全国各大机关抢购一空了吧。五十年代初，一些苏联专家常来这里搜求古玩，中国顾客是不能靠前的。到了十几年前，这些古玩铺、碑帖店索性都挂上只接待外宾的告示，自己的同胞连看一看自己民族的古董也不可能了。我也就更加不愿意到琉璃厂来。

还是从旧籍里去寻找温暖吧。

鲁迅和他《新青年》的朋友们，多年来搜求一部古典小说《何典》，始终找不到。一九二六年刘半农在厂甸的地摊上偶然发现了，鲁迅高兴地为它写了序言。

一本《碧血录》，是关于明朝东林党人同阉党斗争而被残害的纪事，吴晗一直把它作为珍藏书。这还是他 1933 年在清华大学作学生时买来的，书末写道："在厂甸巡礼，凡帙巨者，虽翻阅不忍释，顾终不敢一置问，偶于海王村侧一小摊得此书，价才三角，大喜，持归。"

朱自清先生也是琉璃厂的常客，他诗咏厂甸：

故都存夏正，厂市有常期。
宝藏火神庙，书城土地祠。
纵观聊驻足，展玩已移时。
回首明灯上，纷纷车马驰。

这一切，终于都是消逝了的旧梦。琉璃厂究竟要以什么来吸引他的同胞？难道是几百元一本的普通的碑帖吗，上千元的一幅时人的绘画吗？

目前的琉璃厂，只有一家卖旧书的中国书店。但是，也很少能见到几本可心的旧书了。近几十年来北京古旧书行业的兴衰史，似乎还少有人研究。几百年来琉璃厂的旧书市场是不是就这样渐渐衰落下去了呢？人们的担心不是多余的。听说，巴黎和东京都有旧书市场和专卖旧书的书铺大街，未来的文学家、科学家很可能最初是从这书摊前起步的。我们正在提倡保护民族文化和发扬精神文明，琉璃厂这地方小是应该吸引着未来的学人从这儿走向他们的理想世界吗？

十几年前，我在东琉璃厂的松筠阁配过解放前出版的文艺杂志，见过书店主人刘殿文先生。他满头白发，沉默寡言，但是一谈起旧杂志来却如数家珍。他能一口气回答你提出的某一期刊创刊于何年，终刊于何月，编者何人，中间是否换过编辑人。如果你想细谈的话，他还可以告诉你，某一期刊未及发行便被查禁了；有的刊物的某一期再版过，等等。他的记忆之精确，令人惊异，素有“杂志大王”之称。多年来他还结合业务著有《杂志知见录》稿本。琉璃厂旧书肆中就有这样的有心人。

有一天，我碰见刘殿文先生的后人，现在是子继父业的刘广振同志，承他告诉我他父亲经营旧杂志的一段掌故。今照录如下：

“我父亲刘殿文是一九六五年退休，一九七四年七十八岁时死的。我祖父刘际唐是一九四二年死的。松筠阁创设于清光绪二十几年，当然经营的是线装书。我父亲也是学徒出身，是个夹包袱的。您还不知道什么叫夹包袱吧，那时讲究给学者送书上门，把新收来的书拿出头本来当样子，送到人家的府上。五四运动以后新期刊风起云涌，我父亲的思想也紧跟潮流，注意到同行里还没有人留心，同时也看不起的这门新生意。当时的旧杂志很便宜，又因常常遭到查禁，寻找不便，我父亲便走街串巷，四处搜购，每天天不亮就到崇文门外的小市上，从烂纸堆里挑拣期刊。慢慢别的同行知道他专收期刊，有了货便往他那儿送。他零收杂志，却不零卖，专门为了配套，《新青年》、《向导》、《东方杂志》、《少年中国》，以及《语丝》、《沉钟》等等，都有全套的。

“我父亲是个做买卖的，但是他也是个中国人，有民族感情。日本占领北平期间，很多杂志都有抗日内容，全不能公开出售了，连存放这些杂志也非法。我父亲想了个办法，就大胆地把《东方杂志》等刊物放在书架的最里层，外面又摆上一层线装书遮挡着。终于逃过了日本人的眼睛。

“多年来，我父亲把五四以来的每种期刊都留了一本创刊号，作为研究杂志的样本。到一九四九年已经存了创刊号几千种。几大厚本的《杂志知见录》稿本在十年动乱中也遭到劫掠，到现在关于文艺杂志的那一本仍不见下落。

“说起我父亲的经验，那时也无非是为了生活，如果在旧书行业里不走一条别人没有走过的路，也许就不能求生养家。在我们旧书业有个行话叫‘单吃’，我父亲就单吃一行，注重经营特色而已。”

刘殿文先生当然有他的局限性，他终归是一位商人，但是公平地说，他也为搜集和保存文化贡献了自己的力量。他所经营的松筠阁还印过一些有用的书，如有名的《清代燕都梨园史料续编》等即是。不知道今天的琉璃厂还能不能出现新的“杂志大王”？还能出现那样精于业务，对几十年来各种期刊的来龙去脉倒背如流的人才吗？我想，在新社会更应该出现这样的人才，我默默地期待着。

解放前，在琉璃厂学徒十几年，解放后又在琉璃厂旧书店辛勤工作了几十年的老店员们，现在还有不少，我以为他们也都是些经验丰富的人。比如帮助《贩书偶记》的作者、通学斋主人孙殿起整理《贩书偶记续编》的雷梦水君便是。近年来他又整理了已故藏书家伦哲如先生的著作《辛亥以来藏书纪事诗》。到现在，他还保存着朱自清先生给他的一封信，那是四十多年以前，朱先生鼓励他在琉璃厂不仅要学会卖书，还要拿起笔来写下所见所闻。雷君果然写下了稿本《旧书过眼录》，于图书目录学也大有裨益。

那天，我在海王村碰到了雷君，他手持一份讲义，正要给书店的年轻人去讲业务课，每周两次。我心中为之一动，琉璃厂不是已经开始培养人才，后继有人了吗！

我真想告诉雷君，在他讲课时不要光讲版本知识，也要讲一讲琉璃厂的历史沧桑，特别是外国人在琉璃厂的劫掠，以及唯利是图的书商、古玩商人们怎样帮助外国人盗卖我们的珍品。那时候，我们的政府软弱腐败，日本人从清末便开始在琉璃厂来搜刮我们的珍本册籍了。到了抗日战争以前，他们更疯狂地广搜我们的地方志，为帝国主义的侵华政策服务。他们买书时不论本，而是论摞，一摞书只花一元钱就够了。甚至用文明杖一挥，他们就把整个书店的旧书全部席卷而去。这就是我们的很多古籍版本在国内已经失传，而在海外却有留存的原因之一。这些也正是雷君曾经亲口对我说过的。

现在东西琉璃厂的店铺是正在拆除了。我拣拾一些过往的旧梦，也无非为了向往着未来的新文化街能保持琉璃厂真正的传统。我想，只有当琉璃厂的传统文化和经营特点真正能为自己的同胞服务的时候，也才能真正保持它那永远不会泯灭的价值吧。

琉璃厂是我们民族文化的骄傲，当然也应该向外国顾客和旅游者开放，赚一些外汇也是理所当然的。但是，琉璃厂当初并不是为外国人建立的橱窗，我也不相信一个不能很好地为本国人民服务和受到人民热爱的琉璃厂，竟能受到外国人民的喜爱。让琉璃厂发扬它的特长吧，让向往着琉璃厂的同胞们能在这里随意推门而入，就像鲁迅先生当年一样留连忘返。琉璃厂终归是我们自己的！

一九八一年三月

闲话“家珍”

韩羽

蹲在书堆前，扒来扒去，表现着最大程度的冷然漠然。其实早瞄准了《元白诗选》。却将无关的书拿起放下，问价还价。这是虚晃一枪，声东击西。到了火候，单刀直入，不屑一顾似的捡起目的物，并自言自语：“这本纸薄，好卷烟，多少钱?”“一角”、“五分”。“拿走吧”。就这样差不多是白捡来了元微之、白居易。

我终于凑成了两橱书，看来，我这个初中一年级生也似乎有点“知识分子派”了。闲暇时，总要凑到书橱跟前，动动这本，摸摸那本，如数家珍。

说是家珍，有点往脸上贴金。“家”字倒不含糊，“珍”字则须作另样解释：“珍”者，非谓贵重之珍本书，乃珍存珍藏意也。说句寒酸话，我这橱中非但没有珍本，且卷数不全少头无尾者比比皆是，因为其中很有一些像电影《望乡》中阿崎婆家里的群猫，是拣来的。然而，珍爱与贵重之间并非都是划等号的，“敝帚”不是也可以“自珍”么。

说是捡来的，未免说得好听了。世上哪有白捡之物？其中还有一个“赚”字。我书橱里有一本《元白诗选》，就充满了连“捡”带“赚”的戏剧性，可是说来话长了。

文化大革命时期，有些卖破烂的将“封、资、修”的书按“废纸”价钱一捆捆地收来，一转身，又将一捆捆的“废纸”堆到街头巷口，任人挑拣。打着幌子名曰卖废纸，实则是卖书，正应了俗话说的，“挂羊头”买卖“狗肉”也。

我经常在这“羊头、狗肉”摊旁转来转去。

这号书贾（姑且算作书贾吧）有两类。一类是仍不脱卖破烂的本色，以轻重厚薄论价。这好办，专挑书薄而又对口味的，只花几分钱就到手了。另一类可就难缠了，他们虽是文盲，可眼盲心不盲。不懂书的好坏，可会相面，会察颜观色。比如你往那儿一站，他先端详你了。有一次我从书堆里翻出一本洪昇的《稗畦集》，问这本“废纸”要多少钱？他说五角，我丢下书走了。可又舍不得走，绕了一圈又回到原处，这一下可被他看出了心思，再一问，六角。我说刚才不是五角么，他说没有说五角。讨价还价，只好赌气花了五角五分将它买了回来。

我挨了赚，也学聪明了；蹲在书堆前，扒来扒去，表现着最大程度的冷然漠然。其实早瞄准了《元白诗选》。却将无关的书拿起放下，问价还价。这是虚晃一枪，声东击西。到了火候，单刀直入，不屑一顾似的捡起目的物，并自言自语：“这本纸薄，好卷烟，多少钱?”“一角”、“五分”。“拿走吧”。就这样差不多是白捡来了元微之、白居易。在这“羊头、狗肉”摊子前，既赚人，也给人赚，尔虞我诈，勾心斗角，充满了戏剧性，也充满了乐趣。与人斗，其乐无穷也。

这招数也不全灵。有一次我正在声东击西进行迂回，猎取目标是《樊川诗集注》。不想半道上杀出了个程咬金，一位老者抄了我的后路，伸手捡起这本诗集。“多少钱?”“八角。”“买了。”我白费了心计，眼看着目的物被人抢走，有苦难言。

我的家珍中除了连捡带赚来的，还有被我救了出来的。说是“救”，也未免好听了，其实还杂有个“窃”字。这是仿效孔乙已“窃书不能算偷”的说法的。

仍是在文化大革命中（与文化大革命算是纠缠不清了）。我偶然得了一个消息，说是造纸厂的原料堆里有的是书。我托了个“后门”，打通关节，提上菜篮子，混了进去。再混了出来，这样像唱《盘关》一样混了几次，我书橱里的“队伍”又壮大了好些。

“窃”字虽不光彩，却也颇堪自豪。比如那位发出“彼（拿破仑）

以剑锋创其始、我以笔锋竟其业”的壮语的巴尔扎克，就是被我从这种绝境中如此这般地救出来的。它虽遍体鳞伤，至今仍“得其所哉”于我的书橱之中。

为我书橱增添光彩的，是诸作家、诗人好友赠赐给我的大作，它凝聚着的不仅是智慧，还有友情。这倒与“珍”字沾边，的确是珍贵。

还有一类家珍，我称之谓“闻风而至”的。这是从天上掉下来的馅饼，但非惟独于我，凡国家干部职工都有份的。这说是因学习需要由单位发给的书。比如，批判红楼梦研究中的资产阶级立场、观点、方法了，发给了《红楼梦》；批孔了，发给了四书；批宋江了，发给了《水浒传》，不只七十一回本，还有百二十回本，有文有图，煞是好看；且像陪送嫁妆，评论资料也纷至沓来。我且乐得笑纳。

提到在书店里买书，似乎没有什么可说嘴的了。然而，人一有了癖，没事也会有事，比如养花癖、爱鸟癖、洁癖、书癖，一得了这个癖，就爱之失当、神神经经、颠颠倒倒起来。就因了这个“癖”，使我几乎惹出了麻烦。

人民文学出版社新出版了契诃夫小说集，分上下两卷，精装且有插图。我买回来，朝夕观赏，爱不释手。孰料爱之深则责之严，忽然发现了书脊上有一斑痕，这一下可腻烦了，愈腻烦愈想瞅它，愈瞅它愈觉着扎眼。不行，得想法去掉这块心病。我试着用棉花蘸上水轻轻去擦，斑痕倒是没有了，可又成了更扎眼的白色，而且凸凹不平了。这更腻烦了，没了法，只好再另去买一本下卷。还好，书店里还剩有一本，书脊上也无斑痕，心满意得地买了回来。又岂料没了书脊上的毛病却又发现了别的毛病，皱折甚多，更更腻烦了。这个契诃夫将我折腾得神魂颠倒。不行，还得再买，我又乘车远征到市郊书店，幸好还有三数本，我站在柜台前一面说着好话一面遭受着售书员的白眼，恨小眼珠子变成 X 光机，洞察一切。终于出了一身汗选出了差强人意的一本。老天不负苦心人！

像一夫多妻，一本上卷，三本下卷，那怎么行！总得把多余的打发了。可是两本下卷谁去买它？只能到收购旧书的书店去贱价处理。当我将书放到柜台上之后，书店人员看了看那两本崭新的下卷，又看开了我。问我是哪个单位的？为什么是两本相同的下卷？我如此如彼地说了，他虽如此如彼地听了却皮笑肉不笑得令人发毛。说：“书先留下，回去拿工作证去。”我这才恍然明白了他的皮笑肉不笑的背后是什么。老天爷！这一回我可真的跟“偷”字沾了边了。当然，事情的结局没有弄出麻烦，按百分之六十的价款卖掉了那两本下卷。不过，恐怕至今那位书店人员仍不会相信我的如此这般的解释的，我敢打赌。

或问，在所谓的“家珍”中有抢来的么？我说强取豪夺乃犯法事，君子不为。然少年之时，不谙事理，确也胡乱抢过。但此时想来，事虽可鄙可惭，亦复可感可哀。

一九四五年，解放聊城战争中，我们初中学生被围在城里，从枪一打响，可就没完没了了，连打加围将近一年。居民陆续逃离出去，十室几乎九空，混水摸鱼的和大兵们四处乱串，大肆搜捡财物。我们这些十三四岁的学生，耳濡目染，渐渐地也眼红起来，也跃跃欲试铤而走险了，于是不约而同直奔“友益堂”。这是一家大书局，面对着琳琅满目的“无主之物”，像饿汉见了满桌酒肉，我们心跳，我们浑身发烧得像发疟子，发一声喊，拥了上去。

于是在我们的桌上桌下、床头床脚摞满了崭新的《古文观止》、四书以及升学指南……吃着红薯干喝着白开水志满意得地守护着这些精神食粮。

我随着又一批难民要出城了，瞅着一摞摞的新书，割肚牵肠，好不难受！更有一位同学，死说活劝也不出城，很有点与书共存亡的劲头。直到聊城解放了，家里人用小车把他拉了回来。我跑去看他，他奄奄一息地躺在炕上，我悄悄问：“书呢?”他唰地流出了眼泪。大人们说：“为了那行子书，几乎给饿死，这不傻了!”

在《光明日报》上曾读到陈迩冬先生的文章。在谈到曹操破邺、曹丕纳甄氏、曹植时不过十二三岁，纵使早熟，也不会从此就一直私恋着嫂嫂时，写道："偶忆四十余年前与亡友孟超兄闲谈，孟超编造说：'曹植当时不曾注意女人，他一头扎进袁氏藏书里去了。'此语极妙，可补《演义》之阙。"

这"一头扎进袁氏藏书里去了"，不只极妙，即以我在聊城的亲自体会，亦足以证这"编造"可信之极，莫非孟超先生夫子自道么。

我的"家珍"，惹出了这么多闲话。

淘书心得

王开林

> 我相信“物各有主”这四个字，某本好书若与我有缘，我就休想错过它，它就休想躲过我，是我的终归是我的。

喜新厌旧是世人的通病，我也不能免于此疾，唯独在对待朋友和书籍的态度上，我是百分之百的保守派。现在的新书，纸张考究，印制精工，版式上也挖空心思，但仍然难以取悦于我。原因是多方面的：一是开本各异，长的长，短的短，宽的宽，窄的窄，插架后参差不齐，模样难看；二是封面上用足了当下最先进的技术手段，可惜徒有技术而少有艺术，像多年前张守义先生设计的那种外国文学名著的高雅封面，如今已近乎绝迹；三是图文书多，文不够，图来凑，图片多到喧宾夺主的地步。殊不知，“朴素乃为天下之大美”，旧书在技术手段上固然难望新书之项背，但它们洗尽铅华，落落大方，更具闺秀气质。即以世界名著网格本为例，设计至为简约，但十分养眼，某出版社新版的世界文学名著封面多采用好莱坞剧照，虽然艳光照人，看去却既不配称，又很俗气。

淘旧书是我近年的一大爱好，淘来淘去，也淘出一些心得，写下来，与大家共享。

淘旧书得讲缘分，同样是可（巧）遇而不可（强）求。我相信“物各有主”这四个字，某本好书若与我有缘，我就休想错过它，它就休想躲过我，是我的终归是我的。

淘旧书也得用上美食家的视觉、嗅觉和味觉。一是“色”，品相一定要好，污渍太多，破损太多，原主涂鸦太多，封面俗艳或丑陋，字体太小或版式太花哨，均不适宜于藏读；二是“香”，书有油墨气息无妨，有其它异样的气息则不可；三是“味”，此味乃玩味之味也，若是译本，则看译笔如何，若是原创，则看文笔如何，若是工具书，则看编辑作风是否严谨。切勿迷信名家，不要盲从众议。

淘旧书要有三勤：腿勤，眼勤，话勤。一是腿勤，即常去各旧书店走动，这样就容易与好书撞个正着，甚至撞个满怀，有可能的话，借出差和出游的机会，到别的县市去逛书店，腿勤才能有“艳遇”，此理用于淘书亦不差；二是眼勤，到了店中，要有猎犬的警觉，各个可疑的角落都要搜寻，不可轻易放过，这里翻翻，那里找找，说不定就会有意外收获，瞧过一遍还不够，还要再瞧一遍；三是话勤，就是要与店主多搭讪，询问他近期收购了哪些旧书，去向如何，彼此聊得多了，店主就会记住你喜欢什么类型的书籍，以后添了货，他就会通知你，或为你留着。此外，还要多与书友及时交流，尽可能收集到准确有用的信息。

淘旧书时，家中已有某书，遇见了版本更好的，品相更佳的，宜再购一册，一是可用于更换，二是可与书友互通有无。

遇着好书，价格偏高，最忌迟疑，一旦错过，后悔莫及。

旧书回家，还有一个清洁整理的过程，用橡皮擦拭封面，醮清水揭去标签，破损处则要用浆糊或双面胶固定。这一切都宜小心从事，以免旧创未愈，又添新伤。待整理完毕，即将旧书放置于光线明亮处晾够半天，若能燃一支檀香熏一熏，效果会更好。

书缘四题

林　希

“你姑夫说了，那几函书，如果你喜爱，就送给你吧。”

立时，我只觉全身一阵瘫软，不知什么缘故，扑簌簌地，泪珠儿竟从眼窝里流了出来。

多半辈子读书，少半辈子写书，苦在其中，乐在其中，几十年光阴，竟和书结下了不解之缘；如今回首往事，读书不过一个“苦”字，写书不过一个“累”字，读书、写书都没什么值得津津乐道之处，只是此中倒有几桩趣事，或有几桩丑事，还有几桩福事，——无不与书有缘，如是款款道来，或可聊以自娱。

“偷”书

谈起“偷”书来，在下不仅是一把好手，还是一把老手。只是这“偷”不是那偷。那等偷儿，于书店中佯装自若，趁售书人一时马虎，巧施小技便将一册书塞在腋下，然后悠哉游哉地从书店走出来，以买书不付款的“高买”方式将书据为己有，实不可取，且应受到制裁。

但“偷书不为偷”，指的是将被桎梏的知识“偷”为己有，此举如普罗米修斯的盗火，实不可以盗贼论之。

那时，小可年仅十一，母亲重病在身，父亲又在外疲于奔命，所以母亲的病床前便只有我这样一个混沌未开的孩子。母亲染病前，我早注意到母亲在衣柜里有一个小柜，晚上灯下不知母亲从哪里取出一本书来，如痴如迷地读着，读过后又不知放到了什么地方，但我见母亲衣柜里的小柜总是挂着一只元宝锁，料定那些不许我看的书，必是锁在这个小柜之中。

及至母亲病重，精神已是日渐不济，为管理家事，母亲便把她的那串钥匙交给我保管。拿到这串钥匙，我一不去开钱箱，二不去动衣柜，只立即将母亲的小书柜打开。啊，果然琳琅的书籍摆在了我的眼前，此中有《镜花缘》、《西厢记》、《石头记》，全是些我只知有此书，却不知书中事的“禁书”。一朝权在握，得势更张狂，这些书就被我一本一本地“偷”到肚里来了，直到如今，我还犹新地记忆着当时“偷”书的喜悦，正因为有了这样一次的“偷”书，我才从心灵深处爱上了书。

一九五六年，我十九岁，当时因受胡风案株连，受审查后刚刚解脱，百无聊赖，便只在房中面壁思过。偏这时文化局查抄旧书业店铺，一次大扫除，许多被认为是有害的书全部抄检出来，暂时就放在了我们宿舍楼顶端的鸽子亭里，出口、入口用木条钉死，从此再无人过问。

一天夜半，也是我因“犯错误”万分痛心而不得入睡，辗转反侧于床上受苦，突然灵机一动便跳下床来，顺着楼道摸上楼顶，那时代极瘦弱，谁料一侧身，我竟从木板条的缝隙间钻进去了。一不做，二不休，黑咕隆咚看不清书名，摸到哪本是哪本，一股脑儿抱下楼来一大堆，回到屋里拉亮电灯通宵阅读，同楼住的领导对我于“犯错误”后如饥似渴地学习著作颇为赏识。此间我读了几百本通俗小说，还看了全套的三百六十九画报，收藏堪谓匪浅矣！

“赖”书

姑夫家祖辈上开书坊，很是刻了不少的书，据说末及民国，书坊倒闭，从此姑夫才改攻新学，考取邮政局任一介职员。终究是书香门弟，虽几经动乱，旧书已是寥寥无几，但瘦死的骆驼比羊肥，姑夫家的线装古籍，一直令我垂涎。

偏偏姑夫于古籍上十分吝啬，每次我去看望，只以鱼肉相待，唯有于其藏书上，却一字不提，且姑夫知我爱书，平日便更在姑母及表兄妹间多次嘱咐，倘我哪日张口借书，万万不可答应。

看看姑夫藏书，倒也无甚稀世珍奇，旧时读书人家，四书五经、经史子集，几年来早有新版行市，尽管是报纸本，简体字吧，但读书以求知为第一目的，如我这样的年纪，于版本上并无任何苛求。

只羡姑夫家有几十种清人笔记，其中如《右台仙馆笔记》、《南亭笔记》、《梦蕉亭杂记》等，解放后一直没有刊印，看着这些珍籍，果然似猫儿见了腥、鼠儿见了油一般，不将其弄到手，我是不会甘心的。

于是，在一次临近年关，帮姑夫家扫房之时，我一番花言巧语，终于感动姑夫、姑母，他们竟然一次把那几函笔记古籍借给了我，为报答姑夫、姑母借书之恩，我那天在劳动中有突出表现，连表兄表妹都暗自汗颜。

尽人皆知，这笔记类文字是要一则一则品味的，它不似成本大部书籍那样，一口气读完，择其要点写些提要笔记，几时用时再检索翻阅，笔记类文字只能时时备于身边，读书之余信手翻翻，那样读来才最有趣。

没过多久，表哥到家带来姑夫口信，催讨那几册古籍。借物当还，自是君子立身之本，但事关书籍，脸皮自然舍得，表哥面前推说正在研读，还有几册要抄写备索，宽容几日，一定完璧归赵。

几天过去，估摸还书日期临近，早早地买上一兜水果，神采洒脱地亲赴姑夫家拜望，姑夫姑母见甥儿无端送礼，自是不好开口要书，如是，便算是“熬”过了一关。又过一日，想想又该去姑夫家走动了，此次再买水果也觉无趣，于是一番乔装，气喘吁吁闯进姑夫家，说是外出办事路过此处，匆匆抽暇探望，改日再专程探望，姑夫姑母见状怜我其情亦真，自然也没提要书的事。

此后哩，又一月，推说病了，又一月，出差了，又一月，心情不佳，挨批了，又一月，集中学习，受审查了，一月一月，一直拖了十二个月，眼看着这几函书赖在手里将近一年了。

终于有一天，姑母来了，我立即百般殷勤，又东拉西扯一番云山雾障，说得全家天昏地暗，正高兴时，姑母突然笑了，她看看我说："你姑夫说了，那几函书，如果你喜爱，就送给你吧。"

立时，我只觉全身一阵瘫软，不知什么缘故，扑簌簌地，泪珠儿竟从眼窝里流了出来。

买书

书市，本来是古已有之的一种售书方式，但旧日的书市绝非今日的书市，今日的书市越办越大，大到占地数千亩，云集全国出版社数百家，各类出版物数万种，引来天南海北购买人以十万、百万计，这在世界上实属罕见。

逛书市，人说是一种享受，我说是一种刑罚，那么多的书一同摆在你的面前，价值连城者一个大部头上千元，而想想自己每年爬格子不过得稿酬三几千元，相比之下，再看书架上摆的那些大部头，一部一部真是面目狰狞，有的似还在以奚落的目光望着你，暗中又似在骂你无能。

当然也不乏买书大腕儿，报载一位不肯披露姓名的读者，自费购书，一次就买了三四千元，听着令人钦敬，想想又觉可悲，一次书市，一次购书，真不知那些求之多年而不可得的书是如何如百鸟朝凤那般一股脑儿地汇到一起来的，如此大把大把地花钱，大捆大捆地买书，也真令穷读书人心寒。

买书之乐，乐在倾尽囊中所有，有时连回家的车钱都掏出来，手中抓着一本书，一步一挨地在马路上走着，任由无轨电车、公共汽车从你身边飞驰而过，而自己却心甘情愿地走上一两个小时，那才真是苦中有乐。

五十年代初期，逢上节日，新华书店有特价部，一折二折，贱到几分钱便能买到一册。虽说是处理，其中也大有平日喜爱的书籍，偏那时在求学，每次去买特价书，多不过带上一元多钱，倾其所有，真恨不能连衣服都脱下来押在书店，挑来拣去也还是要忍痛割爱，就这样抱着一大摞书，每次都是步行回家。

后来有了工资，平时就更要带上些钱去跑书店，几乎每次都在书店掏得一文不明，原准备逛书店后要打牙祭的，又总是从书店出来还得赶回食堂照例去吃白菜豆腐。最可恨那时有些书已是贵得令人望而生畏，一次去旧书店见到一部《二十四史》，索价四十元，匆匆赶回机关东借西借，好不容易凑足四十元再跑回书店，恰好一位已将这部书买走的什么人物已指挥着他的下属往车上搬，气冲冲找到书商辩理，明明我说过取了钱就来买书的，书商却只说你又没有交订金，无可奈何，只能怪自己没钱。

“文革”后期，在工厂做搬运工，一次随车外出运钢管，车到任丘县城，同行工人均深入农家偷买资本主义鸡蛋去了，唯有我一人留在城中。百无聊赖便在街上闲逛，突然发现新华书店旧房一间，门可罗雀，信步走进书店去，竟把店内售书人吓了一跳，举目向书架望去，喜出望外竟见有某红学家名著一部。说来也是不可思议，此书于彼时彼际，在天津是要凭内发购书证才能买到的，谁料到了农村县城，竟然公开置于架上无人问津，不容置疑，当即倾囊购书，幸好，还总算凑足书款。待我将四元七角钱送至售书人面前时，那售书人竟目瞪口呆，手足无措，犹豫再三不知如何是好，最后经我再三解释这四元七角钱是买架上那部红学专著的时候，售书人才反身将书从架上取下来，啪啪两声，拍去书上厚厚尘土，立时店内烟雾蒙蒙，据我在一旁估算，只书上拍落的尘土，少说也值一元钱。

由任丘返津，途经堂二里时，正当用饭，同车工友纷纷下车在路边面馆大吃烩饼粉汤，只有我一人留在车上，推说胃口欠佳不肯下车就餐，时近黄昏，夕阳西沉，坐在车头里悄悄展卷读来，那才真有一番别样滋味。买书之乐，非不买书人所能体味。

访书

一九九一年秋天，准备着手写一本书，动笔前先要搜集相关资料，为此便四处联系，开始了一番访书的奔波。

我要查阅的相关资料，是一九五五年分别由人民出版社、人民文学出版社出版，并随之由全国各地出版社重印的关于胡风案的一些专册。在一九五五年当时，这类小册何止是人手一册，我自己因受胡案株连，为提高觉悟，便买了不下数十册，而一般干部、学生则为了参加斗争，至少也要买上几册。

但相隔将近四十年之后，又经过几番政治上的波折，如今再想找那些书，已是踏破铁鞋无觅处了。

按照一般查阅资料的程序，我先去了市图书馆，但图书馆里一册也没有，卡片室查不到，出示介绍信和内部阅读证，找到老图书管理员，回答说这类书原来自然很多，但后来下了文件，一律撤下书架，而且限期销毁，如今已是荡然无存了。市图书馆没有，找到区文化馆的图书馆，再找到几所大学的图书馆，回答都是一样的，凡是公立图书馆，都要贯彻上级指示，那类历史资料，是不允许保存的。

无奈我只能跑到北京，找到在出版社工作的朋友，出版社资料室总要留有样书的吧？但更令人失望，出版社资料室几经洗劫，“文革”以前出版物的样书已是一册也找不到了，有的出版社连当年批准成立出版社的文件都丢失了，反正是国家机关，就这么马马虎虎地混着吧，将来万一查原始文件，反正存在这么多年了，又是几百人的大单位，总不能按地下出版社对待吧。

半年时间过去，一册资料也没找到，这部已构思完成的专著就是无法动笔，后来听说中国的种种资料，美国保存得最完整，谈何容易，中国人哪里有条件到国外去查资料。

正于无可奈何之日，一位几乎每半个月就来我家闲坐个把小时的朋友又来家中闲聊，这位朋友是个工厂干部，祖上几辈人与文学无缘，喝酒骂娘之余，就谈到胡案资料之难觅，他立即一拍大腿说道："你咋不找我？"

"你有？"我当即站了起来，喜出望外地问着。

"我们家什么书也没有，就留着一套这玩意儿，老爹去世的时候还嘱咐过我，那套小本本可千万别烧，要让子子孙孙好好研究，研究透了这些小本本里的文章，保准能平平安安地过日子。"

"走！"不等这位朋友把话说完，我抓住他的胳膊就往外走。

"干嘛？"这位朋友不解地问着。

"去你家，把这套小本本拿来！"

蹬上自行车，风风火火，我随这位朋友到了他家，来不及寒暄，进门就翻箱倒柜，七手八脚就把那几十册小本本找出来了，他妻子在一旁看着吓得直问："不是抄什么黑材料吧？"

书缘纪略

蓝　翎

> 无论任何人，到头来都是“转眼分离乍。赤条条来去无牵挂”。《山门》里的鲁智深早悟出了这一点，贾宝玉听了也有所悟。我等末人又缘何念念忘不了身边那几本破书。

有人说藏书是一乐儿。乐儿在何处？“得失寸心知”。有人说藏书是一累。累在何处？有时书累人，而更多的是人累书，“别有一番滋味在心头”。

书之与文人，有如宝刀、名剑之与武士，得之乐陶陶，失之惜惶惶。林冲于汴梁街头得宝刀，爱不释手，为与高太尉比刀，“误入白虎堂”，只落得发配充军去沧州。杨志落魄，于汴梁桥头卖祖传宝刀，觉得有愧先人，偏偏又遇上泼皮牛二，无奈杀人，发配大名府，落草梁山泊。文人藏书，大体亦如此。有藏书名传千古者。如秦朝禁书时孔子的后代藏书于夹皮墙，保存了古代图籍。又如明、清时期，江、浙及山东的几大藏书楼，至今仍被学人当作美谈。也有藏书家破人亡者。且不说秦时的焚书坑儒，清时的诸多“文字狱”，也往往与藏书有关，连已死的人还要剖棺戮骨，更何论活着的。所以藏书有乐儿也有累，应该两点论，不能只说一点不及其余。“书中自有千钟粟，书中自有黄金屋，书中自有颜如玉”，骗骗蒙童还可以，人一到中年甚至老年，已读过不少的人生之书，相信这话的大概无几了。

藏书的不一定爱读书。如旧时的大军阀、富家翁，藏书为了装门面、摆阔气；如今之时髦人，于豪华家具里放上几套精装本当摆设。但读书人大都爱藏书，“知识分子书多”，此之谓也。然而知识分子藏书需要两个基本条件，而且缺一不可，一是要有钱，二是要有房。钱有几个？房有几间？这话便难说，说了会犯忌，属于发牢骚，如“上纲上线”，就是“对现状不满”，那还了得！弄不好，还得把省吃俭用辛辛苦苦积累的几本书当废品卖掉，并非时时都是“知识的阶梯”，而是累赘。

山东济南刚解放不久，我就进了干部学校学习社会科学，住在原齐鲁大学里。离学校不远有个劝业商场，晚饭后或节假日常去逛逛，是名副其实的逛，因为是供给制待遇，口袋里没钱。那里有不少旧书摊，有的摆在板架上，有的就地摞，任你翻捡，买不买都没关系。记得有一部精装的《比较文学史》译本，标价相当于几个烧饼钱，真够便宜的，但是没钱买，翻了又翻，还是舍不得地放下了。干部学校的学员随时准备着服从组织分配，“打起背包就出发”，书怎么办？稍后，即转入文学系，有了专业，更感到书的重要。去过几位老师家，却不见有多少藏书。这也难怪，有的老师抗战时期流浪在“大后方”，衣食难继，又怎顾上藏书。高兰师在其朗诵诗名篇《哭亡女苏菲》中，就痛述了全家食白薯的艰窘状，听了令人酸鼻。学生穷，教授亦穷，想以藏书称富者当“难于上青天”！

我第一次看到私人藏书之多的是在青岛山东大学读书时，一个偶然的机会，我到了陆侃如、冯沅君师家。那是一座小“洋楼”，也可称为藏书楼，仅看到的有限地方，无处不放着书，真是如登书山、如临书海。而平时看到冯先生下课回去，总是顺路捎带点青菜或米面，可见那些书也积之非易。作为学生，也只有望“山”仰止、望“海”兴叹而已，但也萌生了幻想，要作学者，非得藏书不可，两手攥空拳不行。

毕业了，分配到首都北京师范大学附属工农速成中学当教师，住在鼓楼东宝钞胡同，一人一间房，别看小，连分到北京大学的同学都颇羡慕。有了房子和书架，便开始买书。我买书有一条极简单的标准，一般供阅读的书不买，学校图书馆会及时购进，教师借阅不受限制；较贵重的线装书不买，买不起，到北京图书馆办个借书证很容易，抽空跑去借着看；只买新出版的中国古典文学名著，以便随时查阅。将近一年，书还没买多少，就发生了批判《红楼梦研究》的事件，一阵龙卷风把我卷进了王府井《人民日报》社，被人讥讽为“一步登天”。我没有看到天在哪里，却一脚踏进了本司胡同的集体宿舍。这里的一切都是按级别办事的，不管报刊上怎么乱嚷嚷，九人一间房，一床挨一床，袜子毛巾洗脸盆，衣服书籍破纸箱，统统塞到床板下，这倒使我怀念宝钞胡同那间红门绿窗洒满阳光的小房子。幸好，新居的后院住着著名诗人也是我的领导袁水拍，他看了看住处，很表关怀，便同行政部门交涉，破例将顶头的放杂物的小耳房腾出来，让我搬进去。后来又搬进了当时的合作者，两床一桌一书架，留个出进的路，正好摆满。以后我把当时的一则札记改成杂文发表，题为《半间房随笔》，被批判为“对住房不满”。这本来是事实嘛。如果我写成“一间房”，岂不是霸占了别人的住房权？半间房也好，总算有一个书架合用，于是又开始买书。

不久，我的确有了一间房，地处西郊荒僻的北蜂窝，一个一个灰砖灰瓦的平房杂院，白天很热闹，晚上倒安静，绝无车马喧，正是读书的好地方。当时听说邻院还有一位埋头创作的青年待时而飞，两年后就真的飞起来了，成为闻名的小说家浩然。我也处在“顺风期”，被夸奖话吹得非非然、飞飞然，似乎不知道自己算老几、几斤几两，又有了不多的稿费收入，买起书来手头便攥不紧，对旧版的和新印的线装书有了兴趣。什么毛宗岗批本的《三国演义》，金圣叹批本的《西厢记》，贯华堂《水浒》，影印庚辰本《石头记》、《水浒志传评林》、《聊斋志异》稿本，等等，等等，都是这时买的。有机会就逛东安市场、隆福寺、琉璃厂、西单商场以及宣武门里和西四北的几家旧书铺。有些听了令人吓一跳的书我也见过，一部崇祯本《金瓶梅》才标价八十元，但我都不买。这种书到了郑振铎、阿英等老前辈的书房里是珍藏，而青年团员要是买了，便会惹是生非。然而，对于经典著作，我却最不怕花钱。《毛泽东选集》，要最好的精装本；《马克思恩格斯选集》，要莫斯科版的精装本；《列宁选集》、《斯大林全集》，要精装本，还自以为是马列主义者的后备军；中外古典文学名著，要精装本；《鲁迅全集》，预订最好的精装本，简直成了精装迷。小书架换了大书架，又买了新书柜，决心先把藏书"富起来"。谁料一部《鲁迅全集》还未等"全"(直到今天仍是八本，缺最后两卷，留个残缺的纪念品吧)，便一百八十度大转弯，由买书变成了卖书，连带书柜一起卖。

一九五八年，我是本单位最后被"扩大化"进去的一个，不是头名"状元"，而是坐"红椅子"的老末，只要少"扩大"一点，就会"名落孙山外"。"撤销公职，留用察看。每月发生活费五十元"；爱人受牵连，降两级，工资同我拉平。一家老小，有吃奶的，有上学的，只能顾吃，穿居其次，买书梦彻底破灭。夫妻分别下放，老小留住单位，真是一个钱掰成几瓣花，但还没想到卖书，却幻想着熬一熬也许能过去。谁知"屋漏又遭连阴雨，破船偏逢顶头风"，一纸调令下，限期离开北京，到河南改行干商业，"盼来盼去盼了一个透心凉"！全家行李很少，家具大部分是公家的，惟独书是累赘。正值"三年困难时期"，买个网兜提就烂，买根绳子捆就断，狠狠心，挑出几部难割舍的，其余的统统卖掉，书柜无用了，也卖。那时旧书店还规矩，不像后来的当废品书，而是以质论价，签名盖章的经典著作按原价收，《译文》杂志按半价收，算来算去几百块，不是小数目。可是一到河南，钱又不顶花了，养儿又添女，光吃高粱面红窝窝头不行，偷偷买私人的鸡蛋，两元钱五个。老天有眼，按着我手中的钱影响市场，大人的精神食粮变成了孩子的物质食粮，卖书的钱花完了，经济形势也好转了，孩子们又吃上白馒头，幸运地度过了荒年。如果没有那些书可变卖，这日子就不知道怎么过了。事后一想，书能变鸡蛋，也是一乐儿。

日子稍有好转，也不敢好了疮疤忘了痛，一家老小的吃穿要紧，非不得已，绝不抠钱买书。承蒙几家图书馆热情关照，什么书都可一摞一摞往外借，照样读得津津有味。“文革”降临，我没有多少书可损失，把与“修正主义”有关的当废品处理掉，落得个安然。但当看到平时多有来往的一位诗人、教授被打成“牛鬼蛇神”，几十年积累的好书胡乱塞进麻袋，八分钱一斤，让废品站的卡车拉走，心中也有些凄然，难以忘情，而看到处理家具的，却淡然置之。书好像知识分子的“通灵宝玉”，一旦失之，便神不守舍，本性痴迷。若再得之，则魂魄归窍，欢如雀跃。那位教授一“解放”，便刻藏书印一枚，曰“一九七〇年后所购书”，慨然供我借阅，共尝其乐儿。真是，书与文人，天赐良缘，比夫妻缘还要早，且一番和顺，从不吵架闹别扭，用斩天剑也斩不断。当问老天：这真情何来？一贯“冒傻气”？

天转地也转，悠悠二十年，我又转回北京，还带回那几部带去的旧书。房子有了，书也逐渐多了，有买的，有发的，有惠赠的，不知不觉装了若干柜。不过真正用到的时候并不多，常翻的多是字典、词典、地图、年表之类工具书，其他都整整齐齐崭新崭新地摆在书柜里，站在前边瞅瞅，欣欣然不知所以，不顺心的事也暂且忘怀了，地方有限，书柜不能多添，于是将可有可无的虚而不实的假而欠诚的淘汰出去，毫不可惜。去年离休，七挪八挤，居然腾出了一小间书房，知足了，守着安度晚年吧！

一些文人常自视清高，包括我在内，一谈起什么名誉呀、地位呀、职称呀、钱财呀等等，皆视为身外之物，来之不值得喜，去之不值得忧，很洒脱。其实，书也是身外之物，尽可以来去由它。书海无边任遨游，个人收藏，能藏几何？像我的那些书，我有的别人也有，用藏书家的眼光看，没有一本算得上“孤本秘笈”，又有什么可珍可藏的？无论任何人，到头来都是“转眼分离乍。赤条条来去无牵挂”。《山门》里的鲁智深早悟出了这一点，贾宝玉听了也有所悟。我等末人又缘何念念忘不了身边那几本破书。若是思想不解放，心灵不逍遥，个性不伸展，即使天天埋在书堆里，又有何可乐儿？还不如放个屁舒服！

一九九三年一月七日

藏书与读书

钱歌川

藏是收起来，里面含有一种重视和珍贵的意思，但决无永远不拿出来读之意。可见既有收藏，自然随时可以取出欣赏，高兴时就取而读之，读罢又复藏之箱笈，正所以表示爱书而重视书。

我生平别的嗜好都没有，就只是爱买书。走到朋友家里，最使我注意的，不是他陈设的华丽，家具的优良，或招待的殷勤，烟茶的考究，而是他书架上的藏书。如果一个相识，他家里有几架书，不问是蟹行文字，或线装古籍，我都觉得此人可与谈话，其家可以留恋。

每在繁华的市上走过，我看不见那些高大的百货商店，或是什么食品公司，吸引我的目光，只是书店。我不看见书店则已，一见到一家书店，没有不走进去巡阅的。无论是大书局，或小书摊，无论他所发卖的书，是新是旧，是中是西，他对我都有一种吸引的力量。我可以在一家极破旧的书店里，消磨几个钟头，连肚子都忘记饿了。好书真比什么还可爱，我常要倾囊倒匣才能离开书店。

有时无意中买到一本得意的书，回家简直视同拱壁，爱不释手。我并不马上去读它，我只把玩它的外形，如装帧、纸张、印刷、字体、格式或是插图等等。我先把那整个的书反复地细看它的外表，然后看它的内封面，至多再读它的序文，决不愿一下就把它的内容完全读了的。我要留着以后慢慢来读，仿佛一杯美酒，我不愿一口就将它吞掉，我要留在杯中，先赏玩它的颜色，然后嗅取它的香气，等到它的色香使我饱足了，才开始一口一口地来透尝体会它的味道。我觉得一本好书，作者著述的时候，除了他执笔以前的腹稿不算，临到动手写时，还要经过多少苦心，一字一字地去推敲，写出来有时还得一再的易稿，然后始能完成一部佳作。一饭一粥，来处不易，一本好书的产生，更不是容易的事，我们岂可草草读过！不说对不住作者，就对自己的本身说，也不应囫囵吞枣一般地来读书。走马观花，就是读了也等于未读，因为歇不了多时，你不仅把书的内容完全忘记，甚至连书名都不复省忆。

说到读书，我们真应该从小孩子去学，试看一个认识字的小孩子，每当他得到一本故事书时，他多么喜欢，常要废寝忘餐，拿在手里把玩，先反复细看它的外表和书内的插图，然后根据每一幅插图的书意去推想那故事的内容，等到把全书翻过几遍，实在再不能忍耐了，才专心一志地开始去读文字。当他读时，会忘记了其他游伴，忘记了糖果、玩具，忘记了身外的一切，他一颗小小的心，完全被那篇故事吸住了。等到他把那篇故事读完，他心中早已没有保留其他杂念的余地，故事中的人物，甚至小如一个蚂蚁，都如生地在他脑海中活跃，占据了他整个的心灵，日夜萦思，好几个月都不能忘怀。

读书要这样去读，才不负作者，不欺自己。如果只一目了事，单看了一点大意，真是罪过。所以我每当一本好书到手，决舍不得在几个钟头内就把它读完的。尤其是谋了多少时候谋不到手，突然无意中在旧书摊头得到，更不愿草草读过，而辜负了自己寻觅它的一片苦心。但这种私心是很不容易得到人家的了解的。我的太太虽是很爱读书，然而她每次看到我不惜倾家荡产去买书，就不免有点抱怨似的说：

“老是看见你买书，又从来不看见你读，买了有什么用呢？徒然糟蹋了钱，家里到处都是你的书，连放的地方都没有了！”

我也知道我买书成癖，很想以后节省点钱存在银行里生息，要买新书也得把现有的翻阅一遍再说。然而计划尽管这样计划，每次临到好书当前，就忘记了太太的话，忘记了自己的经济状况，非买几本回来，总觉得如有所失一样。记得从前在英国的时候，我的一个买书同志，为要避免太太的烦言，每次买了书回来，就抽出自来水笔题献给太太的字样，他太太虽然说“这样的书我又不要读”，可是对于他这种送书的好意，总不好意思骂他不该买。我觉得这种夫妇共藏书的办法，实在不错。古人也有篆某某某某夫妇印的图章，印在他们的藏书上的。

书果然要给人藏的呢，还是给人读的？这个连三尺童子也知道书是应该给人读的。然而中国人为什么老是叫作藏书呢？我记得从前倾心西洋文化的时候，免不了对中国的旧东西都存鄙弃之心，这种忘本的幼稚病，驱使我有一次竟妄动笔墨，谬评某文人不应把他的藏书目录刊行出来，献给西方一博士。我说西方有一文人，以其一部伟作献给他的一个烟斗，而我国这位学者竟以自己的藏书目录献给一位博士，适成一个尖锐的对照，末了我还说书是买来读的，不是买来藏的。其实现在想来，真觉多事而不应该。印一部专门书的目录，并不是完全无益于人的事，何况书固然可以读，又何尝不可以藏？我国五千年的文化，不是随便可以鄙薄的。古代相传至今的东西，虽一字之微，能不失其存在，自然有它的道理和价值。我以前也犯着一般欧化青年的毛病，觉得中国旧有的东西，都应该改良，应该急起直追模仿西洋的物质文明。现在觉得真是少年意气。后来年龄与时间告诉我，中国的旧东西，并不都是坏的，值得我们保存的遗产实在太多了。等到我欧航以后，这种信念，尤与日俱增，近来简直变成一个国粹论者了。

有人问我欧洲的感想如何，我的回答是极简单的一句话，“我看不起西洋人，从此更知道珍重国故。”我觉得西洋的物质文明，毕竟是一种浅薄的东西，再以社会情形来说，中国所有的坏事，西洋不仅都有，而且更甚。中国现在许多陋习都是从西洋人学来的。中国的旧东西并不坏。我们要学西洋，不是学西洋的皮毛，是要学实在的东西。如果单是把自己的姓名西洋化了，不仅不能使中国富强，徒然显露了自己的浅薄和无常识。我说浅薄，为的是这样只能迎合几个英美的商人，正同请洋人吃饭给他预备西餐和刀叉一样。其实他更爱吃中国菜，而且既到了中国，也应该吃中菜，我们到西洋去，也不是去学怎样用刀叉吃番菜的。

至于姓名是代表自己的国体，更不应去学人家的。空名的变更，果有何补于实际呢？我说无常识，是因为就在西洋如意大利匈牙利诸国，也是和中国一样，是先写姓后写名的。如意大利的大诗人但丁，就是这样，他们同在欧洲尚且不与英法等国同化，我们远在亚洲，实在不必多此一举。我在去欧洲以前，英文姓名虽也曾把姓写在名字后面，但到英国与人交际，以及在伦敦出版的小书上，都是保存中国旧有的习惯写姓名的。

话说出了轨，现在再回到藏书的问题，我在上面说，中国的国粹，虽一字之微也莫不有它的道理。就说藏书的藏字罢。藏是收起来，里面含有一种重视和珍贵的意思，但决无永远不拿出来读之意。可见既有收藏，自然随时可以取出欣赏，高兴时就取而读之，读罢又复藏之箱笈，正所以表示爱书而重视书。

书也并不是只能读，而不能作别用。有时我们因版本不同，虽是同一种书也常要买上好几本，以便互相考证较雠。有时因为是初版的古本，或是有题识的，或是有插图的，我们自然舍不得将它读破。还有某一类的书，根本就不是可读的。如辞典类书，只能供必要时查阅之用。至于其他社会百般，一个人无论如何渊博，也不能尽知，只能到临时去找来看。以孔子之渊博，问到农事和园艺，就只好说："吾不如老农，吾不如老圃。"我家里虽然也有好几本养鸡的书，但我相信在我归农以前是永远不会去看它的。我如果不对某一颗星发生兴趣，天文学的书我暂时也不要卖。不过这些书我都爱收藏一点，以便心有疑问，得以随时解决。有时因为在书上读到断章的引用句，而想窥其全貌；有时因为看了马可·波罗的游记而想查考当时的中西交通。诸如此类，都得家中有各种全集专书，才能随时应用。

中国有句古语说，养兵千日，用在一时，藏书有时也和养兵一样，尽可有藏而不用，不可要用而无藏。家里书藏得多。要什么有什么，实在是学者一大帮助。

偶读《寄园寄所寄》，见上面转载着鄘古新语中的一个小小的故事，说有人盛夏凿一新池，客来赞美着说，等待来年好种荷花，主人说何必要待至来年，马上可以使它长出供客赏玩，客人视为戏言，等到酒后来看，池上果然绿云千朵，清香摇曳，已经是满地的荷花了。客人为之惊讶不置，问主人何来此魔术，主人却说，“为佳宾姑借催花檄也。”其实只是因为主人后园中盆荷甚多，他叫搬来带盆沉水，以出奇娱客而已。

这故事即作为藏书多时可收奇效的一个旁证，亦无不可。那主人后园中平日培植有各种花木，所以客人谈到什么他就可以拿什么出来，使人倾倒。主人尽可不爱荷花，但他后园仍不可不备。书尽可藏而不读，但不可不藏，也就是这个道理。好藏书的人，并不一定是浏览万卷的通儒学者，他的格言是：藏书千日，用在一时。

照以上这样说来，也许有人要疑心我只是赞成藏书，而不主张读书的。其实在我的意思只在解释我国祖传的一个藏字之未可厚非，和藏书与读书之并无二致。我国图书馆的设备既不发达，要读书的人非自己购买不可，因此读书与藏书便结了不解之缘。在有藏书癖如我这样的人，有些爱好的书，即算图书馆有得借，或甚至我已读过一遍，我还是自己要去买一本来收藏，如果不是个人所有，拿在手里总觉不过瘾似的。

我从前有一个习惯，凡是自已的书多半是没有读过的。我专借别人的书来读，凡一本书我读了满意的，或是觉得将来还想再读的，我便去买一册来收藏，其余只读一遍就够了的，当然也就读过就罢了。

买书与到百货商店采办货物不同，有许多书既不是有钱可以买到的，而且也不是随时可以搜集的。买书除了有充分的资本而外，还要有善相书的人。没有学识的人，单照着书名去买，而不知选择内容，买来每每无用。有了钱，有了人，还不够，还得有悠长的岁月，和大好的机会。买书犹如访贤，要四方八面去访求，世上好书既不多，寻访自然也不容易。坊间所常见的书，多是些迎合世俗的低级趣味的作品，真正的好书，常遭绝版之厄运。

藏书家的宝库，既是这样一本一本，穷年累月而注以心血的结果，他自然是特别爱惜，而愿加以珍藏的。在平时也只取出来，或日夜加以摩挲，或夸示佳宾贵客。他不放心随便借给别人，既担心久假不归，又怕被人损坏弄龌龊了。就是他自己取出来读，也小心翼翼，要用特制的封皮包着，在明窗净几之下展阅，那时他便能领会与古人对谈之乐，而神驰于想像的大世界中。

但这种聚精会神来读书的时候，在一般有职业的藏书家是常有的。所有的藏书家都抱着一个期待，要在他辛苦多年，把生活问题解决之后，便摆脱一切俗务，把自己关到图书室中去，每日用充分的时间，来发掘那无穷的宝库。

藏书和藏书印

黄苗子

> 一本盖有清代藏书家刘喜海印章的善本书，却硬被一方“江青藏书之章”覆盖在刘印上面，此种“开硬弓”的蛮横手段，将来有人写中国藏书史时，也是“史无前例”的。

读书和藏书应当属于一种“雅事”，或者叫做高尚行为。可是世界上任何事物都会因一定条件异化，藏书也不例外。

十多年前，阿英同志的藏书是有名的，许多明刻的珍、善本书，是他五十多年从南北各地、在戎马倥偬中辛勤搜购的。五十年代后期，他住北京棉花胡同，那时除了李一氓、齐燕铭、徐平羽等同志常去看他以外，还有一个福建口音的人，也常到棉花胡同借阅阿英同志的明版书。

“文革”中，阿英在文联被关进“牛棚”。那时，那位炙手可热的福建人忽然给文联造反派去个电话，让把阿英同志的所有藏书送到某处集中，“不许散失”。造反派遵命行事。后来在某一夜，几部汽车开进某处，警卫森严，于是一夜之间，阿英的明版书被归入福建人及其几个同伙的书架中！最近看到一部前苏联拍的纪录片《普通法西斯》，使我回想起当年举国若狂的扫“四旧”、烧线装书的情景，在伤心惨目之余，忽然也想起此事。

藏书是雅事，风雅的中国读书人，更喜欢在他心爱的线装书上盖上朱红小印，一方面表示这是本人的藏书，另一方面增加了书页的装饰味道，如果是先代名家的藏书，上面有个藏书章，则更增加了这本书的文物价值。例如一本宋版书，上面有前清黄丕烈“士礼居”或“百宋一廛”的藏书印，那就更增加了书的声价，这是读书人都知道的。

就在这场浩劫之后，党和政府按照政策，发还曾被掠夺的宋、明古籍，却往往在原有的藏书家的印章之外，多了方图章。据笔者所目睹的，有白文“江青藏书”（约三厘米），往往盖在封面显目处或“天头”（书页上面空白处）上，看来很有霸气；有朱文“伯达藏书”，大小风格和上面的相同，另有“温陵陈伯达印”大章一方，见于发还书上；此外另一家的白文“康生”仿汉小印，不到一厘米半，这方印往往盖得位置恰当，同时期还赫然盖有“归公”朱文小印，大小与仿汉名章相同；出人意料的，更有一方“大公无私”的方印，与名章同时盖在书上，见者莫不伸出舌头。

说江青盖的印“霸气”，例子是不少的。一本盖有清代藏书家刘喜海印章的善本书，却硬被一方“江青藏书之章”覆盖在刘印上面，此种“开硬弓”的蛮横手段，将来有人写中国藏书史时，也是“史无前例”的。

在“七味书谭”中，这一谭“属于什么味”？笔者也搞不清楚，只好让读者自己去品尝了。

三代沧桑话藏书

吴小如

> 我已深尝多书为累之苦，偏偏孙女竟蹈我覆辙，“青出于蓝”，我亦只好听之任之。但愿从此海晏河清，藏书不再遭厄，则幸甚矣。

吾家之有藏书，自先父玉如公始。先父年十九丁父忧，学业中辍，远游东北。后定居哈尔滨，长期在中东铁路局工作。“九一八”之后，全家于一九三二年回到北平，未几又迁居天津。家中大量藏书，都是先父在哈尔滨所购置的。记忆所及，先父早年所购书以扫叶山房石印本古籍为多。因先父上有老母，下有妻孥，买书备用，无力搜求善本。但书橱中仍见有一二部元、明刻本，大约也是廉价买到的。一九三五年先父到母校南开大学任教，经济条件稍裕，这才开始购买大部头丛书，如《四部丛刊》初编，百衲本《二十四史》，《说文解字诂林》正续编等巨帙。由于先父酷嗜书法，收藏的碑帖较多，约占全部藏书的八分之一。

我因父亲藏书不少，自己很少买书。甚至在当了教书匠之后，买了书也放在父亲的书橱中，并无“私有观念”。因家中已有《四部丛刊》初编，我个人所买的古籍，乃多为《丛刊》续编、三编的零种和《四部备要》里所收的常用古籍而为《丛刊》初编所无者。更因限于财力，多买平装排印本以及坊间翻印的古籍。后来我结了婚独立门户，才正式有了个人藏书和部分碑帖。

舍弟同宾久居津门，他是专治戏曲的，除原有一部分新文学作品外，后来添置的大都为戏曲方面的专业书，以及少量文艺理论书籍；加上一些古籍和工具书，所藏亦自可观。及十年浩劫，在天津旧居的藏书，不论是属于先父的、舍弟的还是我留在津中的，均被抄没一空。后来虽发还了一些，亦属残编断简。至于我自一九五一年定居北京西郊后陆续买到的书，“文革”中损失亦巨，惟尚不及津门旧居“扫地出门”那样惨重耳。

由于受父亲影响，我买书亦只为了阅读备用，故所购亦无善本。平生只藏过三部明版书（其中一部《山谷刀笔》是元刻本，书商定为明初翻印者)。一九七五年妻子动大手术，她又没有公费医疗，只好全部廉价卖掉。父亲在“文革”中生活无着，抄家前已把《四部丛刊》初编售出。我则因住屋狭小，根本摆不下《四部丛刊》，再也不曾添购。百衲本《二十四史》，先父作为结婚嫁妆赠给他外甥女了。我在一九五七年因中国书店允许我分期付款，乃另买了一部老同文版《二十四史》，至今还在使用。我自置之书还有一大部分是新文学作品，如周作人的全部散文集，以及朱自清、俞平伯、废名、沈从文几位老师的单行文集，“文革”中都被弄得残缺不全。我便把一部分书送给治新文学的朋友，极少数的几本旧版书如开明书店版的《桥》（废名著)、现代书局版的《猫城记》（老舍著）等则给了爱好现代文学的小女儿。劫后所存，只剩下一堆古色古香的“国学”书籍了。

“文革”期间，我和王瑶先生（昭琛）的藏书都被抄走很多。事后“交流”情况，发现我和昭琛的藏书中，凡有关《庄子》的书籍都不见了。想必北大中文系从事抄家活动的青年人中有专门研究老庄哲学的人才。至于我的大量工具书，包括古代类书（如《佩文韵府》、《骈字类编》、《渊鉴类函》、《太平御览》等）和《中华大字典》、《辞通》、《联绵字典》之类，则一本未动。一位在中央党校工作的老同志曾对我开玩笑说：“你的藏书中最有用的就是这些大部头的工具书，要是我去‘执行任务’，这些书恐怕就都保不住了。”

劫后检点旧藏，发现有两部值得一提的书。一部是线装清刻本的《四书翊注》，虽非善本却属孤本。此书是清代理学家刁包（字蒙吉）所著，虽阐发朱注而其中却不乏精义。我曾检程树德《论语集释》后面所附的引用书目，并亲自问过撰写《论语译注》的杨伯峻先生，他们都未见过这部《四书翊注》。程氏所引刁氏之说，明言转引自《经正录》，伯峻先生则亲口对我说过是从清人著述中转引的。而北大、清华及原燕大的三校藏书，亦无此帙。另一部为平装排印本，是由厦门大学印行的林庚先生（静希）早年所著的《中国文学史》，书前扉页上还有静希师亲自题写的两行诗句。此书是一九四六年初识静希师时承他惠赠的。书中把我国文学史分成“黄金”、“白银”几个时期，亦属别开生面。静希师晚年把旧著改写，书名《中国文学简史》，由北大出版社出版并已一再重印，但原版旧著还是极有纪念意义的。

自一九八二年先父病逝，我和舍弟又陆续购置一些新版图书。舍弟所藏仍偏重于戏曲专著，我则近于“拾遗补阙”，多买前所未藏或藏而已失的各类古籍，依旧为了阅读备用，不大讲求版本。其中有两事不妨一说。一是门人傅璇琮君主编的一套《唐才子传》，全书四册，独其中第二册因出版社失误而付诸阙如。我偶在一篇小文中提及，竟承丹东一位不相识的朋友慨然惠寄，使我把一套凑齐。我深感高谊，聊以自己主编的一本大型工具书回赠，然实不足报其情谊于万一。另一是中华书局出版的点校本《续资治通鉴长编》。此书是陆续出版的，始由出版社惠赠数册，后来却不再送，只好出一本自费买一本。中间有几年竟中断出版。这时我发现此书在校勘上颇成问题，不便使用（我曾在一篇拙文中对它进行批评），后来便未再续买。加上寒斋窄陋，几本破书已充塞得“顶天立地”，其书虽今已出齐，我亦不拟再买，因实在无地存放。俟有暇拟把已有的若干本检出当废品卖掉，不想再保留这半部残书了。

尽管我已基本上中止买书，但所藏卷帙仍不断增加，其来源则出于友好与出版社所赠。如《王瑶文集》、《俞平伯全集》、《吴趼人全集》和《萧乾文集》等皆卷帙浩繁，但或缘其中收有自己文字，或因原书作者是自己师友，论情论理均应入藏。为长远之计，必须把旧藏之书作一番认真清理，留其应留者而去其当去者，庶几使室有余闲了。

以上所谈，乃两代人三处所藏书的大致情况。不料我的孙女又是个爱书成癖者。她自小即从儿童读物买起，二十年来已成为一个好买书的大学生。据她父亲诉苦，在她上海的居室中打头碰脸已无往而非书。这两年到北京来就读，除校内宿舍中堆满书籍外，即在她临时居住的舍下那间小屋中，亦已架满箭盈，眼见要“泛滥成灾”。看来她买书的前景将比她祖父还可怕。她除了买古今中外文学译著外，尚旁及哲学、社会学、人类学、宗教学、经济学乃至时装剪裁、医卜星相等等。再过几年，我必望尘莫及。我已深尝多书为累之苦，偏偏孙女竟蹈我覆辙，“青出于蓝”，我亦只好听之任之。但愿从此海晏河清，藏书不再遭厄，则幸甚矣。

一九九八年五月初稿，一年后改订

爱书家的乐趣

周国平

夜深人静，独坐灯下，摊开一册喜欢的书，渐觉尘嚣远遁，杂念皆消，忘却了自己也获得了自己。然而，这种“心境澄澈的享受”不易得。

一

上大学时，一位爱书的同学有一天突然对我说：“谁知道呢，也许我们一辈子别无成就，到头来只是染上了戒不掉的书癖。”我从这自嘲中听出一种凄凉，不禁心中黯然。诚然，天下之癖，无奇不有，嗜书不过是其中一癖罢了。任何癖好，由旁人观来，都不免有几分可笑，几分可悲，书癖也不例外。

有一幅题为《书痴》的版画，画面是一间藏书室，四壁书架直达天花板。一位白发老人站在高高梯凳顶上，肋下、两腿间都夹着书，左手持一本书在读，右手从架上又抽出一本。天花板有天窗，一缕阳光斜射在他的身上和书上。

如果我看见这幅画，就会把它揣摩成一幅善意的讽刺画。偌大世界，终老书斋的生活毕竟狭窄得可怜。

然而，这只是局外人的眼光，身在其中者会有全然不同的感想。叶灵凤先生年轻时见到这幅画，立刻“深刻的迷恋着这张画面上所表现的一切”，毫不踌躇地花费重金托人从辽远的纽约买来了一张原版。

读了叶先生的三集《读书随笔》，我能理解他何以如此喜欢这幅画。叶先生自己就是一个“书痴”，或用他的话说，是一位“爱书家”，购书、藏书、品书几乎成了他毕生的主要事业。他完完全全是此道中人，从不像我似的有时用局外人的眼光看待书痴。他津津乐道和书有关的一切，举凡版本印次，书中隽语，作家轶事，文坛掌故，他都用简洁的笔触娓娓道来，如数家珍。借他的书话，我仿佛不仅参观了他的藏书室，而且游览了他的既单纯又丰富的精神世界，领略了一位爱书家的生活乐趣。于是我想，人生在世的方式有千百种，而每个人只能选择一种，说到底谁的生活都是狭窄的。一个人何必文垂千秋，才盖天下，但若能品千秋之文，善解盖世之才，也就算不负此生了。尤当嗜权嗜物恶癖风行于世，孰知嗜书不是一种洁癖，做爱书家不是淡泊中的一种执著，退避中的一种追求呢?

二

叶先生自称“爱书家”，这可不是谦辞。在他眼里，世上合格的爱书家并不多。学问家务求“开卷有益”，版本家挑剔版本格式，所爱的不是书，而是收益或古董。他们都不是爱书家。

爱书家的读书，是一种超越了利害和技术的境界。就像和朋友促膝谈心，获得的是精神上的安慰。叶先生喜欢把书比作“友人”或“伴侣”。他说常置案头的“座右书”是些最知己的朋友，又说翻开新书的心情就像在寂寞的人生旅途上为自己搜寻新的伴侣，而随手打开一本熟悉的书则像是不期而遇一位老友。他还借吉辛之口叹息那些无缘再读一遍的好书如同从前偶然邂逅的友人，倘若临终时记起它们，“这最后的诀别之中将含着怎样的惋惜”！可见爱书家是那种把书和人生亲密无间地结合起来的人，书在他那里有了生命，像活生生的人一样牵扯着他的情怀，陪伴着他的人生旅程。

凡是真正爱书的人，想必都领略过那种澄明的心境。夜深人静，独坐灯下，摊开一册喜欢的书，渐觉尘嚣远遁，杂念皆消，忘却了自己也获得了自己。然而，这种“心境澄澈的享受”不易得。对于因为工作关系每天离不开书的职业读书人来说，更是难乎其难。就连叶先生这样的爱书家也觉得自己常常“并非在读书，而是在翻书、查书、用书”，以致在某个新年给自己许下大愿。“今年要少写多读。如果做不到，那么，就应该多读多写。万万不能只写不读。”

这是因为以读书为精神的安慰和享受，是需要一种寂寞的境遇的。由于寂寞，现实中缺少或远离友人，所以把书当友人，从书中找安慰。也由于寂寞，没有纷繁人事的搅扰，所以能沉醉在书中，获得澄明的享受。但寂寞本身就不易得，这不仅是因为社会的责任往往难于坚辞，而且是因为人性中固有不甘寂寞的一面。试看那些叫苦不迭的忙人，一旦真的门庭冷落，清闲下来，我担保十有八九会耐不住寂寞，缅怀起往日的热闹时光。大凡人只要有法子靠实际的交往和行动来排遣寂寞，他就不肯求诸书本。只有到了人生的逆境，被剥夺了靠交往和行动排遣寂寞的机会，或者到了人生的困境，怀着一种靠交往和行动排遣不了的寂寞，他才会用书来排遣这无可排遣的寂寞。如此看来，逆境和困境倒是有利于读书的。叶先生说：“真正的爱书家和藏书家，他必定是一个在广阔的人生道上尝遍了哀乐，而后才走入这种狭隘的嗜好以求慰藉的人。”我相信这是叶先生的既沉痛又欣慰的自白。一个人终于成了爱书家，多半是无缘做别的更显赫的家的结果，但他却也品尝到了别的更显赫的家所无缘品尝的静谧的快乐。

三

爱书家不但嗜爱读书，而且必有购书和藏书的癖好。那种只借书不买书的人是称不上爱书家的。事实上，在书的乐趣中，购和藏占了相当一部分。爱书的朋友聚到一起，说起自己购得一本好书时的那份得意，听到别人藏有一本好书时的那股羡慕，就是明证。

叶先生对于购书的癖好有很准确的描述：“有用的书，无用的书，要看的书，明知自己买了也不会看的书，无论什么书，凡是自己动了念要买的，迟早总要设法买回来才放心。”由旁人看来，这种锲而不舍的购书欲简直是偏执症，殊不料它成了书迷们的快乐的源泉。购书本身是一种快乐，而寻购一本书的种种艰难曲折似乎化为价值添加到了这本书上，强化了购得时的快乐。

书生多穷，买书时不得不费斟酌，然而穷书生自有他的“穷开心”。叶先生有篇文字专谈逛旧书店的种种乐趣，如今旧书业萧条已久，叶先生谈到的诸如“意外的发现”之类的乐趣差不多与我们无缘了。然而，当我们偶尔从旧书店或书市场廉价买到从前想买而错过或嫌贵而却步的书时，我们岂不也感到过节一般的快乐，那份快乐简直不亚于富贾一举买下整座图书馆的快乐？自己想来不禁哑然失笑，因为即使在购买别的商品时占了大十倍的便宜，我们也绝不会这般快乐。

由于在购书过程中倾注了心血，交织着情感，因此，爱书的人即使在别的方面慷慨大度，对于书却总不免有几分吝啬。叶先生曾举一例：中国古代一位藏书家在所藏每卷书上都盖印曰“借书不孝”，以告诫子孙不可借书与人。这当然是一个极端的例子，但我们每个爱书的人想必都体会过借书与人时的复杂心情，尤其是自己喜欢的书，一旦借出，就朝夕盼归，万一有去无回，就像死了一位亲人一样，在心中为它筑了一座缅怀的墓。可叹世上许多人以借钱不还为耻，却从不以借书不还为耻，其实在借出者那里，后者给他造成的痛苦远超过前者，因为钱是身外之物，书却是他的生命的一部分。

爱书家的藏书，确是把书当作了他的生命的一部分。叶先生发挥日本爱书家斋藤昌三的见解，强调“书斋是一个有机体”，因为它是伴随主人的精神历程而新陈代谢，不断生长的。在书斋与主人之间，有一个共生并存的关系。正如叶先生所说：“架上的书籍不特一本一本的跟收藏人息息相关，而且收藏人的生命流贯其中，连成一体。”这与某些“以藏书的丰富和古版的珍贵自满”的庸俗藏书家是大异其趣的。正因为此，一旦与主人断绝了关系，书斋便解体，对于别人它至多是一笔财产，而不再是一个有机体。那位训示子孙以“借书不孝”的藏书家昧于这层道理，所以一心要保全他的藏书，想藉此来延续他死后的生命。事实上，无论古今，私人书斋是难于传之子孙的，因为子孙对它已不具有它的主人曾经具有的血肉相联的感情。这对于书斋主人来说，倒不是什么了不得的憾事，既然生命行将结束，那和他生死与共的书斋的使命应该说是圆满完成了。

四

叶先生的《读书随笔》不单论书的读、购、藏，更多的篇幅还是论他所读过的一本本具体的书，以及爱书及人，论他所感兴趣的一个个具体的作家。其中谈及作家的奇癖乖行，例如十九世纪英国作家的吸鸦片成风，纪德的同性恋及其在作品中的自我暴露，普鲁斯特的怕光、怕冷、怕声音乃至于要穿厚大衣点小灯坐在隔音室里写作，这些固可博人一粲。但是，谈及人和书的命运的那些篇什又足令人扼腕叹息。

作家中诚有生前即已功成名就、人与书俱荣的幸运儿，然更不乏穷困潦倒一生、只留下身后名的苦命人。诗人布莱克毕生靠雕版卖艺糊口，每当家里分文不名，他的妻子便在吃饭时放一只空餐盆在他面前，提醒他拿起刻刀挣钱。汤普生在一家鞋店做帮工，穷得买不起纸，诗稿都写在旧账簿和包装纸上。吉辛倒是生前就卖文为生，但入不敷出，常常挨饿，住处简陋到没有水管，每天只好潜入图书馆的盥洗室漱洗，终遭管理员发现而谢绝。只是待到这些苦命作家撒手人间，死后终被“发现”，生前连一碗粥、一片面包也换不到的手稿便突然价值千金，但得益的是不相干的后人。叶先生叹道：“世上最值钱的东西是作家的原稿，但是同时也是最不值钱的。”人亡书在，书终获好运，不过这好运已经和人无关了。

作家之不能支配自己的书的命运，还有一种表现，就是有时自己寄予厚望的作品被人遗忘，不经意之作却得以传世。安徒生一生刻意经营剧本和长篇小说，视之为大树，而童话只是他在余暇摆弄的小花小草，谁知正是这些小花小草使他在文艺花园里获得了不朽地位。狄福青壮年时期热衷于从政经商，均无成就，到六十岁屈尊改行写小说，不料《鲁滨逊飘流记》一举成名，永垂史册。

真正的好作品，不管如何不受同时代人乃至作者自己的重视，它们在文化史上大抵终能占据应有的地位。里尔克说罗丹的作品像海和森林一样，有其自身的生命，而且随着岁月继续在生长中。这话也适用于为数不多的好书。绝大多数书只有短暂的寿命，死在它们的作者前头，和人一起被遗忘了。只有少数书活得比人长久，乃至活在世世代代的爱书家的书斋里，——也就是说，被组织进他们的有机体，充实了他们的人生。

爱书家的爱书纯属个人爱好，不像评论家的评书是一种社会责任，因而和评论家相比，爱书家对书的选择更不易受权势或时尚左右。历史上常常有这样的情形：一本好书在评论界遭冷落或贬斥，却被许多无名读者热爱和珍藏。这种无声的评论在悠长的岁月中发挥着作用，归根结蒂决定了书籍的生命。也许，这正是爱书家们在默默无闻中对于文化史的一种参与？

一九八九年九月

我的收藏

方 成

> 我所藏宝墨都是画友所赐，作品上都写上我的名字，更是宝贝了。都是价值高昂的。曾有人想买，我一件也不放。也有人劝我自己保留，将来传给子孙，我舍不得。

现在，我简直像是被收藏家包围了。没隔几天就有写信来的，信上先恭维一番，称我是什么大师级的人物，不胜仰慕。接着就自称是收藏家，要收藏我的“宝墨”——有收画的，有收书法的。因同病相怜，能抽出些时间，就写几个字，贴上邮票寄走。有的还要我挂号寄，让我跑邮局，那我不干。实在抽不出空，就只好对不住了。我没练过书法，写这样的字居然有人要收藏，无非是因为报刊登我的画，画上有我名，宣传开来，我也被人看成名人，和后来开店的武大郎一样。

我是画画的，自然爱画，尤其是别人的好画。从上世纪五十年代就跑琉璃厂，买过几件价钱不贵、我看着觉得好的小画。在画店想买齐白石的画，七十元一幅。那时我的画登在报刊上得稿费每件二十元，买得起。可孩子他妈不同意。我是最听她话的，再也不买了。但家里早就收藏过一幅，那是在民国三十二年，也就是一九四三年冯玉祥将军的画。那时我还是个小化工研究人员，正在实验室里往外看，见研究社社长正陪着客人参观，我一见眼熟，来的正是报上见过的冯玉祥副委员长。我立刻跑出去，找个机会给他画张速写像。后来被陪同来的刘工程师看到，要我把画送给将军。当天晚上他陪我到盐务局招待所——那是当地最高级的住所，把画送上。将军一看很高兴，笑说：“你给我画一张，我也还你一张。”书桌上摆着文房四宝和颜料，提笔画了三个青椒，题诗后给了我。那时他正在四川到处演讲，为抗日募捐。

那时候我还没从事画业，没有收藏画的爱好。但已和同乡大画师关山月熟识，就没想过向他求画。直到上世纪五十年代，他和另一大画师黎雄才来我家时，见桌上有笔墨宣纸，顺手各画一幅送我，都收藏了。不久后，漫画老前辈叶浅予先生也送过我很大一幅长鼓舞，是我求他画的。他是我最佩服的大画家，对我这个画界晚辈十分仁厚，我才敢向他开口。这时候我还没产生收藏什么的念头，仅只是爱画，觉得方便才敢向画家求一幅。记得是一九七三年，我还处于被监督劳动地位，被派去西安送东西。那时已是“文革”后期，我还能有自由活动余地，去拜访赵望云和石鲁两位大画师，彼此熟识，就没想去求画。那时和关山月先生已成老友，见面时也没想到去求宝墨。特别是在“文革”初期，“造反派”横行之际，我藏的那幅长鼓舞和关山月送我画的梅花，都被人抄出付之一炬。那时有的画没装裱，藏夹在书中，才保存下来。

一九七五年，我有机会去一趟南京，住在田原兄家。他是书画写作全能的一位。我们在一起作画。书画界他很熟，有一天带我拜访江苏画派的亚明先生。他和我早已相识。他正在作画，我就没想到求一幅。田原要我给亚明画张速写像，我尊命画了送他。田兄这时对亚明说，请他画一幅给我，他也画了。

这时正是“文革”后期，督管松懈，田原就带我到各处拜访书画家。而书画家当时都无事可做，闲在家里，我们拜访都受欢迎，求赠书画十分便当。于是除南京之外，又去上海、苏州各地，一一拜访，都不空手而回。朱屺瞻、林散之、黄幻吾、关良、唐云、张乐平……等等诸位大师级的艺术家的作品，都是那一时期求来的真正宝墨。在北京求到王雪涛、董寿平、吴作人、新凤霞、吴祖光、李桦、潘絜兹、黄永玉等等一批宝墨。许麟庐先生不仅教我和钟灵兄作画，宝墨送我的也特多。韩羽和高马得是挚友，一要就给的。这大都是在“文革”期间所得，从此之后，我才成为正式收藏家。

我所藏宝墨都是画友所赐，作品上都写上我的名字，更是宝贝了。都是价值高昂的。曾有人想买，我一件也不放。也有人劝我自己保留，将来传给子孙，我舍不得。我已达耄耋之年，开始想到如何长期保存这些宝贝，最后决定全部无偿捐献我祖籍广东中山市，共约二百六十件。连我自己最满意的水墨漫画近百件也都呈送去了。但有附加条件：一是要求每年至少向群众展出一次，二是印成画集便于检查。我去检查过几次，看到是有专门设计，保持一定温度和湿度的设备储存，我很放心。

现在我仍在不断收藏，但已不那么方便了。

二〇〇六年一月八日

看画与观化

周汝昌

> 看画看字，都不可以只着眼于“热闹”，而一般“文化市场”，则大抵以“热闹”定身价。

我看画，有个怪脾气：先看绘者的题字，后看他的画图。倘若我见他那题字的词句与笔迹都太不像样，以至很糟糕，我就连他那画也再不看了。

这叫什么道理？说来并不离奇。你想，一个中国人，连汉字语文都不大通顺，连汉字书法都不及格，这种基本文化学养都欠缺的人，他能画出令人称赞、值得玩赏的画来？你若是对我说：世上多有那样的人呢！我是敬谢不敏，不会相信的。

俗话说得最好：内行看门道，外行看热闹。看画看字，都不可以只着眼于“热闹”，而一般“文化市场”，则大抵以“热闹”定身价。几笔“大抹”，一片“假大样”，毫无法度、意度；运笔之妙，境界之高，韵味之厚，神采之俊，一概不见，只凭那点儿吓唬外行的“热闹”来动俗人之耳目，收外国之利名——这样的画，不是绝无仅有。名头大得很，可我不想看。

画点儿山水，一片乌烟浊雾。画点儿花鸟，一片搓枒粗俗。画个人物，满脸拧眉努目，撅脖扭胸。画件衣服，踢里拖拉，活像叫花子披着破麻袋片。一一凡此，自以为高，大行其道，我也不敢看，看上一眼，不舒服好半天。

除了这种怪脾气，我还有一派谬论。我常对朋友说：听说现时美校美院，教后生学画，一概是采用“先进”了的洋办法，比如学中国画画人物，也得先从人体素描开“蒙”，以人体“解剖学”为基本功。我怕犯众怒，自己关起门来说：事情坏就坏在这里。

一个高明的中西贯通的超级学者曾说过，学中医，就得依本民族“土”办法，从《黄帝内经》到汉朝张仲景，土头土脑地、土里土气地去学，真学懂了通了，再说别的。假如先从洋医观念去“解剖”入手，这样来学中医，一辈子也休想真学进去。这番话听来骇世违俗，其实是大道理，真识见。

中西文化从根本上是两回事。生理学医学，先“宰”一个倒霉的蛤蟆，只能学那些内脏部位呀、血管神经呀等等表皮之事，蛙的生命机能的活的流转运行，在那一堆死肉上早已统统没有了。这就是我们古人常说的“活龙打作死蛇弄”，是学道之人的大忌，也是学艺（艺术）之人的大忌。

一旦“死蛇”成了先入为主的东西，则活龙的营卫、气血、表里、虚实、经络、脉气、穴位……等等，就再也难以“后入”，学不进去了。然而这后者一串，才是对人体科学的高级认识。我一提“人体素描”总是联想这个文化差异。也许是我的比拟不伦？未可知也。

咱们的中华文化，最根本的一条就是以“人”为主体来观察和感受宇宙万物，着眼会心的是那个整体性。整体性不等于简单化，而是特别清楚那些复杂错综的万物之间的相互关系，然后得到的一种高级的“概括”理解认识。而这个整体感又是活的、有生命的、有高层文化素养的“人”的精神活动的收获，因此是不搞支离破碎、孤立分散，不搞皮相貌相，重“神气儿”，重神韵、神采。这就不是“热闹”之流的事了。

中国人画洋画，我也不看。因为在我意下，中国人是用毛锥子运行的高级线条笔触来构图表象，而洋人乃是用“齐头小刷子”“戳”“点”“堆”“涂”来办事。在华夏文化观念中，用“小刷子”“堆”出来的，是不会发生什么高层韵味神采的。我自幼读“西语系”，学“外文”，可我这下驷之材就是没法懂得“小刷子”的妙处。

我童年也当过“画家”。我完全是“自学”，可惜不“成材”。我那时画两种画：一是“八破”，二是钱慧安派人物。

“八破”早先颇有佳品，如今似乎久已绝迹。那当然是不值方家大雅一粲齿的。但画八破得什么都会一点儿。一页古书，一片残帖，一张旧画，半段书签，一把破扇……，斑斓古色配合在一起，工夫要细，品格要高，看上去简直像是“真”的，要用手去揭。小时候迷这个。稍长，酷爱钱慧安。钱氏晚清人，号清谿樵子，字吉生，也署双管楼、锦树轩，在天津杨柳青年画上也有过贡献；后在上海，与吴友如等同时。大人物是看不上这类小名家的。我却深喜之，原因也说不太清。大约先是见他以瘦劲线条而表现人物的能力很高，尤其他笔下有一股清气扑人眉宇，高寒秀润，夐乎不可企及，怎么也学不到他二三分，心以为异，后来知道他是陈老莲这一流派的最后传人，又倍增敬意。因为陈老莲的“家法”，可上溯到晋贤顾虎头，那可真是了不起呢！

钱慧安之后，我见他高足弟子沈心海（兆涵）之作，仅得皮毛，笔下清气已无几多，只剩粗浊之迹。暗伤高艺难得为继，多归广陵之散。沈氏之后，更无来哲，这个流派算是绝了。

家兄祜昌早年在天津劝业场旧书肆买得一部《聊斋》，书品不佳，纸质下劣，可是每卷有多幅钱吉生的插图，惊喜叹为仅见！后来这部宝贵的书被我丢在友人家，找不回来了，而任何地方也未再发现同一版本。每一念及，辄为怅然。

钱吉生也画《红楼》人物。在天津商场看见一组杰作，镶在硬木框里的几扇屏，其后不知归于谁手（不是曾经影印在红楼梦年画册的那一组，比那好得多），心向往之。沪上肆售名人画谱中收有一幅他画的品茶栊翠之图，中有宝玉引杯细尝之形相，亦他家所绝未尝有，实为名贵之至。

画须有高致，然后方可观。然画欲有高致，须绘者先有高致方可指望他笔墨不落尘俗恶道。这不是个“技艺”问题。我曾戏言：画者化也。我意思是说，画非技艺所能尽其能事，实乃文化素养、人格品质的一种表现。所以连题字的词句与笔迹都令人不敢恭维的人，岂能画得一手真好画乎？我是大大怀疑。

钱吉生画人物，以老人、童子、仕女为胜，也偶画武将，别有风度。老人在中国画中是一项重要的主题，不知你可注意到此事没有？在西洋画中，老人似乎不太多占要位。什么道理你自去寻寻看。至于画女子，中西也不大一样。钱吉生画过“去年元夜时，花市灯如昼。月上柳梢头，人约黄昏后……”画面左边大片空白，右边也只几丝垂杨，掩映一轮圆月，柳下一少女，端庄秀雅，伫立待人之景，鬓上只一粉点珠花为饰，右手抚鬓，整肃之致，楚楚可人。丹唇一点而外，全归淡素，着色无多，有色处也极浅。我以为，这是一片东方女性美的高级表现。西方画女，以肌肤裸露、肉色丰圆为“人体美”，那“曲线”是很“鲜明突出”的。钱吉生的元夜柳边伫立的女郎相比之下，只有瘦衣纹数条而已。我不禁暗想：假如钱先生学过“人体素描”，画那女郎时心目中总有一个裸体模特，画出来以后的宋代少女是高乳丰臀，短裙少袖……那么，柳梢明月，花市彩灯，也都要为之“变色”吧？

从这来说，我看画不是“看画”，是“观化”，——看文化，观其得失高下也。

玩古趣记

世间事总是有得有失，玩物虽然不一定丧志，可是你想玩它，它也要玩你；物是人的奴仆，人也是物的奴隶。

玩　古

雷抒雁

> 玩鹰的也有让鹰啄眼的时候，我们这些玩古的，半瓶醋尚不及，更不敢轻言“笃定”。玩古就是玩玩，要紧的是玩出味道，懂不懂行似乎倒在其次。

卖的称“古玩”；买的叫“玩古”。

玩的东西很多，金玉青铜、陶器瓷器、字画家具、砚台烟壶。没有定数，看你的爱好，看你的藏货。只要有点年头，便可以拿来玩玩。

有人说：政客和文人喜好玩古。

这话不假，政客用以附庸风雅，文人则以之品味雅趣。这“趣”是否能真有趣，全在自己内心感觉；于旁人也许觉得冷冷一块石头，有什么意思，玩的人却觉得其乐无穷，爱不释手，直到痴迷地步。

如今你到北京文人圈子里走上一走，随时能碰见几位老大不小的爷们，撩起衣襟，让你看看他裤带上拴的彩色石头。且别不识货，乱说一通，伤了玩主们的心，不过也别太信他的，认定那石头便是某某代某某王爷的镇宅之宝。笑一笑，点点头，任他自个儿暖那石头去，留一份雅趣给他。

当然，说到玩古的，也不尽然都是“二五眼”。

专司一行的不能叫玩。考古专家，天天与古物打交道，不能称玩；这就像上台唱戏的，下场踢球的，当了饭碗，就不能说玩。“玩”一字专指“票友”，业余练活的。但这“票友”也有玩精了，成了专家的，据说京城几位青年文人，如马未都、路东之几位，就玩出名堂，收藏室改成了博物馆，正式领了执照，正式开门营业了。没有点真本事，不敢挂牌去“玩”。

玩古，玩的是时间差。一块铜镜，一片瓦当，在秦在汉，极为普通，便是工艺再巧，也是日用而已。千年之后，成了稀罕之物，那工艺今天也能仿能造，不值钱了，叫赝品。拿在手里，缺了时间上的差别，就没有了一种历史感，没有一种沉甸甸的沧桑记录。没有这些，也就产生不了想象，趣味也便索然了。所谓“雅”，正是雅在物外，由物展示和焕发出的想象美。

商家讲的是“值”，卖的也是时间差。同样一个破盆烂碗，有了几百年的时间，便增了“值”。真玩古的，并不重在钱财上，只图的是由此产生的那份乐趣。

我也好玩几样，先是火柴。出国时，看到国外的火柴，长短、粗细有那么多品种，红、黄、蓝、绿诸色十分艳丽。想象那每一根火柴都是一位着装美丽的、潜伏着的士兵，随时准备应声而出献身给光明和温暖，就收藏了一些火柴。(不是火花!)收藏欧洲的火柴较多。若比那火柴为士兵，大约我可以称得上北约的参谋总长。收藏久了，没处放存，家人又说害怕失火，也就洗手了。后来，又收藏起酒来，各种品牌的好酒，一概弄来藏在柜里，满屋花花绿绿，酒香弥漫。耐不住诱惑，就想还是藏瓶吧，把酒全拿来自己喝，待朋友，剩下一堆废瓶，听了一首歌叫“酒干淌卖无!”看那废瓶，都不顺眼，留下几个奇异的，也都一概打发了。

由此改了思路，收藏小的，有地方放；收藏便宜的，买得起；收藏古的，有品味乐趣。便集起鼻烟壶来，青瓷的、竹木的、玉石的，里里外外，总有几十枚。最早的一枚，大约应在明末，瓶底依稀可见“古月轩”字样，以下多是清代的，最晚也该是民国初年的。这些古瓶，比起我在台湾故宫博物院看到的成套宫廷烟壶，自然无法比拟，无论那精巧、细致、光鲜，他们的是“命妇”，我的是“村妇”。

即便如此，这些烟壶也常让我牵挂，一有空闲，总要一一检点，评头品足一番。有一枚黄杨木镂刻鱼戏莲的烟壶，大约产在清代中期，雕刻精致，构思奇巧，主人想来总是握在掌心，壶肚两边，变得光亮无比。还有一枚，是金星石雕刻，白银镶边，上边系了银链，购自内蒙古赤峰市古玩市场，猜想是哪位蒙古王爷的遗物。购买之时，那摊主一口咬定四百元，一文不减，我一气之下走了。回京一月，心中悬念，意不能释，只好又打电话给赤峰的朋友，要他一定寻到那位摊主，四百便四百，买下！赤峰的朋友，在那古玩市场找了一月有余，找到那枚烟壶，托人带到北京。这中间的挫折，应视为有缘，否则，我如何苦苦思念如害相思，而烟壶又“守节”数月非我不去。

玩古玩的是“眼头”，商贾之言，不可轻信。近读考古专家傅振伦先生所著《七十年所见所闻》记载一事，颇有启示。故宫博物院前专门委员郭葆昌一九三四年曾购得一件天蓝小尊，定为柴窑珍品。郭先生是瓷器专家，有专著《柴窑考》。柴窑为名瓷之首，有“青如天、明如镜、薄如纸、声如磐”之美誉。明朝时，即有“片柴值千金”之说。这件“天蓝小尊”，古董商说是张宗昌、褚玉朴在胶东作战时，于黄县一蔡姓宋代墓中出土。郭先生以其“足多粗黄土”判为真品；遂以河北定兴一顷良田、一处成宅购得。谁料，几年之后，知为赝品，实为上了奸商之当。

玩鹰的也有让鹰啄眼的时候，我们这些玩古的，半瓶醋尚不及，更不敢轻言“笃定”。玩古就是玩玩，要紧的是玩出味道，懂不懂行似乎倒在其次。

遛 摊

冯骥才

玩古董的乐趣中，最具刺激性的常常是这种时候。一种与宝物的意外邂逅，与历史有血有肉的碰撞，被美所惊动，人与物的初恋。这正是来自于遛摊。

古玩之雅好，始于逛店遛摊。买古董比玩古董有更大快感，这句话后边会说清楚。

其实在古玩市场，也就是逛店与遛摊这两样。店，即沿街那些大大小小的古玩店；摊，便是外来小贩或农民在街边就地摆设的古董摊。我很少逛店，多是遛摊，原故有三：

一是地摊的东西多是由边远地方来的“源头货”。小贩大半是外行，他们从乡村的农民手里花几个钱买来的古物，并不知道东西的价值，不过拿到城里多换点银子罢了；如果是农民自已背来的，其中更会“藏龙卧虎”。倘若被你从中发现到，不仅有意外得宝的惊喜，更有“发现者”的快乐。而古玩店就全然不同了，那里的老板伙计全是内行，精熟灵透，刁钻得很，店里的古物又都是“被发现”过的，很难叫你拾到“漏儿”。我天性喜好发现，不喜欢重复别人的发现，故我好遛摊而不喜逛店。

二是店里的东西，要加上店铺的人吃马喂以及老板的利润。若真是一件“大器”，都被老板攥在手里，指着它“开张吃三年”呢。而且古玩店赚钱，卖真也卖假，倘若有人说打某某店买了件便宜货，一准是把假东西美滋滋的买回家了（这些卖假的法子我会另文再说）。可是，地摊的东西有沙有金，有石有玉，小贩没眼，有眼的是你。只要你识货，肯定会从中看出一个国色天香来。

三是店里的老板伙计全是本地人，都认识我。我一露面，好比肥牛出现，便朝我磨刀霍霍，宰我为快。但外地来的地摊小贩，不认得我，公平交易，各展其能。

出自这三个原因，我遛摊还真的遛出不少好东西。或者说我至少一半藏品是“遛”出来的。大到唐乐舞伎石雕须弥座，辽代经幢，宋人的高僧像，小到方于鲁的墨、海兽葡萄镜、越窑的小碗以及一块块民间古版。然而这遛摊，除去眼力，也得有些购物的技巧。外地来的小贩虽然不知手中之物的真正价值，却知道一件稀世古物可以价值连城。所以他们会异想天开地叫出个“天价”来。而且常常是从买主的神气与口气里猜度自己手里古董的分量。于是，遛摊时一旦发现好东西，千万要按住心中惊喜，切勿眼珠冒光，如逢奇宝，叫小贩开了窍。

其次，是要把眼睛盯着旁边的另一件东西上，同时用眼角余光将你看中的古物弄个明白。所谓弄明白，就是辨明真假、年代、品相三样。一旦确认无疑，便用一种不屑的顺便一问的口气探探对方的要价。我的一位朋友，每从摊上相中一物，向来不用手指，而用脚点一点那东西，说：“这破石头玩艺卖几块钱？”其次，就是不要急于求成。买古董不可太“欺”。愈“欺”愈买不到手。反正摆摊的和开店的不一样，开店的不着急，东西放在那儿，等你来找它；摆摊的小贩可不行，卖了东西，还要回家。买卖道儿上，谁急谁吃亏。好比钓鱼，心急必脱钩，不急钓大鱼。倘若把这些技巧掌握住，好东西十有八成便到了你的府上。

我就用这些技巧买到不少件上等古物。比方一次见一老农摆摊，黑脸黄牙，额头上深皱如沟，可以夹住一张名片。他人蹲在地上，身前一块破布摆几个黑黑的罐子，一看便是汉代绳纹的陶罐，虽非假造，却也没有更高价值。我瞥眼见他身边筐中有一个陶俑，不加任何彩绘，通体素白，六寸大小，造型极其奇异。人头鱼身，人头男相，眯眼闭唇，似在深思；鱼身扁肥，状似手掌，尾处微扭，这一扭可就扭出依漾游动的神气来。《山海经》插图中的“互人”，就是人头鱼身，给我印象极深。这陶俑简直和那“互人”完全一样。记得《中国美术全集·隋唐雕塑》中也有一个人头鱼身俑，亦属罕见一种。但那俑通体披釉，典型的唐俑，而这无釉的素俑无疑是汉代之物了。我极力抑止心中冲动，在蹲下来端详那几个汉罐时，扭了扭下巴朝那草筐说：“那小孩玩艺要几个钱?”没想到老农张口竟是五十元！几乎等于白送。我怕真给他五十元，他反而反悔，便狠心往下压着说：“三十元。”最后四十元成交。在我给了他一百元钱等他找钱时，心里恨不得把一百元全给他！

玩古董的乐趣中，最具刺激性的常常是这种时候。一种与宝物的意外邂逅，与历史有血有肉的碰撞，被美所惊动，人与物的初恋。这正是来自于遛摊。

然而，世上的事总是因时而变，遛摊亦然。近年太忙，遛摊也少。周末一天，忽有兴致，去古玩市场遛一遛。没想到，自己的运气总是极佳。在街角一个摊上，见到一尊铁佛。尺余，束发，赤足立于覆莲座上，衣纹做“排线”状，带着北魏风格，但容颜却无北魏的高古冷峻；面孔短艳，眉清目朗，应是北周特征。北周的佛像我在敦煌和云冈见过，但家居供奉的佛像十分罕见，而且多为石刻或铜质，从未见过铸铁的。我拿出不经意的神气，说：“这佛爷怎么锈成这样了?”我还没问价，小贩竟说：“锈成这样，不给一万五您也甭想拿走。”我一怔，以为这小贩漫天要价。便说：“您知道这佛像是哪朝哪代的吗，开口就把价要到天上去了?”那人笑道：“别人不懂，您冯先生还看不出是北周的佛?”这句话把我吓了一跳。他不但对这罕世的佛了如指掌，居然还知道我姓甚名谁。我再看他，破衣旧裤，一头长发，像个外来小贩，但面孔却有几分熟悉。更熟悉的是那种神情——一种店里的老板伙计准备“宰”我的笑容。

我一时怎么也想不起这人是谁，但我深知这佛买不成了，否则只有伸出脖子挨他狠狠一刀。

待我转身回去路上，猛然想起，这不是河东一家古玩店的小老板吗？两年前我去过他的店。怎么？他破了产，沦落为小贩了？可是那也不会连装束也和外地小贩一样了！回去与朋友一说，朋友笑道：“现在不少店里的人见摊上的东西好卖，就化装成小贩或农民摆摊，你许久不遛摊，不知道外边的世界多精彩。还好，没上当就算不错！”

我才知道，如今卖的东西有假，卖东西的人也有假。如此遛摊，才更费神，更费眼，也更加意味无穷呢！

喝酒玩壶

田永昌

> 我玩壶，不求证何朝何代何时物，何年何月可升值，只要构思新奇，造型美观，给我以审美的愉悦即可。

单位里忙了一天，回到家来，最开心的是斟满一杯酒，捧出养的壶，壶在手上酒入肚，劳累愁闷全散尽。

我喝酒，不要菜多，有花生米就行。我玩壶，不求证何朝何代何时物，何年何月可升值，只要构思新奇，造型美观，给我以审美的愉悦即可。那壶，平时养之柜中，为居室添些许文化氛围；喝酒时把玩手中，添多少微薰的雅兴；还有，那壶毕竟是艺术品，玩味之中，又提高自己多少历史的、科学的、文化的修养。我总想，钱不流动成死钱，买了一大堆坛坛罐罐，养在深闺人未识，毕竟是可惜了。别人怎么收藏怎么玩是别人的事，我玩壶图的是一种心情，一种雅兴。

我玩的壶（包括酒杯之类）不多，也就百把件吧。青铜的，锡的，银的，玉石的，瓷的，玻璃的都有。小的拇指般，大的半尺高。有把壶，壶是扁钟形，杯为鼎状样，造型精致美观，玩之浪漫豪情。用它盛酒，酒声里似有春秋战国的战鼓马蹄声。有把壶，四面壶身皆浮雕，说的是刘备三顾茅庐请诸葛。刘备双手抱拳，诸葛低首谦让，一部三国，多少和酒有关的故事。这类的壶，我有几十把，造型各异，画面纷呈。一把壶，八仙各逞本领过东海；一把壶，斗笠渔翁垂钓归；一把壶，金钗美女回眸笑；一把壶，龙凤呈祥旭日升；更有一把壶，笑佛两边捧腹坐，熟知话语两边刻："大肚能容天下事，笑口看破万古愁。"会酒之人，多豪爽之士，把玩壶上之语，有什么愁肠可百结！虽是画，只因雕在壶上，这画就别有风趣；虽是壶，只因壶上有了这画，这壶也就非同一般的壶。壶上有画自然美，有的壶无画，造型奇特有趣，同样玩之乐趣多多。瞧这壶盖上的小猴子、小老鼠、猴子一副顽皮样，老鼠时刻逃跑状，玩之再三，忍俊不禁。看这把壶，高达半尺，造型如鸭嘴状，铜锈斑斑，苍老浑厚。这壶买之不菲，想来也就有些年头了。但卖家也说不出它的确切年代。于是，喝酒时就边玩此壶边查询有关资料边考证吧，想想看，我能考证出什么呢，自然没有结果了。那么，我就想象它是战国的吧，因为那个时代的将士就是铜盔铜甲，才配这青铜的半尺高的鸭嘴壶呢！这是一种快乐，假如有一天，有人帮我考证出它的年代，估出可升多少值，岂不更是种快乐！当然，我也不会卖了，一笑而已。我很佩服我们的老祖宗，喝酒也这么讲究，把酒壶设计制作得这么形态各异，栩栩如生。喝酒是一种文化，酒壶不也是一种文化嘛！

酒有多种，白酒，黄酒，葡萄酒，洋酒，啤酒，等等。因此，酒壶也就各异了。喝哪种酒养哪种壶。我有一些日本酒壶，这是喝清酒用的。那壶小巧玲珑，是跪在榻榻米上，边听着拉网小调边喝的呢！我有一套宝蓝色的洋酒壶，一只大酒壶，六只大酒杯，壶身亮晶晶，壶和杯全用18K纯金装饰，做工精致，高贵典雅，它的美妙不仅是壶本身之豪华，而且是芬香扑鼻的XO或人头马自壶里倒入杯中时，带给人的那么一种心情和感觉。好马要配好鞍，好酒也要有好酒具。这样的酒壶把玩起来，就不但是一种审美的愉悦，还有一种让明天更美好的热切期盼！不过，话又说回来，酒壶还是咱们中华民族的品种多，想象力丰富，玩味的天地广阔，外国的相对来说就单调了，这大概也和他们的饮食文化有关吧。

算起来，我的酒龄也有几十年了，玩壶却是近几年的事，初级阶段了。曾几何时，居室小得屁股都转不开，书都堆在晒台上，还奢敢玩壶。雅玩也是要有条件的。后来，贷款买了商品房，装修时，为了多年夙愿，专门在餐厅靠窗一左一右设计了两排厨，右边藏酒，左边养壶。

这样一来，别的开销尽量省，但要留下买壶的钱。既要玩壶，舍不得花钱怎么行。今年秋天，我和爱人赴欧访问，一路上，我都留心有没有好酒壶，到了威尼斯，忽然我发现了一套，这壶，金光闪闪，这壶，富贵不俗。太棒了！欣赏再三，一问价钱，吓一大跳！要好多美金呢！还是妻理解我，说："别的都别买了，你喜欢就买下来吧！"那位漂亮的意大利小伙子边为我装箱边告诉我："你不吃亏，这是名家的作品呢！"边说边把制作家的签字手迹一起装进箱内。就这样，这套酒壶陪着我从威尼斯到米兰，从奥地利又到瑞士，一直到法国的尼斯和巴黎. 一路上汽车的颠簸，飞机的上下，我的心始终吊着，这么好的酒壶千万别碰碎了。同去的旅友大为不解，说："真是有钱没地方花了。"我呢，我为他们算了一笔帐，买这玩艺儿是花钱，但增加了知识，促进了身体健康，这要比生病了花钱吃药合算得多！玩壶玩出好身体，他们半信半疑，我却坚信不疑。

末了，还说什么呢。喝酒喝的是心情，玩壶玩的是文化。壶中酒，喝多了让人醉！手上壶，玩多了也醉人呀！

玩壶的心得

洗砚客

> 我们又何尝不能用养壶的心情让自己去学壶之“有容”而又不急于“盛满”，以岁月为茶，去涵纳岁月，也让岁月蕴养自己呢？到最后，当岁月流逝如倒掉的茶，我仍如壶。

紫砂壶经久用、久养、浑圆、脂润，方敦厚重，似玉洁莹产。不温不火之韵正是紫砂给予的精神享受。然而经常见到很多人养壶不得其法，未入其门还自以为是，让洒家实在不爽，不吐不快，赘述如下：

俗语说：玉不琢不成器术，壶不养不出神。养壶的目的在使其能善于“蕴味育香”，并使壶能焕发紫砂陶土本身的纯朴光泽，从而“聚香含淑”、“香不涣散”。于茶道中人而言，养壶绝不是品茗的目的，但一把维护得法的茶壶，有“助茶”之德，能够提升品茗目的之实践，却是被肯定的。日常用紫砂壶饮茶者都有同感，即同样的茶叶，放在刚买回的新紫砂壶中沏泡，与放在经常泡养的紫砂壶中沏泡，茶的香味大不相同。

养壶是心急不得的，养壶的每个细节都要细心，但每个细节也都可以成为一种享受，至少要有了这样的感觉才算是明白了养壶的真正意义。

想养好壶，首先要尽量选择质地上乘的紫砂壶。这方面的论述很多，这里就不再赘语了。下面，就开壶与养壶谈谈个人的心得体会，与同仁们切磋交流，也不失为一种乐趣。

开壶之法

新壶新泡即开壶。先决定这把壶将用来配泡那种茶？常品用的各种茶都应有专门备泡的壶。

使用前，用茶汤或开水里外擦洗，不仅有去除土味的作用，也可使壶接受第一趟较隆重的滋养。我以为天天泡茶是最好的养壶方法，不需要用任何辅助的工具来养壶。建议前三天泡的茶不要喝，直到壶没有土味方可饮用。如要使新壶在短时间内发挥茶叶的香气，还有一种省时的方法来促进：

(1) 将新壶先用温水内外冲洗干净；

(2) 干净无油渍的锅中放入新壶，以凉水没壶一寸以上煮半小时；

(3) 将壶从锅中取出，在空气中自然冷却；

(4) 再次放入原锅中用同一锅水蒸煮一小时，晾凉后沏茶。

这是因为紫砂陶土是一种双重气孔结构的多孔性材料，气孔微细，气密度高，具较强的吸附力。而新壶窑火之气未除，胎土味重，质地较紧密而坚硬，紫砂泥的气孔未能全部张开，不易吸收茶香，是为之。

外　养

养壶有外养与内养之说。

外养就是要勤泡茶、勤擦拭。泡茶之余，顺手整理，使其光洁。这里有一个需要注意的事项——有人将紫砂壶的表面由茶垢和人手之油污油垢合成的污秽亮光称为“包浆”，这绝对是以讹传讹，害人不浅。紫砂壶的“包浆”是指壶在窑中高温烧制时表面的砂质经高温烧溶成浆，自然形成的一层表皮，也就是壶面，这是紫砂的特色。其实，早在明代末年，即有周高起在他的著名的《阳羡名壶系》中就痛斥上述误人之说："壶，日用久，涤拭日加，自发黯然之光，入手可鉴，此为书房雅供。若是曰'和尚光'，最为贱相。每见好事家藏列颇多名制，而爱护垢染，舒袖摩挲，唯恐拭去，曰：'吾以宝其旧色尔。'不知西子蒙不洁，堪充下陈否耶？以注真茶，是藐姑射山之神人，安置烟瘴地面，岂不舛哉！"虽然早有前人教诲，但放眼如今却仍有以丑为美者，说来气愤啊！试想：用腻滓斓斑，油光烁烁的壶来泡茶，再好的茶叶也是白费，只会破坏一腔好心情！

内 养

内养的关键是一壶不事二茶，因为紫砂的特殊双重气孔，使它善于吸收与附藏，土质也就是砂料越好，吸收的效果也越好，透到壶表面的光泽也越柔和细腻（这也是雅好紫砂者竞相追逐砂料的原因）。这是一个"由里而外"的过程，待到壶的表面亚光渐起，愈用愈光亮，这种亚光用高温高压冲洗都冲刷不掉，甚显高雅品位。这才是正途。一把不事二茶的茶壶冲泡出来的茶汤才能保持原汁原味，否则，相互混杂，几无个性可言，养出来的壶外观与品性绝不会好。

每次泡完茶后，茶壶最好不要留茶叶，要倾倒洗净。至于说把茶渣摆存在茶壶里来养壶的方式，一方面茶渣闷在壶里实有害于壶，虽然紫砂器盛茶既不渗漏又兼良好透气性，但事物总是辨证的，不易馊绝不是不会馊，是与其他器皿相较而言，众所周知，茶本身是有机物，在一定条件下是会发酵变质的。隔夜的茶或放置较久的茶，会有陈汤味。紫砂壶毕竟不是"保鲜筒"，而且茶泡后放置 10 小时后再喝对身体不利。就茶道而论，也应该"旋瀹旋啜"（随泡随喝），"宜停竭即涤去停渣"（停泡后即倒出茶渣）。另一方面是壶乃吸附热香茶叶之质，残渣剩味实也无益于壶。将茶渣倒掉，并用热水涤去残汤以保持清洁，合乎卫生。

也有注意养壶（壶里积茶山）的人，往往在泡完茶后，只除去茶渣，而将茶汤留在壶内让其阴干，因此累积茶山的速度相当快，但因气候条件和维护不当，生出异味，这方面古人也积累了方法，清代吴骞就讲到：“壶宿杂气，满贮沸汤，倾，即没冷水中，亦急出冷水泻之，则元气复也。”

综上所述，古人“茶性喜洁”之说，符合茶道茶理，务使壶与擦拭之巾帕以及配用器物清洁无异味是养壶第一要义。

总之，紫砂壶的收藏者是绝不会把形态各异的壶囚放在橱架上的。爱壶的人，会定时地将他在不同时期收获的壶儿们挨着个儿去泡养，精心挑选有不同香味的茶叶，配合不同温度的水，去养壶之色泽、养壶之香气、养壶之气质，抑或是自己的气度！林治先生在《茶道养生》中说：“养壶也便是养气质，洗壶也便是洗性情”。

我常常想，我们又何尝不能用养壶的心情让自己去学壶之“有容”而又不急于“盛满”，以岁月为茶，去涵纳岁月，也让岁月蕴养自己呢？到最后，当岁月流逝如倒掉的茶，我仍如壶。

瓷缘如梦

潘向黎

> 没有人能真正拥有一件完美的瓷，暂时的拥有和舍弃也没有根本的分别。缘主万事，得失之间，只求会心一笑，足矣。

从来没有想过要当收藏家，但有时会幻想：如果，有一天，我很有钱了，我会想拥有什么？答案经常是：许许多多瓷器。不是古玩店里那些越脏越有身份的古董，也不是瓷雕、摆件之类用于观赏的工艺品。我对瓷器没有研究，也不想附庸风雅地学习“格调”（据说是现在时尚的必修课），我只是单纯地喜欢和我投缘而且价格合乎情理的瓷器，通常是平常家居用得着的茶壶、茶杯、酒壶、酒杯，还有碗、碟、盘子什么的。只有它们才能与我平等相亲，可以在任何时候“相看两不厌”。

我毫无酒量，别说烈性酒，就是啤酒也是几口下去就脸红，在酒桌上属于没有权利表达感情的一类人。但是我私心里很向往饮酒的陶然，所以对酒具有一种“为艺术而艺术”的超功利的感情。几年前，我在东京留学，有一次我家教的学生送我一个小纸盒子，外面写着某商店街周年庆的字样，里面是一对小酒盏，她说这是购物时的一家老店铺的赠品，她不喝酒，送给我。后来细看，虽不是什么名贵的东西，却是相当耐看，一个是砖红晕褐色，一个是豆灰带一抹青绿，造型一样，盏口不是浑圆，而是有荷叶似的微凹，这一点起伏使它们顿时有了动感，想象中连注进去的酒都多了几分活泼。我给它们起了个名字，叫“绿肥红瘦”，没有功夫容我得意，那个“红”便让妹妹给失手跌破了，她虽把它粘好，但是已不复完好，成了“绿肥红残”了。

后来我又在地摊上买了一个清酒壶，说是“壶”，和我们习惯上的

“壶”大相径庭，更像一个小小的细颈花瓶，日语里叫做“德利”，专指这种细长的盛酒器。大瓶的清酒开了瓶，倒进“德利”里送到桌上，然后再往杯里倒。不仅为了省力，也为了做生意的方便，可以一小壶一小壶地卖呀。日本人好酒，久而久之“德利”的品种和花式很多，成了瓷器里壮大的一个分支。我的这个清酒壶是很平民的，糙米色的底色，很写意的两朵折枝芍药，一朵褐色，一朵黑青，清爽又朴素。可是它在我手里没有用来装过酒，一次也没有，倒是用来插过花，春天是蔷薇秋天是菊花，走过时一眼瞥去总觉得花带着酒意。

还有一套迷你的小酒杯，五个，那大小，真是一杯一口，都是浮世绘图案，是别人从日本回来送的。一看就知道是在成田机场的商店货架上最显眼的地方上摆着的那种东西，风格上似乎是典型的日本味，但却是浮浅夸张的，为了哄观光客的那一种。就像现在到处营造的一些民俗风情、怀旧情调，只有老外才喜欢，究竟如何中国人自己是心知肚明的。日本的和服、浮世绘，有时也有这样的作用。

我不喝酒，但是喝茶。我的老家是福建，功夫茶的家乡，我的小舅舅早年在德化工作过，七十年代末送了我们一套当地的“宝石”功夫茶具，介于栀子白与杏儿黄之间的颜色，上面描了纤细的兰花，细致典雅，莹润如玉，在当时是让人惊讶的奢侈品。后来我在日本得了一套有名的“香兰社”出的“夫妇茶碗”，风格和品质和它如出一辙，我马上想：这准是跟我们学的！

日本的瓷器当然是跟中国学的，比如我现在每天喝的这套日本茶器的说明，小折子上就写着著名的肥前瓷器是在十七世纪前半叶从明末学到了五彩手法才创立了色绘瓷器。但是这个学生很争气，已经超过了老师。我有不止一套的日本茶具。一套“库山窑”的，我给它起了“桃园”的名字，它有一把大大的壶，藤编的提梁，五个杯子（成套茶具常为五个，日本人不喜欢四，认为不吉利），泥金底子上繁复的金绿花草，还有一个个桃子，杯子里面是纯白的（好欣赏茶汤的颜色），只描了金边。这套杯子华美浓烈，容量又充足，不习惯细品的人喝起来也不拘束，所以经常用来招待朋友。另一套“有田烧”，是我自己天天用的。这是我的好朋友（一对夫妇）从北京给我买来的，因为他们读了我的小说，里面提到“有田烧”。这真让我惊喜和感动。这套小巧，杯子口只有一个鸡蛋大，偏巧颜色也像蛋壳，上面描了素朴的几茎小草花，是一种毫不造作的村野之风。壶的造型和“小桃园”不一样，它可是有一个手柄的，就像过去煎中药的药罐儿那样。这两套茶具都用本色的木质盒子装着，珍重，清逸，有禅味。

我还有一些不成套的小瓷器，比如一个直筒无耳水杯（适合握着暖手），淡青带闪沙色，上面刻着许多抽象的图案，填了褐色的釉彩，上面用日、英文写着“箱根雕刻森林”，这个充满现代气息的杯子，是我在箱根露天的“雕刻森林”美术馆买的纪念品。还有前不久，一个前辈同事（人家可是收藏的行家!）随便送了我一个茶杯，里外一色儿淡绿，杯子形如半个桃子，隐隐有一个桃嘴儿，耳是桃枝，还带着叶子，下面的茶托就是一枚桃叶，我很喜欢。这位同事说是宜兴出的。咦，一说宜兴，我可只会想到紫砂壶，没想到也出瓷器，我的孤陋寡闻、不求甚解真是没有办法。至于那些碗、碟什么的，来历各别，数量又在不断增加，要一一细说真要琐碎死人。

我经常提醒自己，必须控制对瓷器的这种热爱，否则把它们往哪儿安置呢？我这个人还没有自己的住处呢。幸好我知道：没有人能真正拥有一件完美的瓷，暂时的拥有和舍弃也没有根本的分别。缘主万事，得失之间，只求会心一笑，足矣。

我的闲章

来新夏

> 书画家用以构图配置，烘托书画面完美；藏书家用以志所有权及流传过程，为鉴定版本之一助。闲章不仅国人喜用，即东国日本学人亦颇喜之。

闲章是印章中的一类，也可以说是一大类。除了正式姓名章以外，无论镌刻内容是字号、籍贯、书斋名、别号、官阶、门第、记事、成语、自勉语、吉祥语、调侃语，都可笼统归于闲章一类。起源当始于秦汉之吉文印，唐以来书画藏书渐有钤闲章风气，唐太宗请魏征等鉴赏宫内所藏后，都请他们盖章。清学者尤好制闲章。书画家和藏书家多好用之。书画家用以构图配置，烘托书画面完美；藏书家用以志所有权及流传过程，为鉴定版本之一助。闲章不仅国人喜用，即东国日本学人亦颇喜之。

我见到的闲章以清人为主。而所见藏书印多于书画印。藏书家往往有许多闲章，通称藏章。如《中国藏书楼》记明末藏书家毛晋有藏章六十余方，《清代海宁藏书家印鉴》收清吴骞藏章有四十三方，收近代张宗祥、徐光济等人均在六七十方以上。这些藏章不但刻工好，而且内涵相当丰富。如吴骞有一长方条形篆体阳文藏章，全文三十五字，所刻内容是“寒可无衣，饥可无食，至于书，不可一日失，此昔人诒厥之名言，是可为拜经楼藏书之雅则”。拜经楼是吴骞的藏书楼。这方藏章足以表露拜经楼藏书的宗旨。藏章文字最长的是清阳湖藏书家杨继振的印文，共有二百五十一字。几乎是杨氏藏书观的一篇短文。

我真正接触闲章是在五十多年前，即上世纪的六十年代前后，我被投闲置散，工资待遇未动，被挂起来，闲暇时间较多，经济上尚有余力。于是开始在一些店头摊尾收集旧图章，特别是闲章。但数量并不很多，最多时一次买到四五方。经过五六年的搜求，大约积存有五十多方。我放在一个小竹篓内。其中有六成是有价值的闲章。尤其是大部分都有边款，使人对刻家与印主能一目了然。刻家大多为清中期乾嘉时浙派篆刻家。如黄易、奚冈、钱松等均为西泠八家人物。印主也都很有名，如钱大昕、阮元等。其中我最喜欢的是黄易的“善男子”和奚冈为钱大昕刻的“博君一粲”。闲时我经常拿出来观赏把摩，赏心悦目，很为得意。不幸在“文革”抄家时，被红卫兵连锅端，掠走了这几十方印。不知是缴公，还是私有？反正在所谓“发还查抄物资”时，给了我四五块“画石猴“（最劣等的图章石，一画地就是白道子，适宜小孩在地上画着玩)，我都随手送给孩子们乱画了。可惜的是，我当初未意料到日后会有“文革”，既无笔录情由，又未留下印拓，只剩下零零碎碎的一丝记忆而已！

我正式使用闲章是在六十年前。那年我二十四岁，刚刚大学毕业。已经积存一点藏书，加以正在学篆刻，遂从家中旧抽屉中，找出一块废石。打磨以后，就以几个月初学篆刻的学历，握刀下笔。印文是久已想好的“征羌侯裔”四字，因为我的远祖来歙，是东汉时名将，曾封征羌侯，建功立业而鄙弃名利。我以做他的后裔而自豪，所以刻了这方章。用了两三次，自感刀法布局都不够水平，就废弃不用，“文革”时亦未幸免。后来我就用古人闲章，最喜欢的是黄易篆的腰形章“善男子”和钱大昕用过的“博君一粲”，一直用到被抄走。

上世纪八十年代以后，我重谋制作闲章，以应需用。最早的一方是天津一友人所刻籍贯加姓名的一方，文曰“萧山来氏新夏”，常在为人题跋时用。不久想到恩师范文澜教授“板凳宁坐十年冷，文章不写半句空”的教导，于是又求友人为刻“板凳宁坐十年冷”的闲章，常在题赠字时钤首。八十初度时，又有友人相继刻赠“难得人生老更忙”、“邃谷”和“新夏长寿”以及肖像章等闲章，不时在书写和题签上用。我想这几颗闲章不会再遭劫难而将伴我终生。

我的闲章

方　成

> 这词我真下了苦功，四年之后，才从毛泽东同志的“你打你的，我打我的”受启发，请他刻个“我画我的”，以示独具一格，有我行我素之意，也颇有谐趣感。这是我最满意的闲章，作画一直在用。

在改革开放后的八十年代，我才重新拿起画笔，画国内题材的漫画，还要举行个人漫画展览。展品画幅大，都是彩色的，用的又是我国传统画法，有的画还以借古喻今构思，画的是古装人物，例如《神仙也有缺残》，画的是八仙中的铁拐李，《娱亲图》画的是“二十四孝”中的老莱子，看来如同传统人物画。后来和日本漫画家交往，他们手勤，谈得高兴，就拿出笔纸画张速写式的小画相赠。礼尚往来，我也得有画回报，煞费苦心地回赠一张。我知道《水浒传》在日本很流行，就练着画梁山好汉李逵和鲁智深这两位典型人物，为应酬用，免得临时苦思。既然类如传统国画，也得依惯例除盖名章外，还得盖个闲章。国画家的闲章，一般刻的是些自勉之词、书斋、堂号以及与画相关的赞词等等。我画的是带漫画意味的人物画，闲章应有自己的特色。我想，我的这种画是被人逼着才想去画的，是硬挤出来的作品，不挤就想不出去画，挤得越紧，画得越勤，越画得好。因此想起古语“穷而后工”，便请朋友以“挤而后工”刻个闲章。老友康殷兄见爱，要为我刻几个图章。他是著名书画家，又是篆刻名手，求之不得的美事，高兴之极，请他先刻个名章，闲章待我想好词再刻。这词我真下了苦功，四年之后，才从毛泽东同志的“你打你的，我打我的”受启发，请他刻个

“我画我的”，以示独具一格，有我行我素之意，也颇有谐趣感。这是我最满意的闲章，作画一直在用。我原籍广东中山市，常回故乡探望，由此想起以故乡为题，请朋友刻个“中山郎”。因和“中山狼”谐音，有漫画谐趣感，只有为乡亲至友作画才用。后又想起，北京人常称广东人为“老广”，我又请朋友刻一方“北京老广”，也是在适当情况下用的。我还在继续想新闲章词。最使我佩服的闲章，是侯宝林的“一户侯”，只有幽默大家才想得出来如此奇妙的词，我想步其后尘，有所创造。别看闲章字数很少，但也是一种学问，创意还是煞费功夫的。

收藏情缘

鲁　光

> 玩什么都得交学费。我自认倒霉，谁叫你眼力、智商如此低下的呢！从此，我再也不去买瓷器了。但对青花钟爱依然……

奇石情缘

在文采阁开会时见到陈祖芬，她说她迷上石头了。每次外出归来，不带别的，包里装的尽是石头。我有几分纳闷，一位女作家怎么会对石头迷恋到如此地步呢？

"我以后送你石头！"我随口慷慨地说。其实，我家里正藏着几块山东朋友送的燕子石的石砚和石镇尺。我决计割爱转送这位痴迷石头的作家朋友。

不久，在大连棒锤岛与一位外号叫"严千石"的广东同行相识。我们住一间房，头一天中午他就去海滩寻觅石头去了。回房时，从口袋里掏出一堆鹅卵石。

这种石头，过去我也捡过不少，放在笔洗中，倒上水，倒也甚是好看。冬天养水仙，放上一些，更是别有一番情趣。

"我喜欢这些石头。一切棱角，一切多余的东西，经过海浪千百年的冲打磨洗，都消失了，留下的是石头的本质和精华。"我的这番石头经，一下子就与"严千石"沟通了情感。他惊喜地叫了起来："啊，你也是个石头迷！"当时，我还算不上石头迷。但第二天中午，我与"严千石"一道去海边寻觅石头了。

"严千石"的眼力比我好，他找到一块灰绿色中镶嵌着丝丝暗红的海石，送给了我。我将此石带回北京，供在客厅，朝夕观赏。大自然的造物就是奇特，真耐看！这是我收藏的第一块奇石。

后来，我在广州参观了“严千石”的奇石珍藏馆。满馆奇石千百块，有从戈壁滩觅得的列宁像，有从天山背回来的“苍鹰”，有来自各地深山老林的“林海雪原”、“迎客松”、“碧海夕照”……全是大自然的创造，无一丝一毫人工痕迹。其中有一块奇石，是“严千石”花八千元购来的，台湾一位藏石家欲以十万元收购，他也舍不得。面对着大自然的巧夺天工，我惊叹不已，即席挥毫题写了“世上一绝”四个大字。

我真正迷上石头了。我迷的是艺术之真！此时，我才明白祖芬迷石头的真谛。看来，燕子石砚，是送不出手了。我开始了寻石生涯。

头一块奇石，是从青岛崂山海滩觅得的。重十多斤，但我还是吃力地把它抱回宾馆。正巧美学家王朝闻老先生也在此下榻。我抱着此石请他品评。王朝闻先生仔细观赏后说：“好石头，可惜太沉了。”顿了顿，他说：“好，我要了。”他误以为此石是我送他的。他的夫人笑道：“请你看看，不是送你的。”王老也朗声笑了起来。

我将此石背回北京，家人以为我背回什么宝贝，见是一块黑乎乎的大石头，好生把我数落了一顿。

北京潘家园地摊上有石头出售，我常去观赏。一天，突然发现一块奇特的黄河石。椭圆，顶部有一弯土黄色月牙，中部是一条浩浩江流，也是土黄色。江畔有一棵深灰色的树，还有树的长长的灰色影子。见到它，我就迈不动步了，把它买回了家。据说，此石产于黄河小浪底。那儿，太阳石较多，月牙石罕见。藏石家说，图案太奇的，造假多。回到家，我先用化学洗涤剂洗涮，然后又用水沙纸打磨，最后还用磨刀石使劲打磨，弄得到处是泥浆，但用清水一冲洗，图案依旧。真奇石也！我将它作为“五峰斋”的镇室之宝，供于客厅柜子里。清代民窑鱼纹盆、日本木质仕女、东欧现代陶艺，在这大自然的造像前，都失去了迷人的光彩。我决计以此石相送祖芬。但行家们告诫我，月牙石太罕见了，是真的是假还难说。我宁信其真，但送祖芬，我又不敢了。万一是假的呢？那不贻笑他人吗？

陶瓷情趣

人们说，在现代家居中，放一两件古色古香的摆设，或者造型别致的艺术品，居室就别有一番情味了。

陶瓷，就这样进入了我的家门。头一件瓷器是一位德国朋友送的一个白瓷花瓶，瓶颈细长，瓶肚大，凹凸不平，一细一粗，形成了反差。西方的造型，罕见。作家赵丽宏看中了此瓶，虽然我自己也很喜欢，但还是割爱了。

到了上海，走访丽宏，他送了我一件明代的青花小碟。这是我收藏的第一件古瓷。虽然很小巧，但陈列书房的玻璃橱里，很是显眼。从此，我对明清的青花瓷情有独钟。

在广西中越边境的一座小镇上，我见到一个写满古文的青花笔筒，是“大明宣德年制”的。驻足看了半天，卖主说是从越南乡间收来的，要价五百元。我怀疑是假货，但爱不释手。同行的朋友说：“有可能是真的。你砍它个不会出手的价。”

“五十元！”我说。

卖主直摇头。

我扭头就走，尽管心里并不想走。走出老远了，卖主拿着那笔筒追了上来，说：“给你！”

五十元，买件假货也值！跑了数千里，小心翼翼地将这个笔筒带回北京。有人叫我拿去鉴定，但我一直不愿去麻烦专家。摆在案头，只要自己喜欢，也就足够了。此后，反正我未再在别的地方见过与它一样的货。

见我喜欢陶瓷，朋友们就时不时给我送来。一位女诗人从西宁给我抱回来一个彩陶，一位驻外使馆的朋友给我送来一件现代陶艺。人也真怪，虽然这些艺术品都喜欢，但我依然钟情于青花。

离我家极近的一家旧货市场，有很多瓷器摊。我时不时就去逛一逛。逛久了，手就痒痒了。一日，我看中了一个青花小瓶和笔洗，要价都是三五百元。摊主是一位河北乡下妇女，她说："这两件是自己家祖传下来的。"说得很恳切，让人不得不信。这时，一位中年男子拿了一个手提袋，买了她摊上的几件瓷器。我看他很在行，起码是开瓷器铺的老板，便请教于他。他悄声地说："这两件，每件的价不能高于二百元。"我这才下决心买下它们，每件一百五十元。快走出市场时，见一位老者，看上去是专家教授一级的人物，便虚心向他求教。他拿起我的两件青花，只看了几眼便直摇头："仿的。"我问："什么年代仿的？"旁边的一个摊主笑笑，揶揄道："昨天！"

上当了！我转身去找那女摊主，只见地摊上又摆出二件与我所买的一模一样的青花。这时，我才发觉，那个中年男子与她原来是一对"合作伙伴"。

玩什么都得交学费。我自认倒霉，谁叫你眼力、智商如此低下的呢！从此，我再也不去买瓷器了。但对青花钟爱依然，年前在苏州，我自己动手画了三个青花瓶子，还真有味道。如今摆在居室里，人见人爱。这是百分之百的真品，而且天下只此三件。

书画情结

我从小喜欢画。六十年代到北京工作后，得空就往荣宝斋、和平画店跑。那时，齐白石的一幅画，也就五六十元。李可染、李苦禅的画，二三十元就能买到。每月工资五十六块大洋，要养家糊口，没有富裕的钱买画。但每次去都饱赏眼福。

大半生的记者生涯，结识了众多的书画界名家大师。中国人重感情，混熟了，就送画。于是，在本人的陋室里就挂起了名人字画。八十年代初，我与苦禅大师成了忘年交。一日，他问我："你不喜欢我的画？"我忙回答："苦老，我很喜欢您的画呀！"苦老又说："认识我的人都找我要画，你怎么不要我的画呀?”我诚恳地说：“你的画那么贵，我怎么好开口求画呢?”苦禅老人豪爽地说：“朋友不讲钱，讲钱就不是朋友。”说完，就嘱咐夫人李惠文铺纸，挥毫画了一幅苍鹰图。

鹰，是苦禅的拿手戏。得此墨宝，我惊喜不已，将此画挂在书斋墙上。一晃二十多年过去，但它始终给我以艺术熏陶和精神激励。在苦老的点拨下，我开始画画，还举办了个人画展，出版了个人画集。水墨丹青，成了我终生的爱好。

朋友告诉我，潘家园早市有李苦禅等名家的墨迹出售。丰子恺在《新观察》发表过的两幅原作，卖者要价六百元一幅，结果以四百元两幅成交。据说，卖主是一个捡垃圾的老人。我心动了，早上四点半去赶了一个早市。在一位老农手里，我见到了苦禅的一幅斗方小画。毛边纸，有题字，没有署名，但有印章，画的是小鸟与石头。已拓裱成片，绫子已发黄发旧。卖主说：“这画原来装在镜框里，框子又旧又破，给丢掉了。”我问：“这画是假的还是真的?”他很厚道地说：“我也不知道。”要价六百元。反复观赏之后，我以一百元买了下来。回到家，搬出苦禅的各种画册，每个题字都找到同样的字，细细对照。从字迹和笔墨判断，这是幅真迹。我立即将这幅小画装到一个高级镜框之中，挂到墙上，兴奋得晚上都睡不好觉。第二天，我又去赶早市。见那老农又拿出一幅大小、质地与昨日那幅一样的苦禅的小画，画的内容不同，有题款，有印章，署名“励公”。我给他一百元，又买了下来。回家仔细观赏，字迹是苦禅的，但画的用笔不太像苦禅的。心想，此幅是假的可能性大。如果此幅是假货，那头天那幅也就真不了。说不准，真的上当了。行家早就告诫过我，那儿名家字画，没有真的。

但荣宝斋的一位跟苦禅学过画的经理说：“难说就是假的。‘文革’期间，我去看望苦老，就见他画了一大沓毛边纸的小斗方。笔墨也不一定每幅都好呀!”经他这么一说，我又怀疑起自己的眼力来了。

我宁信其为真。我将这两幅毛边纸的小画珍藏了起来。即使是假的，我也已爱屋及乌了。

适情随意，乐在其中

储大泓

> 我喜爱雅玩，但爱得并不执着，也不贪多、求全、求高，不求珍奇名贵。我更没有那种废寝辍食、锐意穷搜的精神和毅力。

我不是雅人，却爱雅玩。

友人为我作画，题扇，有时写上款为“大泓仁兄雅玩”。我很喜欢这样的题款。

我想，我国读书人，特别是读了几本古书，多少受到我国传统文化熏陶的读书人，有一两种或多种雅玩爱好，恐怕在所难免。

我从爱好书法到爱好碑帖。五十年代从旧书店、旧书摊陆续购买过汉碑、魏碑、隋唐碑的拓本十余种。限于我当时的工资水平，买的只能是清代拓本而不可能是宋拓明拓。我更多的是解放前印行的珂罗版碑帖，其中不同版本的兰亭序、圣教序、半截碑有十多种。魏碑中偏爱张黑女，隋碑中偏爱龙藏寺，唐宋名家中偏爱颜真卿、苏东坡，尤其钟爱颜真卿的争坐位、祭侄稿。临摹碑帖是一乐，静观碑帖也是一乐。凝神之际，可以忘怀一切。碑帖往往有名家题跋，有的只一句话，有的则对版本作详细的考证和评说，有的题跋本身就是一篇精美短小的散文。

我爱好石砚。有几方端砚，也有几方歙砚。端砚不在乎有无石眼，歙砚不在乎有无金星，但求质地坚硬缜密，手感滋润细腻。雕镂不喜双龙戏珠之类，因其不如蔬菜瓜果具有田家情趣。案头一砚，不仅在于实用，还在于给人以端庄凝重之感。除非时间匆忙，墨汁不如自己磨墨。研磨片刻，心情自然会恬淡宁静，气鼠自然会舒缓平和。这也是一种养生之道。我还有一方山东青州的红丝砚，色泽甚美。另有一方澄泥砚，聊备一格而已。

我爱好印章。印章偏爱石印。我总认为唯有石印才能充分体现篆刻家刀法之妙，巧拙之趣。父亲遗留的象牙微雕印章和水晶印章，是作为纪念品收藏的。我有青田、寿山及杂石数十件，但没有名贵的田黄、鸡血。已刻的印章中也没有明清名家的作品。所喜的是王个簃、叶露渊两位老先生都曾为我刻过印。叶老为我刻的朱文“看万山红遍”至今珍藏。韩天衡兄为我刻的白文印“大泓藏记”、朱文印“人间正道是沧桑”以及两方白文鸟虫篆刻印，高式熊先生为我刻的朱文名章和两方朱文闲章“濯足沧浪”、“此心悠然”，都是我心爱之物。莫看这小小的印章，可真是方寸之间天地宽，游刃有余显神韵。读印如同读碑帖，其乐也无穷。

我也涉足玉器。玉器中偏爱和田白玉，取其纯洁、晶莹、温润。没有大件，只有挂件。曾购挂件二、三十种，部分送给子女，部分留下自娱。较喜爱并经常配带的不过两三件。我国《诗经》及其他古诗文中有大量赞美玉石的词句。玉文化也是中华文化的一绝。选一、两枚自己倾心的白玉，朝夕摩挲，也能起到平心静气、摒除杂念之效，可谓屡试不爽。

我祖籍阳羡，自然不能忘情于紫砂壶。每次去宜兴，归来必携壶数把。大半已分送子女及亲友，自己留下的不过十余件，经常把玩的只有数件。我选购紫砂壶，不企望名家名作，但求“一见倾心”而又价格不太昂贵者。所购壶，光货（光素器）多于花货（塑器），造型偏重简洁流畅，制作要求精良。宜兴陶艺家刘天源君曾为我特制一壶，上刻有我写的“我有香茗，与汝乐之”八个字。字不足观，唯造型简朴古雅，制作精湛，颇可喜也。

我小学时代是在南京。雨花台是多次游览之地。当年在雨花台购买的雨花石堪称价廉物美。每颗虽只一、两角钱，甚至只有几分钱，却都晶莹透明，色彩绚丽。有数十枚随我一同流亡到四川，又随我于抗日战争胜利后一同返回江南。后来收藏的雨花石不断增多，遂逐一随形命名，有“长河落日”、“人面桃花”、“天涯芳草”、“千丝万缕”、“石中古蝉”等等，以至使我有词穷之感。

我喜爱雅玩，但爱得并不执着，也不贪多、求全、求高，不求珍奇名贵。我更没有那种废寝辍食、锐意穷搜的精神和毅力。我想，爱好雅玩，贵在陶冶性情，顺乎自然，但求能适情随意，赏心悦目，也就乐在其中，得益非浅了，又何必有过高的追求呢？

收藏趣闻札记

高洪波

> 记得当时盛传一毛钱的纸人民币有“反动图案”，以至于一度不敢流通。那钱的图案是开拖拉机的女工，有人翻着看，且透过阳光看出一张戴瓜皮小帽的“老地主”的脸……

宋瓶

北京劲松古玩市场，地摊摆成一字长蛇阵，什么器物都有，但以铜、玉、瓷三器为多。曾见到一位胖大摊主，守着一堆仿古器皿进行推销，凡询问瓷器年代者，均告之以唐、宋，连元、明、清三代都不屑一说。可见此公自信之程度！

我顺手拿起一瓶，问此为哪朝哪代？胖摊主说这是宋瓶，典型的器物，您看这色泽、开片……价格不贵，他只要六百元。

此瓶其实乃徐州名酒“沛公酒”瓶，当年曾获装潢设计金奖，古色古香，式若钟鼎，没料想被人携至古玩市场，以“宋瓶”的名义而欺人！

某古玩商人与我闲聊，称将一只“孔府家酒”瓷瓶摆放在百宝格上充数，不料真被一“老外”热情购走，售价五百元，不卖还不成！

看来此类有文化品位的空酒瓶，是各种有兴趣的收藏者青睐的对象。也许购者知其伪而购之，不在乎卖家说的唐宋元明清，只在乎瓶子本体的造型。

北京老作家林斤澜喜收各类酒瓶，我曾赠一瓶“沛公酒”给他，林老大喜过望，其惊喜之态，不亚于受赠一只“宋瓶”。

寿山石

寿山石雕，天下闻名。

曾与两位文友赴寿山参观，一位文友雅好收藏，沿途觅散石若干，大大小小，约数十块，装入提包，称携回北京加工打磨，可备案头清供。

我见这批石头笨重粗糙，便说它们另有一用。大家询问何用？我说沿途若遇车匪路霸，可用此防身，众人皆笑。拾得之寿山石虽品相不佳，后经这位石痴先生一一琢磨，色泽、造型均具特色，此公为真爱寿山石者也。

归来后偶逛古玩市场，见一福建人出售各色寿山石，内中有两方古印颇清奇，便以数百元购进。其中一石为薄意荷花莲藕，雕工精细，一面为一莲花一藕两片硕大荷叶，一面为两片荷叶，中隐一水鸟，尖喙凤冠，目光炯炯，疑为白鹭。石质为黄褐色冻石，温润可爱。

另一石长约二寸，为古寺行僧图，一面刻古屋四幢，远山高天，有秋雁一行飞掠，意境高妙，另一面刻一策杖僧人，涉过秋水。这方石头分为两色，一截为象牙白，一截为虾背青，青者雕为山，白者刻为古寺、溪岸与僧人，构思机敏巧慧，非高手不能为也。

印章艺术，讲究咫尺天涯，方寸中见宇宙，此二石为寿山石中罕见之精品，尤其是考究的薄意雕刻，显示了福建寿山石文化的深厚底蕴，无意中得之，亦为一种缘分。

宋钱趣谈

若干年前我与一批作家走福州，在宾馆前的花盆中看到一枚裹在土块中的古币，捡起细看，是一枚宋钱，小小的元祐古通宝，苏东坡时代的古钱。

当时同行的湖北女作家池莉，说自己的丈夫集古币入迷，我顺手就送给了她。后来池莉很高兴，说我送她先生的“宋钱”给她带来好运，送钱与宋钱，或许真有一点好运的成分。但元祐通宝的真正价值不高，这是我后来知道的，当时若知道它仅值五毛钱，绝对不好意思送给池莉。

我对古钱兴趣不浓，但由于各种原因也拥有几枚。比较完整的一套是清币，从顺治到光绪，一共九枚，除了宣统，全齐了。有时把这九枚铜钱一一排列，好像大清王朝也在掌中无声滑过，顺治的无为而治，康熙的雄才大略，雍正的刚愎勇烈，乾隆的文采风流，直到同治和光绪的末世衰音，窝窝囊囊，全隐现在小小的、光滑的铜钱上，那贯穿方孔的小绳，也不知不觉中带有了历史感，我觉得这其中有足可吟哦的诗意与沧桑。

除了清代铜钱之外，我最多的是宋钱。元丰、元祐、大观、崇宁，全有，其中大观通宝有两枚，一枚很大，有一两酒杯的杯口那么大，另一枚则很小，相当于现今的二分硬币，钱币上的字是瘦金体，精美漂亮，把宋徽宗的书法艺术凝固还原，令人叹为观止。

另外还有两枚“崇宁”钱，全是当十钱，崇宁重宝廓径三点五厘米，锈蚀斑斑，为出土钱。崇宁通宝为传世品，廓径三点四厘米，赤红色，是我中央党校一位同学所赠，他是资深收藏家，赠我“生钱”与“熟钱”各一枚，“熟钱”即这枚崇宁通宝。

妙在“崇宁重宝”有个传说，说这钱上的字为福建仙游人、权相蔡京所书，由于他几起几落，心怀不满，在书写钱文时，把崇宁的“崇”字，从“山”字起一笔插到底，写成“祟”，“寧”字去掉中间的心字，写成“寕”。故当时有人说权相蔡京“有意破宗，无心宁国”。

我拥有的这枚隶书体的“崇宁通宝”，“崇”字的确一笔插到底，但“宁”字却有心。只能说是“有意破宗”和“存心宁国”。古币收藏家丁福保在《古钱大辞典》中写道："《永乐大典》宋史，三年又铸崇宁重宝钱，有小平，有当三，其文隶书，皆蔡元长（即蔡京）所写，笔画从省，崇字以一直上下相贯，宁字中不从心，当时识者，谓其'有意破宗'，'无心宁国'，后乃更之。"

不知这枚宋钱是否"后乃更之"的那枚？事实上北宋王朝到得徽钦二帝手上，已是穷途末路，气息奄奄，在钱文上作文章，只是好事者的劣习而已。

这一劣习曾在"文化大革命"中有过延续，记得当时盛传一毛钱的纸人民币有"反动图案"，以至于一度不敢流通。那钱的图案是开拖拉机的女工，有人翻着看，且透过阳光看出一张戴瓜皮小帽的"老地主"的脸……

也算是"无心宁国"之流韵。

迷上古玉

曾有高明的红学家一语中的，称《红楼梦》中贾宝玉衔玉而生，玉人相辅相成，玉在人在，玉失人失，说的只不过是"玉者，欲也"。玉乃欲的谐音，道破一部奇书的天机。

这年间我受时尚的影响，对古玉颇为入迷，曾购得若干玉书，彻夜通读，继而在古玩市场流连，将有限的工资投入玉海，溅起些许涟漪。古玉购得若干，从红山文化的玉龙到新石器时代的玉铲，真真假假，竟然积得小小一匣。

最有趣的是曾见到乾隆年间雕刻的青玉摆件"马上封侯"，为三件玉片雕就，左右均为大猴背小猴，寓意为"辈辈侯"，中间则为一高头大马，背上蹲一猕猴，马的屁股上刻一大蜜蜂，虽不成比例，但意思一目了然：马、猴、蜜蜂，取的是"马上封侯"之意。大马昂首回头，小猴咧嘴微笑。背景是高山白云，显得这三块青玉雕饰气势轩昂。更妙的是玉雕后面有象鼻眼，可以将它们串连起来摆放，每块玉约二寸见方，连起则半尺多长，是很精致的古代玉雕。

这件玉雕我见过一次，当时未曾下决心购买，归来后念念不忘，又连续五次去寻觅，最后终于又碰到，马上毫不犹豫地买了下来。一物一主，想必冥冥中这骏马与可爱的猴子家族一直等待着我吧！

假玉也买过多次，一次被几位河南小伙子围定，极热情地推销“出土”的古玉，其中五百元的一块玉龙块，鸡骨白，款式极像书中见过的商周制式的古玉，虽然心中也嘀咕，但耐不过几位河南小伙子的纠缠，下决心买了回来——当然假得一蹋糊涂。

现在这“河南造”的商代玉龙块就摆在我的案头，咧开大嘴，无声地与我开着历史的玩笑。

玉和欲，从某种意义上说也许相同，假如将玉同金钱、财富相类比的话。但中国传统文化中，孔夫子的“君子比德玉焉”流传深远，玉实际成为儒文化的具体象征，是一种礼器，一种社会地位的标志，一种人格的外化。这里的“玉”就不是简单的一个“欲”所能替代的了。

何况古玉辟邪。

什么是邪？不正当、不正派为邪；一切致病因素为邪；妖异怪诞亦为邪，这是“邪”的通常定义。

拥有一块古玉，当然不能是当代人为谋利而造的伪品，你等于拥有了一种百邪不侵的自信心态，把玩玉文化的同时，受益岂不是很大很大吗！

古瓷与酒瓶

古瓷我不懂，真懂的是冯先铭先生，可惜他生前我没能有缘求教，否则充当半个古瓷鉴赏家的可能性还是存在的。

古瓷不同于古画，古画的质地由纸与绢构成，易受损害，从虫蛀烟熏到折损；古瓷则顽强得多，除非被摔打击毁，否则古瓷轻易不认输，岁月之手常常拿它无可奈何。即便身体被摔碎，可瓷片仍在，每一片都拥有一份古瓷的性格：顽强的美丽，破碎的典雅。

因此在国际艺术市场上，中国古瓷的身价常常超过古画，尤其是精美的官窑瓷器，美轮美奂，看上一眼，那神韵足让你品味半日。

一九九五年我到南斯拉夫访问，极偶然地相遇过古瓷，两次，均极有趣。一次是到中国驻南斯拉夫大使馆做客，在五星红旗飘扬的地域内，与中国一批年轻的外交官小酌，其乐可知！使馆的政务参赞姓智，一位来自内蒙的小伙子，因为同我是乡亲，便请他夫人煮奶茶给我们喝——你想象一下在欧洲冷不丁地喝上蒙古茶是什么感觉？妙不可言。

更巧的是参赞夫人也来自内蒙古，她的另一个身份是使馆办公室主任，内当家的。中国使馆刚落成不久，建筑得古色古香，美观异常。在喝完奶茶之后，女主人领我们参观大使馆的建筑，从会客室、放映厅到宴会厅，将建筑意图、主题和建筑材料一一讲给我们听。看到这样一座富有中国风格的大使馆站立在贝尔格莱德，实在让人自豪。

宴会厅里摆放着一个玻璃柜，里面是两个“开门”的乾隆官窑蒜头瓶，拿过细看，款识、图案、重量、色泽全对。便问女主人这古瓷哪来的？答曰：“第一任大使留下的。”“谁?”“伍修权。”

伍修权同志当年从中国运来一批红木家具和古瓷，这两件仅是其中之一。

真是一份珍贵的家当。我叮嘱女主人保管好这批宝贝，她兴奋地点头，恍然大悟的样子。

过了两天，临告别南斯拉夫时，使馆有一位陌生的同志约见我，见面无他，把四件古瓷让我过目。我问他这几件东西来自哪里？他说是买自一位从中国回来的南斯拉夫朋友手中。

真可惜，四件“古瓷”全是似是而非、制作低劣的仿官窑。最早的一件西瓜罐，也超不过民国。听到我的判定，他有几分懊丧地走了。这四件假货漂洋过海，没成想又落到中国同胞手中，命也夫！

前几日我逛北京的潘家园古玩市场，发现那四件假货的始发地就在这里，逛市场的外国人络绎不绝买上一两件中国古瓷，哪怕是假的古瓷，也透着时髦，文化的时髦。

更有趣的是两个酒瓶，一个是湖南湘西产的“酒鬼”酒瓶，形制古朴若扎麻袋状的，设计者为画家黄家玉，摆在古董摊前冒充古瓷，我随口问一下价，居然一百八十元。另一个酒瓶为江苏徐州产的“沛公”酒瓶，古铜色的瓶体围起一圈凸突的篆字，极像出土的铜器，这设计曾获过商标设计金奖，在江苏尽人皆知。可现在它置身于一群“古瓷”中间，不卑不亢。我问另一位摊主，这是什么年代的瓷器？他极流利地告诉我：“宋瓷。”“多少钱？”“六百元。”

幸亏我一度嗜好杯中物，对“酒鬼”与“沛公”一往情深，顺便也熟悉了酒瓶，否则一时走眼，真买回家去欣赏也保不准的。

把酒瓶子当“古瓷”摆着卖，而且敢往宋朝上说，没点魄力与胆识，还真不成。

多有趣的古玩世界……

收藏者的自白

李文俊

有时一上午你都会一无所获，但临走时却瞥见有件宝贝在阳光下朝你眨眼，对你微笑。一面半边锈烂的青铜镜呀，一座缺了个角的开片石榴尊呀。铜镜上西汉蟠螭的后臀仍在扭动，让你像个老色鬼般怦然心动。

北方的隆冬，你得在黑乎乎的街上跟外地打工仔挤头班公共汽车，坐个把小时，又走上十分钟，这才来到古玩市场。这里狂风卷着黄沙，摆露天摊的商人冻得顶不住时，便把摊子撂给邻摊照看一下，自己上稍稍暖和处去“抽根烟”。而你，别的一些老头儿，还有操闽南“国语”的台胞、韩国文物贩子、金发碧眼的老外，却流着鼻涕，蹲下僵直的腿脚翻寻起来。有时一上午你都会一无所获，但临走时却瞥见有件宝贝在阳光下朝你眨眼，对你微笑。一面半边锈烂的青铜镜呀，一座缺了个角的开片石榴尊呀。铜镜上西汉蟠螭的后臀仍在扭动，让你像个老色鬼般怦然心动。石榴尊大大的肚子像个孕妇，上面忽又收小，显出少女的身段，它还披一身薄如蝉翼的“金丝铁线”。你装出一副若无其事、半死不活的模样——经历过那么多次运动，这点本事还没有吗？对着边上一件俗里俗气的帽筒或绣墩，发起“佯攻”，价钱自然是谈不拢的，你本来就不“诚心”。你抬腿要走，却漫不经心地回眸，点点你相中的那件，吐出几个字：“旁边那件残了的呢？”他开了价，不会太高，因为此时他已不设防。你拿起来看看，确证是件好玩意，而且没有不可原谅的毛病。撂下，扔给他一个价儿，也别低得离谱，不然他会认为你在打哈哈。总得让他有点赚头不是。他终于蹦出一句："交个朋友，拿去!"于是你一边说"上当了，亏了"，一边从内衣口袋深处掏出几张票子，换回一张脏兮兮报纸包着的东西。在放进挎包前你还需打开再看一看——有一次回到家才发现少了一并买的小件紫晶猫头鹰，也不知真是漏了还是摊主玩的花样，此时你找谁去？成了，一趟淘到件把像样的见好便收。多买必失呀。定定神再上书摊那边溜溜。哈，还果真觅到本值得一买的书，是《平山郁夫文集》，开本不大，印制也不算很精，但扉页上有咱们这位日中友好协会会长的亲笔题词。买此书没花多少钱，译上千字满够，值啊!

到这时自己也冻得够呛。

肯定有人会说，以你的水平，收来的怕都是假古董吧。那是自然，本来就不指望那石榴尊出自修内司窑。不可能的呀，连博物馆里珍藏的也常被甄别出是"寄托"品呢。听说过这个故事吗？台湾"国防部长"俞大维下台后，生活困难，遂将多年来别人走门子送的南宋官窑珍品——自然是用锦盒装了又用丝绸包了又包的——拿去估价。古董行的答复是：都是仿品。"部长"大人尚且如此，更何况你我呢？不过，若说没有一件真品，怕也不尽然。至少原来就是民间或少数民族的用品，造起来费事，也挣不到钱。一只绿釉刻花水罐，一只酱釉龙形提梁皮囊式酒壶，一块刻花红漆略略涂了些金粉的绕线木板、一只红绿彩的小钵……相信都是真的。我太太"陪嫁"里就有差不多样子的线板，如今找不到了。辽代的陶瓷确是不难觅到。前面提到的那只酒壶，说它是酒壶而不是水壶，因为只有十几公分高，那容量盛水是不够萧太后麾下的一个番将解渴的。上面的提梁、龙头都急猴猴地伸进了壶身，它也想喝呢，多么巧妙的构思！那只红绿彩小钵，买来时还剩有半钵膏药——准是治"跌打损伤"的。钵头肚子圆鼓鼓的，红的菊花，绿的菊叶，乡气十足，憨态可掬。还曾"寻摸"到一只磁州窑的小坛，白地黑花，画了一只鹳鸟，蜷起了一只脚，喙部长得有点夸张。拢共十来笔，一身羽毛比齐白石笔下的和平鸽逼真。身边云气缭绕，眼看要振翅冲天。小坛有个“冲”口。真不相信有人为赚几元钱做这个假。

别的暂且不说，紫砂器出现年代不算太远，真品还是会买得到的。曾收到一只白砂扁腹壶。一侧所刻山水，品位不低。另侧书法亦见功力，镌功亦好，文作“古瓷瓯甚洁/红炉炭方炽/沫下曲尘香/花浮鱼眼沸”，无落款。但壶把根处钤有阳文楷书“真记”椭圆形小章，该是程寿珍翁（1857-1939）所制，至少是监制的。落当代名家名章的赝品虽多，但总还有些漏网的真货。一次星期天下午去到旧货市场，牛气些的摊主都已走人，只剩稀稀落落几个老人与妇女还坚守阵地，指望最后一刻弄到几个现钱应付开销。远远就望见一只“光货”，极其普通的样式，但有说不出的俊逸气韵。拿起盖子一看，是用排字的铅字戳的名字：张红华，心中狂跳不已。当即用低廉的价格从一个乡下女人手上购到。此壶是有毛病，内里竟盛过水泥，且已板结，撬了半天也弄不干净。但是无妨，不用来泡茶便是。从用铅字镂印此点推断，当是“文革”后期所制，听说“革命化”风气袭来，大家都不用名章了，后来又逐渐作些只有自己认得的记号，再后来又“羞羞答答”刻上名字。但篆字隶书都是四旧，便从印刷厂要来铅字，细线捆住，便算图章。当时的张红华还是个稚气未脱的小姑娘。现在士别三日，已是高级工艺师了。这样的壶，用上万元怕也求不到了。也曾弄到一些和尚化缘用的紫砂钵，上书光绪捌年某某书某某刻，为××寺××庆典。这些事要考证查实有一定难度，也没那么多精力去做，但看来此物非是假造的，摊主从买者手里并未得到多少钱。一般来说，要就是造上一件就能赚上一大笔，要就是成批生产，赢利积少成多，否则造假便失去意义了。

有时买下一件东西，隔天又见到一式一样的，便知道上当。好在原来没花多少钱，钱囊羞涩，不比古董商人。但既然买了，也就不后悔。比在大商场工艺品部买，总还便宜一些，而且既然自己相中，也总有可取之处，算是件美术品。美的物件是永恒的愉悦。这是英国诗人约翰·济慈说的，原文是："A thing of beauty is a joy forever。"李光耀给太湖东山某处题词（总是写在纪念本册上的），把其中的"thing"，改成"place"，颇工巧。而当地旅游部门的某位"吴门才子"，稍稍加以歪曲，把泛指改为专指，译成"这是一个美好的地方，……"又刻成石碑，变成广告，不免表现出南方人特有的慧黠。不过这是题外话了。

收藏是一种诱惑

彭见明

面对一件陈年老物以及它熠熠生辉的苍古而肃穆，一个人的恩恩怨怨、眼前利益、忧虑烦闷算得了什么。人生不像古物能保存，在历史长河中一挥即逝，何不让这一瞬更洒脱而亮丽。

我嗜好古玩，完全是兴之所至，性情使然。我成不了一个鉴赏家，因为我没有更多的功夫去精研古籍，饱阅天下古物，我的本业是写小说，我也成不了一个收藏家，因为我不具备那样的财力，一件小小玉器，动辄花钱便是数以万计。写点小说，其收入抵得日常家用，便是个好小说家了，我断无更多的钱财去收藏好物。

而这并不影响我嗜好古玩。

我的老家平江县，是个古老的贫瘠的小小山城。古老——贫瘠——山城，这三者的相互关系在我这篇文章里很重要。因是古老，历年历代的积累，必要传下来一批古物以及地下陪葬品——我们的古人死后习惯带走生前喜欢的东西。因为贫瘠，我的长辈们，一只饭碗和一只土罐，都要使用得十分小心，乡间使了几代的器皿、农具不为奇事。因为是山地，人民的生存便相对稳定，比之平原和湖区，山民少有因战乱和自然灾害而疲于迁徙的，相对稳定的生存状态也促成文化的相对稳定，家有好物，便易做到世代相传。

八十年代末，贩卖和收藏古玩的风头悄悄兴起，短短十余年，“炒古”已成为我们今天物质生活和精神生活中的一个重要内容。我的平江老家，应运而生，骤的便涌出一批古玩高手，且一个个藏品颇丰，品位甚高，这固然是平江山地深厚的历史植被和丰沃的民间藏品培植的结果。一个小小县城的玩家，足可敌得人家一个地市的队伍，甚至可在省会长沙市的古玩市场上举足轻重、兴风作浪。

这些玩家，多是我的朋友，有些以前就是文学爱好者，写出过不俗的文章，文化的基础注定了他们成为玩家的基础。我每回老家，驻足处多是这批玩家的密室，那里足有供我赏玩的古玩旧物。面对旧货，他们当然要指点我一二，教个几招，日久我自然便会识得一些好歹，出入圈内也要方便许多，不会被看作外行，古董贩子要算计我亦需得十分小心。我在我后来写的一本叫做《玩古》的长篇小说后记中这样写道："我回到县城老家，经友人的指引，穿街过巷，竟在一些平常百姓家中，屡见藏有珍奇古物，此时此刻，被世俗烦了的心，顿时清爽温暖起来。"我又写道："我是无可躲避地融到了其间的，便倾其精神和经济的可能，投了进去。书房客厅中，日久也就悬挂上了古人的字画，摆列着老祖宗留下的笔砚、钱币、瓷器等等，虽无精品，觉得人生有此伴陪，足可辅佐养性修身的，每每抚之观之，可尽解一时烦闷矣。"这应是我进入某种境地后而获得的一点真切感受。面对一件陈年老物以及它熠熠生辉的苍古而肃穆，一个人的恩恩怨怨、眼前利益、忧虑烦闷算得了什么。人生不像古物能保存，在历史长河中一挥即逝，何不让这一瞬更洒脱而亮丽。

收藏是一种诱惑。面对喜爱的古物，无不想自己也占有的。我虽家无万贯，也是有点余钱剩米的，便多取去收购些古物。有几个走乡串户的乡中贩子常出入我家，他们系二道贩子，要价不太凶，从他们手中进货，被"杀"不至于太狠。我的藏品，大多出自他们之手。但和他们往来，需多少留点心眼，于是作为小说家，也要平添许多趣味。我涉猎面颇广，收有字画、铜器、瓷器、玉器、竹木雕、钱币等等。但大多为下品，残缺者居多，仅可于片纸残瓷上读出远古之风，断无甚上市翻炒的价值。且如今古物日渐被市场控制之后，我等就基本上弄不到什么东西了，也只好打住，但对一个写小说的、一个爱好者来说，也就够了。常将屋中藏品翻出来，足够品味一番的，室中天地也够大的。

家中常有南来北往的文友造访，无不要索看我的藏品一番，我每每必作义务讲解，无意中也充当了古文化的传播者。有不少文友回去，或许是受了些鼓舞，不久也成了古玩市场上的常客。我在北京的琉璃厂和长沙的清水塘古玩市场，便常可碰到昔日的古董盲。这些朋友，竟也很快在自已居室的博古架上，正儿八经有模有样“博”起古来。有不少人竟以迅雷不及掩耳之势，成为品位不俗的玩家，藏品自是远远在我之上，真应了“徒弟打师傅”这一说。

这让我想起，我们常出入一些富贵人家，在他们的豪宅富室里，无不备有精致阔气的博古架，但大多“博”的是名酒、闹钟、裸体的雕像以及阳萎的猫狗等等。多好一块地方啊，却是荒废了，恍惚中，不由得要让人想起文盲暴发的故事，真是悲哀。

我为友人高兴，为有更多的人加人这支队伍来捍卫我们民族历史中很要紧的一份遗产而高兴。而大凡能爱上此物、领悟此道者（除某些商业目的外），应算是一份高雅的精神寄托吧。我想这种风气日盛，可能会与社会世风的日渐纯正有一些必然关联，或曰促进吧。

花鸟虫鱼

我的“爱”只是我自己觉得如此；到底对被爱的有什么好处，不敢说。它们是这样受我的恩养好呢，还是自由的活着好呢？也不敢说。

小动物们

老　舍

> 有的丑鸽，仿佛知道自己的相貌不扬，便长点特别的本事以与美鸽竞争。有力气戴大鸽铃便是一例。可是有力气还不怎样新奇，所以有的能在空中翻跟头。

鸟兽们自由的生活着，未必比被人豢养着更快乐。据调查鸟类生活的专家说，鸟啼绝不是为使人爱听，更不是以歌唱自娱，而是占据猎取食物的地盘的示威；鸟类的生活是非常的艰苦。兽类的互相残食是更显然的。这样，看见笼中的鸟，或柙中的虎，而替它们伤心，实在可以不必。可是，也似乎不必替它们高兴；被人养着，也未尽舒服。生命仿佛是老在魔鬼与荒海的夹缝儿，怎样也不好。

我很爱小动物们。我的“爱”只是我自己觉得如此；到底对被爱的有什么好处，不敢说。它们是这样受我的恩养好呢，还是自由的活着好呢？也不敢说。把养小动物们看成一种事实，我才敢说些关于它们的话。下面的述说，那么，只是为述说而述说。

先说鸽子。我的幼时，家中很贫。说出“贫”来；为是声明我并养不起鸽子；鸽子是种费钱的活玩艺儿。可是，我的两位姐丈都喜欢玩鸽子，所以我知道其中的一点儿故典。我没事儿就到两家去看鸽，也不时随着姐丈们到鸽市去玩；他们都比我大着廿多岁。我的经验既是这样来的，而且是幼时的事，恐怕说得不能很完全了；有好多鸽子名已想不起来了。

鸽的名样很多。以颜色说，大概应以灰、白、黑、紫为基本色儿。可是全灰全白全黑全紫的并不值钱。全灰的是楼鸽，院中撒些米就会来一群；物是以缺者为贵，楼阁太普通。有一种比楼鸽小，灰色也浅一些的，才是真正的“灰”；但也并不很贵重。全白的，大概就叫“白”吧，我记不清了。全黑的叫黑儿，全紫的叫紫箭，也叫猪血。

猪血们因为羽色单调，所以不值钱，这就容易想到值钱的必是杂色的。杂色的种类多极了，就我所知道的——并且为清楚起见——可以分作下列的四大类：点子、乌、环、玉翅。点子是白身腔，只在头上有手指肚大的一块黑，或紫；尾是随着头上那个点儿，黑或紫。这叫作黑点子和紫点子。乌与点子相近，不过是头上的黑或紫延长到肩与胸部。这叫黑乌或紫乌。这种又有黑翅的或紫翅的，名铁翅乌或铜翅乌——这比单是乌又贵重一些。还有一种，只有黑头或紫头，而尾是白的，叫作黑乌头或紫乌头；比乌的价钱要贱一些。刚才说过了，乌的头部的黑或紫毛是后齐肩，前及胸的。假若黑或紫毛只是由头顶到肩部，而前面仍是白的，这便叫作老虎帽，因为很像廿年前通行的风帽；这种确是非常的好看，因而价值也就很高。在民国初年，兴了一阵子蓝乌和蓝乌头，头尾如乌，而是灰蓝色儿的。这种并不好看，出了一阵子风头也就拉倒了。

环，简单的很：全白而项上有一黑圈者叫墨环；反之，全黑而项上有白圈者是玉环。此外有紫环，全白而项上有一紫环。“环”这种鸽似乎永远不大高贵。大概可以这么说，白尾的鸽是不易与黑尾或紫尾的相抗，因为白尾的飞起来不大美。

玉翅是白翅边的。全灰而有两白翅是灰玉翅，还有黑玉翅、紫玉翅。所谓白翅，有个讲究：翅上的白翎是左七右八。能够这样，飞起来才正好，白边儿不过宽，也不过窄。能生成就这样的，自然很少，所以鸽贩常常作假，硬插上一两根，或拔去些，是常有的事。这类中又有变种：玉翅而有白尾的，比如一只黑鸽而有左七右八的白翅翎，同时又是白尾，便叫作三块玉。灰的、紫的也能这样。要是连头也是白的呢便叫作四块玉了。四块玉是比较有些价值的。

在这四大类之外，还有许多杂色的鸽，如鹤袖，如麻背，都有些价值，可不怎么十分名贵。在北平，差不多是以上述的四大类为主。新种随时有，也能时兴一阵，可都不如这四类重要与长远。

就这四大类说，紫的老比别的颜色高贵。紫色儿不容易长到好处，太深了就遭猪血之诮，太浅了又黄不唧的寒酸。况且还容易长“花了”呢，特别是在尾巴上，翎的末端往往露出白来，像一块癣似的，把个尾巴就毁了。

紫以下便是黑，其次为灰。可是灰色如只是一点，如灰头、灰环，便又可贵了。

这些鸽中，以点子和乌为“古典的”。它们的价值似乎永远不变，虽然普通，可是老是鸽群之主。这么说吧，飞起四十只鸽，其中有过半的点子和乌，而杂以别种，便好看。反之，则不好看。要是这四十只都是点子，或都是乌，或点子与乌，便能有顶好的阵容。你几乎不能飞四十只环或玉翅。想想看吧：点子是全身雪白。而有个黑或紫的尾，飞起来像一群玲珑的白鸥，及至一翻身呢，那里或紫的尾给这轻洁的白衣一个色彩深厚的裙儿，既轻妙而又厚重。假若是太阳在西边，而东方有些黑云，那就太美了：白翅在黑云下自然分外的白了，一斜身儿呢，黑尾或紫尾——最好是紫尾——迎着阳光闪起一些金光来！点子如是，乌也如是。白尾巴的，无论长得多么体面，飞起来没这种美妙，要不怎么不大值钱呢。铁翅乌或铜翅乌飞起来特别的好看，像一朵花，当中一块白，前后左右都镶着黑或紫，他使人觉得安闲舒适。可是铜翅乌几乎永远不飞，飞不起，贱的也得几十块钱一对儿吧。玩鸽子是满天飞洋钱的事儿。洋钱飞起却是不如在手里牢靠的。

可是，鸽子的讲究儿不专在飞，正如女子出头露脸不专仗着能跑五十米。它得长得俊。先说头吧，平头或峰头（峰读如凤；也许就是凤，而不是峰）便决定了身价的高低。所谓峰头或凤头的，是在头上有一撮立着的毛；平头是光葫芦。自然凤头的是更美，也更贵。蜂——或凤

——不许有杂毛，黑便全黑，紫便全紫，搀着白的便不够派儿。它得大；而且要像个荷包似的向里包包着。鸽贩常把峰的杂毛剔去，而且把不像荷包的收拾得像荷包。这样收拾好的峰，就怕鸽子洗澡，因为那好看的头饰是用胶粘的。

头最怕鸡头，没有脑杓儿，楞头磕脑的不好看。头须像算盘子儿，圆忽忽的，丰满。这样的头，再加上个好峰，便是标准美了。

眼，得先说眼皮。红眼皮的如害着眼病，当然不美。所以要强的鸽子得长白眼皮。宽宽的白眼皮，使眼睛显着大而有神。眼珠也有讲究，豆眼、隔棱眼，都是要不得的。可惜我离开鸽子们已念多年，形容不上来豆眼等是什么样子了；有机会到北平去住几天，我还能把它们想起来，到鸽市去两趟就行了。

嘴也很要紧。无论长得多么体面的鸽，来个长嘴，就算完了事。要不怎么，有的鸽虽然很缺少，而总不能名贵呢；因为这种根本没有短嘴的。鸽得有短嘴！厚厚实实的，小墩子嘴，才好看。

头部以外，就得论羽毛如何了。羽毛的深浅，色的支配，都有一定的。老虎帽的帽长到何处，虎头的黑或紫毛应到胸部的何处，都不能随便。出一个好鸽与出一个美人都是历史的光荣。

身的大小，随鸽而异。羽色单调一些的，像紫箭等，自然是越大越蠢，所以以短小玲珑为贵。像点子与乌什么的，个子大一点也不碍事。不过，嘴儿短，长得娇秀，自然不会发展得很粗大了，所以美丽的鸽往往是小个儿。

小个子的，长嘴儿的，可也有用处。大个子的身强力壮翅子硬，能飞，能尾上戴鸽铃，所以它们是空中的主力军。别的鸽子好看，可供地上玩赏；这些老粗儿们的飞起来才见本事，故尔也还被人爱。长翅儿也有用，孵小鸽子是它们的事：它们的嘴长，“喷”得好——小鸽不会自己吃东西，得由老鸽嘴对嘴的“喷”。再说呢，喷的时候，老的胸部羽毛便糙了；谁也不肯这么牺牲好鸽。好鸽下蛋，总被人拿来交与丑鸽去孵，丑鸽本来不值钱，身上糙旧一点也没关系。要作鸽就得美呀，不然便很苦了。

有的丑鸽，仿佛知道自己的相貌不扬，便长点特别的本事以与美鸽竞争。有力气戴大鸽铃便是一例。可是有力气还不怎样新奇，所以有的能在空中翻跟头。会翻跟头的鸽在与朋友们一块飞起的时候，能飞着飞着便离群而翻几个跟头，然后再飞上去加入鸽群，然后又独自翻下来。这很好看，假若他是白色的，就好像由蓝空中落下一团雪来似的。这种鸽的身体很小，面貌可不见得美。他有个标帜，即在项上有一小撮毛儿，倒长着。这一摄倒毛儿好像老在那儿说："你瞧，我会翻跟头！"这种鸽还有个特点，脚上有毛儿，像诸葛亮的羽扇似的。一走，便扑喳扑喳的，很有神气。不会翻跟头的可也有时候长着毛脚。这类鸽多半是全灰全白或全黑的。羽毛不佳，可是有本事呢。

为养毛脚鸽，须盖灰顶的房，不要瓦。因为瓦的棱儿往往伤了毛脚而流出血来。

哎呀！我说"先说鸽子"，已经三千多字了，还没说完！好吧，下回接着说鸽子吧，假若有人爱听。我的题目《小动物们》，似乎也有加上个"鸽"的必要了。

小动物们（鸽）续

老 舍

> 我不能漏这个空，马上飞跑回家，放起我的鸽来裹住这只宝贝。有天大的事也得放下。其实得到手中，也许是只最老丑的糟货，可是多少是个幸头，不能轻易放过。养鸽的人是“满天飞洋钱，两脚踩狗屎”，因为老仰首走路也。

养鸽正如养鱼养鸟，要受许多的辛苦。“不苦不乐”，算是说对了。不过，养鱼养鸟较比养鸽还和平一些；养鸽是斗气的事儿。是，养鸟也有时候怄气，可鸟儿究竟是在笼子里，跟别的鸟没有直接的接触。鸽子是满天飞的。张家的也飞，李家的也飞，飞到一处而裹乱了是必不可免的。这就得打架。因此，玩别的小玩艺用不着法律，养鸽便得有。这些法律虽不是国家颁布的，可是在玩鸽的人们中间得遵守着。比如说吧，我开始养鸽子，我就得和四邻的“鸽家”们开谈判。交情好的呢，可以规定：彼此谁也不要谁的鸽；假若我的鸽被友家裹了去，他还给我送回来；我对他也这样。这就免去许多战争。假若两家说不来呢，那就对不起了，谁得着是谁的，战争可就无可避免了。有这样的敌人，养鸽等于斗气。你不飞，我也不飞；你的飞起来，我的也马上飞起去，跟你“撞”！“撞”很过瘾，两个鸽阵混成一团，合而复分，分而复合；一会儿我“拉过”你的来，一会儿你又“拉过”我的去，如看拔河一样起劲。谁要是能“得过”一只来，落在自己的房上，便设法用粮食引诱下来，算作自己的战胜品。可是，俘虏是在房上，时时可以飞去；我可就下了毒手，用弩打下来，假若俘虏不受引诱而要逃走。打可得有个分寸，手法要好，讲究恰好打在——用泥弹——鸽的肩头上。肩头受伤，没有性命的危险，可是失了飞翔的能力。于是滚下房来，我用网接住；将养几天，便能好过来。手法笨的，弹中胸部，便一命呜呼；或是弹子虚发，把鸽惊走，是谓泄气。

“撞”实过瘾，可也别扭，我没法训练新鸽与小鸽了。新鸽与小鸽必须有相当的训练才认识自已的家，与见阵不迷头。那么，我每放起鸽去，敌人也必调动人马，那我简直没有训练新军的机会；大胆放出生手，准保叫人家给拉了去。于是，我得早早的起，偃旗息鼓的，一声不出的，去操练新军。敌人也会早起呀，这才真叫怄气！得设法说和了，要不然简直得出人命了。

哼，说和却不容易。比如我只有三十只能征惯战的鸽，而敌人有八十只，他才不和我开和平会议呢。没办法，干脆搬家吧。对这样的敌人，万幸我得过他一只来，我必定拿到鸽市去卖；不为钱，为是羞辱他。他也准知道我必到鸽市去，而托鸽贩或旁人把那只买回去，他自已没脸来和我过话。

即使没这种战争，养鸽也非养气之道；鸽时时使你心跳。这么说吧，我有点事要出门，刚走到巷口，见天上有只鸽，飞得两翅已疲，或是惊惶不定，显系飞迷了头；我不能漏这个空，马上飞跑回家，放起我的鸽来裹住这只宝贝。有天大的事也得放下。其实得到手中，也许是只最老丑的糟货，可是多少是个幸头，不能轻易放过。养鸽的人是“满天飞洋钱，两脚踩狗屎”，因为老仰首走路也。

训练幼鸽也是很难放心的事，特别是经自已的手孵出来的。头几次飞，简直没把握，有时候眼看着你自已家中孵出的幼鸽，飞到别家去，其伤心不亚于丢失了儿女。

最难堪的是闹“鸦虎子”。“鸦虎子”是一种小鹰，秋冬之际来驻北平，专欺侮鸽子。在这个时节，养鸽的把鸽铃都撤下来，以免鸦虎闻声而来，在放鸽以前，要登高一望，看空中有无此物。及至鸽已飞起，而神气不对，忽高忽低，不正经着飞，便应马上“垫”起一只，使大家落下，以免危险；大概远处有了那个东西。不幸而鸦虎已到，那只有跺脚，而无办法。鸦虎子捉鸽的方法是把鸽群“托”到顶高，高得几乎像燕子那么小了，它才绕上去，单捉一只。它不忙，在鸽群下打旋，鸽们只好往高处飞了。越飞越高，越飞越乏；然后鸦虎猛的往高处一钻，鸽已失魂，紧跟着它往下一“砸”，群鸽屁滚尿流，一直的往下掉。可是鸦虎比它们快。于是空中落下些羽毛，它捉住一只，找清静地方去享受。其余的幸得逃命，不择地而落，不定都落在哪里去呢！幸而有几只碰运气落在家中的房上，亦只顾喘息，如呆如痴，非常的可怜。这个，从始至终，养鸽的是目不敢瞬的看着；只是看着，一点办法没有！鸦虎已走，养鸽的还得等着，等着失落的鸽们回来。一会儿飞回来一只，又待一会儿又回来一只。可是等来等去，未必都能回来，因惊破了胆的鸽是很容易被别家得去的，检点残军，自叹晦气，堂堂七尺之躯会干不过个小小的鸦虎子！

普通的飞法是每天飞三次，每飞一次叫作“一翅儿”。三次的支配大概是每日的早晚中三时，这随天气的冷暖而变动。夏日太热，早晚为宜，午间即不放鸽；冬日自然以午间为宜，因为暖和些。夏天的鸽阵最好看，高处较凉一些，鸽喜高飞；而且没有鸦虎什么的，鸽飞得也稳；鸦虎是到别处去避暑了。每要飞一翅儿，是以长竿——竿头拴些碎布或鸡毛——一挥，鸽即飞起。飞起的都是熟鸽，不怕与别家的“撞”。其中最强者，尾系鸽铃，为全军奏乐。飞起来，先擦着房，而后渐次高升，以家中为中心来回的旋转。鸽不在多少，飞起来讲究尾彩配合的好，“盘儿”——即鸽阵——要密，彼此的距离短而旋转得一致。这样有盘儿有精神，悦目。盘儿大而松懈，东一个西一个的乱飞，则招人讥诮。当盘儿飞到相当的时间，则当把生鸽或幼鸽掷于房上，盘儿见此，则往下飞。如欲训练生鸽或幼鸽，即当盘儿下落之际续入，随盘儿飞转几圈，就一齐落于房上，以免丢失。以一鸽或二鸽掷于房上，招盘儿下来，叫做“垫”。

老鸽不限于随盘儿飞，有时被主人携到十数里之外去放，仍能飞回来。有时候卖出去，过一两月还能找到老家。

养鸽的人家，房脊上琉璃瓦两三块，一黄二绿，或二绿一黄，以作标帜。鸽们记得这个颜色与摆法，即不往生地方落。

新鸽买来，用线拢住翅儿，以防飞走。过几天，把翅儿松开些，使能打扑噜而不能高飞，掷之房上，使它认识环境。再过几天，看鸽性是强烈还是温柔而决定松绑的早晚。老鸽绑的日久，幼鸽绑的期短。松绑以后，就可以试着训练了。

鸽食很简单，通常都用高粱。到换毛的时候或极冷的时候才加些料豆儿。每天喂鸽最好有一定的次数。

住处也不须怎么讲究，普通的是用苇扎成个栅子，栅里再砌起窝来，每一窝放一草筐，够一对鸽住的。最要紧的是要干燥和安全。窝门不结实，或砌的不好，黄鼠狼就会半夜来偷鸽吃。窝干燥清洁，鸽不易得病；如得起病来，传染的很快，那可了不得。

该说鸽市。

对于鸽的食水，我没详说，因为在重要的点上大家虽差不多，可是每人都有自已的手法，不能完全相同；既是玩吗，个人总设法证明自己的方法最好。谈到鸽市，规矩可就是普通的了，示奇立异是行不通的。

在我幼时，天天有鸽市。我记得好像是这样：逢一五是在护国寺的后身，二六是在北新桥，三是土地庙，四是花市，七八是西城车儿胡同，九十是隆福寺外。每逢一五，是否在护国寺后身，我不敢说准了；想了半天，也想不起来。

鸽贩是每天必上市的。他们大约可分三种：第一种是阔手，只简单的拿着一个鸽笼，专买卖中上等的鸽子。第二种，挑着好几个笼，好歹不论，有利就买就卖。第三种是专买破鸽雏鸽与鸽蛋——送到饭庄当菜用，我最不喜欢这第三种，鸽子一到他们手里就算无望了。顶可怜是雏鸽，羽毛还没长全，可是已能叫人看出是不成材料的货，便入了死笼。

雏鸽哆嗦着，被别的鸽压在笼底上，极细弱的叫着！再过几点钟便成了盘中的莱了。

此外，还有一种暗中作买卖而不叫别人知道的，这好像是票友使黑杵，虽已拿钱而不明言。这种人可不甚多。

养鸽的人到市上去，若是卖鸽，便也是提笼。若是去买鸽，既不知准能买到与否，自然不必拿着鸽笼。只去卖一二只鸽，或是买到一二只，既未提笼，就用手绢捆着鸽。

买鸽的时候，不见得准买一对。如家中有只雄的，没有伴儿，便去买只雌的；或者相反。因此，卖鸽的总说“公儿欢，母儿消”。所谓“欢”者，就是公鸽正想择配，见着雌的便咕咕的叫着追求。所谓“消”者，是雌鸽正想出嫁，有公鸽向她求爱，她就点头接受。买到欢公或消母，拿到家中即能马上结婚，不必费事。欢与消可以——若是有笼——当面试验。可是市上的鸽未必雄的都欢，雌的都消。况且有时两雄或两雌放在一处而充作一对儿卖。这可就得看买主的眼睛了。你本想去买一只欢公，而市上没有；可是有一只，虽不欢，但是合你的意。那么，也就得买这一只；现在不欢，过几天也许就欢起来。你怎么知道那是个公的呢？为买公鸽而去，却买了只母的回来，岂不窝囊得慌！市上是不甚讲道德的，没眼睛的就要受骗。

看鸽是这样的：把鸽拿在左手中，拢着鸽的翅与腿，用右手去托——托鸽的胸。鸽在此时，如瞪眼，即是公；眨眼的，即是母。头大的是公，头小的是母。除辨别公母，鸽在手中也能觉出挺拔与否。真正的行家，拿起鸽来，还能看出鸽的血统正不正来，有的鸽，外表很好，而来路不正，将来下蛋孵窝，未必还能出好鸽。这个，我可不大深知；我没有多少经验。

看完了头部，要用手捋一捋鸽翅，看翅活动与否，有力没有，与是否有伤——有的鸽是被弩弹打过而翅子僵硬不灵的。对于峰、尾都要吹一吹，细看看，恐怕是假作的。都看好了，才讲价钱。半日之中，鸽受罪不少。所以真正好鸽，如鸽市上去卖，便放在笼内，只准看，不准动手，这显着硬气，可是鸽子的身分得真高；假如弄只破鸽而这么办，必会被人当笑话说。还有呢，好鸽保养的好，身上有一层白霜，像葡萄霜儿那样好看，经手一摸，便把霜儿蹭了去；所以不许动手。可是好鸽上市，即使不许人动，在笼中究竟要受损失，尾巴是最易磨坏的。所以要出手好鸽往往把买主请到家中来看，根本不到市上去。因此，市上实在见不着什么值钱的鸽子。

关于鸽，我想起这么些儿来，离详尽还远得很呢。就是这一点，恐怕还有说错了的地方；廿多年前的事是不易老记得很清楚的。

现在，粮食贵，有闲的人也少了，恐怕就还有养鸽的也不似先前那样讲究了。可是这也没什么可惜。我只是为述说而述说，倒不提倡什么国鸟国鸽的。

猫

郑振铎

我没判断明白，便妄下断语，冤苦了一只不能说话辩诉的动物。想到它的无抵抗的逃避，益使我感到我的暴怒，我的虐待，都是针，刺我的良心的针！

我家养了好几次的猫，却总是失踪或死亡。三妹是最喜欢猫的，她常在课后回家时，逗着猫玩。有一次，从隔壁要了一只新生的猫来。花白的毛，很活泼，常如带着泥土的白雪球似的，在廊前太阳光里滚来滚去。三妹常常的，取了一条红带，或一根绳子，在它面前来回的拖摇着，它便扑过来抢，又扑过去抢。我坐在藤椅上看着他们，可以微笑着消耗过一二小时的光阴，那时太阳光暖暖的照着，心上感着生命的新鲜与快乐。后来这只猫不知怎地忽然消瘦了，也不肯吃东西，光泽的毛也污涩了，终日躺在厅上的椅下，不肯出来。三妹想着种种方法去逗它，它都不理会。我们都很替它忧郁。三妹特地买了一个很小很小的铜铃，用红绫带穿了，挂在它颈下，但只觉得不相称，它只是毫无生意的，懒惰的，郁闷的躺着。有一天中午，我从编译所回来，三妹很难过的说道：“哥哥，小猫死了！”

我心里也感着一缕的酸辛，可怜这两个来相伴的小侣！当时只得安慰着三妹道，“不要紧，我再向别处要一只来给你。”

隔了几天，二妹从虹口舅舅家里回来，她道，舅舅那里有三四只小猫，很有趣，正要送给人家。三妹便怂恿着她去拿一只来。礼拜天，母亲回来了，却带了一只浑身黄色的小猫回来。立刻三妹一部分的注意，又被这只黄色小猫吸引去了。这只小猫较第一只更有趣，更活泼。它在园中乱跑，又会爬树，有时蝴蝶安详地飞过时，它也会扑过去捉。它似乎太活泼了，一点也不怕生人，有时由树上跃到墙上，又跑到街上，在那里晒太阳。我们都很为它提心吊胆，一天都要“小猫呢？小猫呢？”的查问得好几次。每次总要寻找了一回，方才寻到。三妹常指它笑着骂道：“你这小猫呀，要被乞丐捉去后才不会乱跑呢！”我回家吃午饭，总看见它坐在铁门外边，一见我进门，便飞也似的跑进去了。饭后的娱乐，是看它在爬树，隐身在阳光隐约里的绿叶中，好像在等待着要捕捉什么似的。把它捉了下来，又极快的爬上去了。过了二三个月，它会捉鼠了。有一次，居然捉到一只很肥大的鼠，自此，夜间便不再听见讨厌的吱吱的声了。

某一日清早，我起床来，披了衣下楼，没有看见小猫，在小园里找了一遍，也不见。心里便有些亡失的预警。

“三妹，小猫呢？”

她慌忙的跑下楼来，答道：“我刚才也寻了一遍，没有看见。”

家里的人都忙乱的在寻找，但终于不见。

李妈道：“我一早起来开门，还见它在厅上。烧饭时，才不见了它。”

大家都不高兴，好像亡失了一个亲爱的同伴，连向来不大喜欢它的张妈也说，“可惜，可惜，这样好的一只小猫。”我心里还有一线希望，以为它偶然跑到远处去，也许会认得归途的。

午饭时，张妈诉说道：“刚才遇到隔壁周家的丫头，她说，早上看见我家的小猫在门外，被一个过路的人捉去了。”

于是这个亡失证实了。三妹很不高兴的，咕噜着道：“他们看见了，为什么不出来阻止？他们明晓得它是我家的！”

我也怅然的，愤然的，在诅骂着那个不知名的夺去我们所爱的东西的人。

自此，我家好久不养猫。

冬天的早晨，门口蜷伏着一只很可怜的小猫，毛色是花白的，但并不好看，又很瘦。它伏着不去。我们如不取来留养，至少也要为冬寒与饥饿所杀。张妈把它拾了进来，每天给它饭吃。但大家都不大喜欢它，它不活泼，也不像别的小猫之喜欢顽游，好像是具有天生的忧郁性似的，连三妹那样爱猫的，对于它，也不加注意。如此的，过了几个月，它在我家仍是一只若有若无的动物，它渐渐的肥胖了，但仍不活泼。大家在廊前晒太阳闲谈着时，它也常来蜷伏在母亲或三妹的足下。三妹有时也逗着它玩，但并没有对于前几只小猫那样感兴趣。有一天，它因夜里冷，钻到火炉底下去，毛被烧脱好几块，更觉得难看了。

春天来了，它成了一只壮猫了，却仍不改它的忧郁性，也不去捉鼠，终日懒惰的伏着，吃得胖胖的。

这时，妻买了一对黄色的芙蓉鸟来，挂在廊前，叫得很好听。妻常常叮嘱着张妈换水，加鸟粮，洗刷笼子。那只花白猫对于这一对黄鸟，似乎也特别注意，常常跳在桌上，对鸟笼凝望着。

妻道："张妈，留心猫，它会吃鸟呢。"

张妈便跑来把猫捉了去。隔一会，它又跳上桌子对鸟笼凝望着了。

一天，我下楼时，听见张妈在叫道："鸟死了一只，一条腿没有了，笼板上都是血。是什么东西把它咬死的?"

我匆匆跑下去看，果然一只鸟是死了，羽毛松散着，好像它曾与它的敌人挣扎了许久。

我很愤怒，叫道："一定是猫，一定是猫!"于是立刻便去找它。

妻听见了，也匆匆的跑下来，看了死鸟，很难过，便道："不是这猫咬死的还有谁？它常常对鸟笼望着，我早就叫张妈要小心了。张妈！你为什么不小心?!"

张妈默默无言，不能有什么话来辩护。

于是猫的罪状证实了。大家都去找这可厌的猫，想给它以一顿惩戒。找了半天，却没找到。真是"畏罪潜逃了，"我以为。

三妹在楼上叫道："猫在这里了。"

它躺在露台板上晒太阳，态度很安详，嘴里好像还在吃着什么，我想，它一定是在吃着这可怜的鸟的腿了，一时怒气冲天，拿起楼门旁倚着的一根木棒，追过去打了一下。它很悲楚的叫了一声"咪呜!"便逃到屋瓦上了。

我心里还愤的，以为惩戒得还没有快意。

隔了几天，李妈在楼下叫道："猫，猫！又来吃鸟了。"同时我看见一只黑猫飞快的逃过露台，嘴里衔着一只黄鸟。我开始觉得我是错了!

我心里十分的难过，真的，我的良心受伤了，我没判断明白，便妄下断语，冤苦了一只不能说话辩诉的动物。想到它的无抵抗的逃避，益使我感到我的暴怒，我的虐待，都是针，刺我的良心的针!

我很想补救我的过失，但它是不能说话的，我将怎样的对它表白我的误解呢?

两个月后，我们的猫忽然死在邻家的屋脊上。我对于它的亡失，比以前的两只猫的亡失，更难过得多。

我永无改正我的过失的机会了!

自此，我家永不养猫。

猫 话

王 蒙

> 丰子恺先生写过一篇谈猫的文字，说是养猫有一个好处，遇有客至而又一时不知道与客人说什么好，便说猫。
>
> 说猫，也是投石问路，试试彼此的心扉能够敞开到什么程度。

作家养猫、写猫，“古”已有之，于今犹烈。

六十年代，丰子恺先生写过一篇谈猫的文字，说是养猫有一个好处，遇有客至而又一时不知道与客人说什么好，便说猫。

说猫，也是投石问路，试试彼此的心扉能够敞开到什么程度。

那么，我也给读者们说说猫吧。

猫的命运与它们的主人之间，是不是有什么关系呢？

夏衍与冰心都是以爱猫著称的。据说夏公“文革”前养过一只猫，后来夏公在“文革”中落难，被囚多年，此猫渐老，昏睡度日，乃至于奄奄一息。终于，“文革”后期，夏公恢复了自由，回到家，见到了老猫。老猫仍然识主，兴奋亲热，起死回生，非猫语“喵喵”所能尽表。此后数日，老猫不饮不食，溘然归去。

或谓，猫是一直等着夏公的。只是在等到了以后，它才撒爪长逝。

闻之怆然。又生人不如猫之思。

冰心家里养着两只猫，都是白猫。一为土种，一为波斯种，长毛碧眼。按当今神州时尚，自是后者为尊为宠。偏偏冰心老人每次都要强调，她不喜欢碧眼波斯猫——像个外国人似的。她强调碧眼波斯猫是她的女儿吴青的，土猫才属于她自己。她称她的褐眼土猫为“我们家的一等公民”。她把她与猫的合影送给我与妻，照片上一只大猫占了三分之二到四分之三的位置，老人叨陪末座。

刘心武也养猫，是一只硕大无朋的波斯猫，毛洗得雪白纯净，俨然贵族，望之令人惊喜，继而心旷神怡，唯该猫对待客人十分淡漠，它能引起你的兴趣，你却引不起它的兴趣，面对这样的优良品种贵族气质的大白猫，你似乎也略感失落。

刘家还另有一只土猫。刘心武曾经撰文维护万有的生存权利与猫猫生而平等的观念，说是他钟爱波斯猫而绝不轻慢土猫。不薄土猫宠波斯。这种轻重亲疏的摆法，又与冰心老人不同了。

我也喜欢养猫。“文革”当中我在新疆伊犁，养了一只黑斑白狸猫，取名“花儿”，是我所在的巴彦岱红旗公社二大队的看瓜老汉送给我的。这个猫十分善解人意，我们常常与它一起玩乒乓球。我与妻各在一端，猫在中间。我们把球抛给猫，猫便用爪子打给另一方，十分伶俐。花儿特别洁身自好，决不偷嘴。我们买了羊肉、鱼等它爱吃的东西，它竟能做到非礼勿视、非礼勿行，远远知道我们买了东西，它避嫌，走路都绕道。这样谦谦君子式的猫我至今只遇到过这么一回。

这只猫时时跟随着我。我在农村劳动时，它跟着我下乡。遇到我去伊犁河畔的小庄子整日未归时，它就从农家的房顶一直跑到通往庄子的路口，远远地迎接我。有时我骑自行车，它远远听到了我的破旧的自行车的响声，便会跑出去相迎。遇到我回伊宁市家中，我也把它带到城市。最初，这种环境的变异使它惊恐迷惑，后来，它似乎明白了是怎么回事，习惯于双栖生活，不以为异了。

它的结局是很悲惨的。可能花儿过于“内外有别”了：它在家里的表现克己复礼，但据说常在外面偷食，毕竟是猫。花儿偷食了人家的小鸡，被人下了毒饵——真可怕，人是世界上最残忍的动物。据说是鸡的主人在一块牛肉里放了许多针，我们的亲爱的花儿在生育一个月，哺乳期刚满之后中毒计死去。它的死是多么痛苦呀！

我现在也养着猫。与夏公、冰心、心武的猫相比较，我的猫不修边幅，不仅邋遢，简直是肮脏。一些养猫的行家对我是嗤之以鼻。认为我根本不配加入宠猫者的行列。这里的关键问题是，他们这些宠猫者们养的猫都是阉割过的无“性”猫，是一些大太监二太监小太监之流（请二位前辈及心武老弟原谅我）。对于人来说，它们是太可爱太漂亮太尊贵了，但对于它们自身来说，它们能算是得宠了吗？能算是幸运的么？以阉割作为取宠的代价，是不是失去得太多了呢？

我养的猫完全是率“性”而为。我们家有一个小院，四株树，猫爬树上房，房顶上是它的自由天地。叫春的时候，它引来一群“男友”，有大黄狼猫、黄白花猫、黑白花猫、纯白猫。在房上你唱我和，你应我答，你哭我叫，煞是热闹。人不堪其吵闹，蒙也不改其乐。人需要Love，猫没有 Love 行吗？蒙甚至纵容猫儿的“自由化”到这种程度：大黄狼猫竟敢大白天从树上蹿到我们的院子，捉我们养的小白猫当众做爱。世风日下，猫心不古，呜呼善哉！

王蒙是以猫本位的观点而不是以人本位的观点来养猫的。我养的猫又野又脏，参加选美是没有戏的。但我仍然为王蒙养的猫而庆幸。

当然，这又与计划生育的原则相违背。我的狸猫两年五窝，每次生崽三至五个，至今一批小崽推销不出去，早晚有猫满为患的那一天。这样养猫，贤明乎？大谬乎？您说呢？

一九九三年

猫家

宗璞

> 一次我不在家，它要仲给它开门，仲不理它，只管自己坐着看书。它忽然纵身跳到仲膝上，极为利落地撒了一泡尿，仲连忙站起时，它已方便完毕，躲到一个角落去了。

十月份到南方转了一圈，成功地逃避了气管炎和哮喘——那在去年是发作得极剧烈的。月初回到家里，满眼已是初冬的景色。小径上的落叶厚厚一层，树上倒是光秃秃的了。风庐屋舍依旧，房中父母遗像依旧，我觉得一切似乎平安，和我们离开时差不多。

见过了家人以后，觉得还少了什么。少的是家中另外两个成员——两只猫。“媚儿和小花呢？”我和仲同时发问。

回答说，它们出去玩了，吃饭时会回来。午饭之后是晚饭，猫儿还不露面。晚饭后全家在电视机前小坐，照例是少不了两只猫的。媚儿常坐在沙发扶手上，小花则常蹲在地上，若有所思地望着我，我总是和它说话，问它要什么，一天过得好不好。它以打呵欠来回答。有时就试图坐到膝上来，有时则看看门外，那就得给它开门。

可这一天它们不出现。

“小花，小花，快回家！”我开了门灯，站在院中大声召唤。因为有个院子，屋里屋外，猫们来去自由，平常晚上我也常常这样叫它，叫过几分钟后，一个白白圆圆的影子便会从黑暗里浮出来，有时快步跳上台阶，有时走两步停一停，似乎是闹着玩。有时我大开着门它却不进来，忽然跳着抓小飞虫去了，那我就不等它，自己关门。一会儿再去看时，它坐在台阶上，一脸期待的表情，等着开门。

小花被家人认为是我的猫。叫它回家是我的差事，别人叫，它是不理的，仲因为给它洗澡，和它隔阂最深。一次仲叫它回家，越叫它越往外走，走到院子的栅栏门了，忽然回头见我出来站在屋门前，它立刻转身飞箭似的跑到我身旁。没有衡量，没有考虑，只有天大的信任。

对这样的信任我有些歉然，因为有时我也不得不哄骗它，骗它在家等着，等到的是洗澡。可它似乎认定了什么，永不变心，总是坐在我的脚边，或睡在我的椅子上。再叫它，还是高兴地回家。

可是现在，无论怎么叫，只有风从树枝间吹过，好不凄冷。

七十年代初，一只雪白的、蓝眼睛的狮子猫来到我家，我们叫它狮子，它活了五岁，在人来讲，约三十多岁，正在壮年。它是被人用鸟枪打死的。当时正生过一窝小猫，好的送人了，只剩一只长毛三色猫，我们便留下了它，叫它花花。花花五岁时生了媚儿，因为好看，没有舍得送人。花花活了十岁左右，也还有一只小猫没有送出。也是深秋时分，它病了，不肯在家，曾回来有气无力地叫了几声，用它那妩媚温顺的眼光看着人，那是它的告别了。后来忽然就不见了。猫不肯死在自己家里，怕给人添麻烦。

孤儿小猫就是小花，它是一只非常敏感，有些神经质的猫，非常注意人的脸色，非常怕生人。它基本上是白猫，头顶、脊背各有一块乌亮的黑，还有尾巴是黑的。尾巴常蓬松地竖起，如一面旗帜，招展很有表情。它的眼睛略呈绿色，目光中常有一种若有所思的神情。我常常抚摸它，对它说话，觉得它不知什么时候就会回答。若是它忽然开口讲话，我一点不会奇怪。

小花有些狡猾，心眼儿多，还会使坏。一次我不在家，它要仲给它开门，仲不理它，只管自己坐着看书。它忽然纵身跳到仲膝上，极为利落地撒了一泡尿，仲连忙站起时，它已方便完毕，躲到一个角落去了。“连猫都斗不过！”成了一个话柄。

小花也是很勇敢的，有时和邻家的猫小白或小胖打架，背上的毛竖起，发出和小身躯全不相称的吼声。“小花又在保家卫国了，”我们说。它不准邻家的猫践踏草地。猫们的界限是很分明的，邻家的猫儿也不欢迎客人。但是小花和媚儿极为友好地相处，从未有过纠纷。

媚儿比小花大四岁，今年已快九岁，有些老态龙钟了，它浑身雪白，毛极细软柔密，两只耳朵和尾巴是一种娇嫩的黄色。小时可爱极了，所以得一媚儿之名。它不像小花那样敏感，看去有点儿傻乎乎。它曾两次重病，都是仲以极大的耐心带它去小动物门诊，给它打针服药，终得痊愈。两只猫洗澡时都要放声怪叫。媚儿叫时，小花东藏西躲，想逃之夭夭。小花叫时，媚儿不但不逃，反而跑过来，想助一臂之力。其憨厚如此。它们从来都用一个盘子吃饭。小花小时，媚儿常让它先吃。小花长大，就常让媚儿先吃。有时一起吃，也都注意谦让。我不免自夸几句：“不要说郑康成婢能诵毛诗，看看咱们家的猫！”

可它们不见了！两只漂亮的、各具性格的、懂事的猫，你们怎样了？

据说我们离家后几天中，小猫在屋里大声叫，所有的柜子都要打开看过。给它开门，又不出去。以后就常在外面，回来的时间少。以后就不见了，带着爱睡觉的媚儿一起不见了。

“到底是哪天不见的？”我们追问。

都说不清，反正好几天没有回来了。我们心里沉沉的，找回的希望很小了。

“小花，小花，快回家！”我的召唤在冷风中，向四面八方散去。

没有回音。

猫其实不仅是供人玩赏的宠物，它对人是有帮助的。我从来没有住过新造成的房子。旧房就总有鼠患。在城内迺兹府居住时，老鼠大如半岁的猫，满屋乱窜，实在令人厌恶，抱回一只小猫，就平静多了。风庐中鼠洞很多，鼠们出没自由。如有几个月无猫，它们就会偷粮食，啃书本，坏事做尽。若有猫在，不用费力去捉老鼠，只要坐着，甚至睡着喵鸣几声，鼠们就会望风而逃。一次父亲和我还据此讨论了半天“天敌”两字。猫是鼠的天敌，它就有灭鼠的威风！驱逐了鼠的骚扰，面对猫的温柔娇媚，感到平静安详，赏心悦目，这多么好！猫实在是人的可爱而有利的朋友。

小花和媚儿的毛都很长，很光亮。看惯了，偶然见到紧毛猫，总觉得它没穿衣服。但长毛也有麻烦处，它们好像一年四季都在掉毛，又不肯在指定的地点活动，以致家里到处是猫毛。有朋友来，小坐片刻，走时一身都是猫毛，主人不免尴尬。

一周过去了，没有踪影。也许有人看上了它们那身毛皮——亲爱的小花和媚儿，你们究竟遇到了什么！

我们曾将狮子葬在院门内枫树下，大概早溶在春来绿如翠、秋至红如丹的树叶中了。狮子的儿孙们也一代又一代地去了，它们虽没有葬在家内，也各自到了生命的尽头。“前不见古人，后不见来者”，生命只有这么有限的一段，多么短促。我亲眼看见猫儿三代的逝去，是否在冥冥中，也有什么力量在看着我们一代又一代在消逝呢？

一九九二年十一月上旬

“葫”中日月长

黄　裳

人们乃能倾心力于此种玩器，而文化生活乃赖以发展得丰富而多彩。谈北京的文化生活，离开了这些，简直就无所附丽。

王世襄先生以《说葫芦》一册见赠，希望我写些读后感。这是个不易完成的任务。对葫芦器一无所知的我，怎能对这样一部精美的学术著作说三道四呢？说是学术著作，也许有人觉得有点夸大，但我觉得与他的另一部名作《明式家具珍赏》一样，同不愧为民俗文化研究的开山之作。大册精印，多附彩图，虽然研究的对象有巨细的不同，但其研究方法却并无分别。正是以狮子搏兔之力积数十年的钻研、探索才能完成的著作，在在显示出作者对民间器物笃好、追求的执著情愫。中国自古以来对草木虫鱼、百工器物就少有人注意记录，说起文化研究来除去得到庙堂承认的数种项目以外，对民间爱好趣味所寄的种种都一概置不一顾，这样，写起文化史来就总是缺胳膊少腿的没有坚实的基础。《说葫芦》的出现正是一个绝好的消息，不只开阔了人们的眼界，对民俗研究也提供了出色的范本，教给我们怎样进行这种艰巨而急迫的工作。它不只是“开风气”而且也是“师”。

《说葫芦》分上下两卷。上卷分述天然、勒扎、范制、火画、押花、针划、刀刻等葫芦体式，下卷则分述鸣虫种类及捕捉、畜养之道。说来惭愧，小时候也曾玩过秋虫，但对不同的种类则从未留心过。蛐蛐是唯一畜养对象，对油壶鲁则绝不重视，视之为“三尾”，弃而不取。读了《说葫芦》后才知道它的身价之高。作者指出，电视剧《末代皇帝》有溥仪小时候玩蝈蝈的场景，误以油壶鲁葫芦作为蝈蝈葫芦。又指出海外博物馆刊物将各种葫芦一律称之为“Cricket Cage”，都因未经调查研究而妄下论断，仿佛也是对我年幼时的浅尝无知的呵斥。鸣虫共六类，从彩色精印的插图中我是第一次才获得清晰完整的认识。它们是蝈蝈、扎嘴、油壶鲁、蛐蛐、梆儿头、金钟。作者各附以详细的说明，多引刘侗的《帝京景物略》和富察敦崇的《燕京岁时记》，这是两种关于北京的地方志类名著，是仅有的旷世难逢的好书，以作者搜集资料之勤，作为典据的也只此二三种，可见此类著作之寂寞了。

可以和作者另一名作、附于《蟋蟀谱集成》后的《秋虫六忆》媲美的是《秋山捉蝈蝈》一章，记自己亲身经历，是很美的散文。作者说，“捉蝈蝈之劳累不亚于‘拉练’急行军”。他在这里用了一个不见于词书的词，“拉练”，是“文化大革命”中盛行的一种惩罚性的劳动项目。查看后面所附的英译，也只能译为“军事训练中的强迫行军”，实在不免失去了神味。作者说，“惜西山近处，由于污染，蝈蝈已稀少，且无佳者，不得不远往安子沟或牛蹄岭。当时每月领生活费廿五元，实无余资乘长途汽车，只有骑车跋涉。半夜起程，抵沟咀或山麓，日初升，待入沟或越岭，已上三竿，而蝈蝈方振翅。午后三时即返回，入城已昏黑多时。骑车往返百数十里，入沟登山，往往手足并用，亦不下二三十里，迨至家门，臀腿早已麻木，几不知如何下车。巷口与邻翁相值，见我衣衫零落，狼狈不堪，笑谓：‘你真跟打败了的兵一样。’此语诚对我绝好之写照。私念得入山林，可暂不与面目狰狞、心术险恶之辈相见，岂不大佳，夜蜷铺板（床已被抄走），虽力尽精疲，亦未尝不默感上苍，于我独厚，使又得一日之清净也。”

这真是文情俱至的文字。谈葫芦而连及“文革”佚事，这使我想起陈寅恪撰陈垣《明季滇黔佛教考》序中的话，“谁实为之，孰令致之。岂非宗教与政治虽不同物，而终不能无所关涉之一例证欤！”不禁感慨系之。

作者在所附器物图版中，都撰有说明。于谱录款识之余，也记些轶闻故事，阅之忘倦。于“红雁倒栽蛐蛐葫芦”一品后记：

> 此乃麻花胡同纪家旧藏之“红雁”，清末民初与“紫雁”为京师最驰名之蛐蛐葫芦。红、紫言其色，雁言其形，谓修长如雁脖也。
>
> 一九三四年秋，行经东四万聚兴古玩店，名葫芦贩孙猴（姓孙，因精明过人而得此绰号，是时年已七旬）先我而在，手持红雁与店东葛大议价。轻予年幼，未必识货，予价不谐，彳亍欲去。正待出门，予已如数付值。渠急转身，已不可及，大为懊丧，不禁失色。是时余虽知葫芦绝佳，但对其来历，茫然不晓。后承讷诏先（名净）先生见告，乃知即赫赫有名之红雁。倒栽底部不镶牙托而以同色之葫芦填补乃红雁特征之一。据讷老称，紫雁视此色泽浓艳而身矬，停匀秀丽则远逊。

此节写得器过程，极为生动。盖不只买葫芦为然，所谓可遇而不可求之境，在收藏家必深有体会。此书的另一特色，是对制作家、藏家、贩家都有所记，琐琐可观。余叔岩曾爱好葫芦器，有著名的藏品，可见当时艺人的业余好向。如油壶鲁葫芦就有乐咏西之棠梨肚，余叔岩之大白皮，王星杰之沙酒壶，都是名彻九城的精品，时世承平（虽然只是短暂的），人们乃能倾心力于此种玩器，而文化生活乃赖以发展得丰富而多彩。谈北京的文化生活，离开了这些简直就无所附丽。陈寅恪诗“依稀廿载忆光宣，犹是开元全盛年”，烘染的主要也就是这样一种文化空气，而并非指朝政党争而言。

民间艺人在旧社会不只生活在社会底层，无人齿及，连笔记小说也极少顾视，这是极不公平的。作者在书中却时时有所记录，值得感谢。鲁迅在编定《北平笺谱》时给郑振铎的信中曾慨叹于木版刻工的不为人知，他说，“板儿杨，张老西之名，似可记入《访笺杂记》内，……中国竟可糊涂到不知其真姓名（况且还有绰号）……”（一九三三年十一月十一日信）真是慨乎言之。记下这些难道真的是为将来重修工艺史准备资料么，这未必然。但不可不有此心志，于此更可见作者的襟怀为不可及矣。

一九九四年三月二十四日

夏天的昆虫

汪曾祺

> 你写这些昆虫什么意思？答曰：我只是希望现在的孩子也能玩玩这些昆虫，对自然发生兴趣。现在的孩子大都只在电子玩具包围中长大，未必是好事。

蝈蝈

蝈蝈我们那里叫做“叫蛐子”。因为它长得粗壮结实，样子不大好看，还特别在前面加一个“侉”字，叫做“侉叫蛐子”。这东西就是会呱呱的叫。有时嫌它叫得太吵人了，在它的笼子上拍一下，它就大叫一声：“呱！——”停止了。它什么都吃。据说吃了辣椒更爱叫，我就挑顶辣的辣椒喂它。早晨，掐了南瓜花（谎花）喂它，只是取其好看而已。这东西是咬人的。有时捏住笼子，它会从竹篾的洞里咬你的指头肚子一口！

别有一种秋叫蛐子，较晚出，体小，通身碧绿如玻璃料，叫声轻脆。秋叫蛐子养在牛角做的圆盒中，顶面有一块玻璃。我能自己做这种牛角盒子，要紧的是弄出一块大小合适的圆玻璃。把玻璃放在水盒里，用剪子剪，则不碎裂。秋叫蛐子价钱比侉叫蛐子贵得多。养好了，可以越冬。

叫蛐子是可以吃的。得是三尾的，腹大多子。扔在枯树枝火中，一会儿就熟了。味极似虾。

蝉

蝉大别有三类。一种是“海溜”，最大，色黑，叫声洪亮。这是蝉里的楚霸王，生命力很强。我曾捉了一只，养在一个断了发条的旧座钟里，活了好多天。一种是“嘟溜”，体较小，绿色而有点银光，样子最好看，叫声也好听：“嘟溜——嘟溜——嘟溜”。一种叫“叽溜”，最小，暗赭色，也是因其叫声而得名。

蝉喜欢栖息在柳树上。古人常画“高柳鸣蝉”，是有道理的。

北京的孩子捉蝉用粘竿——竹竿头上涂了粘胶。我们小时候则用蜘蛛网。选一根结实的长芦苇，一头撅成三角形，用线缚住，看见有大蜘蛛网就一绞，三角里络满了蜘蛛网，很粘。瞅准了一只蝉，轻轻一捂，蝉的翅膀就被粘住了。

佝偻丈人承蜩，不知道用的是什么工具。

蜻蜓

家乡的蜻蜓有三种。

一种极大，头胸浓绿色，腹部有黑色的环纹，尾部两侧有革质的小圆片，叫做“绿豆钢”。这家伙厉害得很，飞时巨大的翅膀磨得嚓嚓地响。或捉之置室内，它会对着窗玻璃猛撞。

一种即常见的蜻蜓，有灰蓝色和绿色的。蜻蜓的眼睛很尖，但到黄昏后眼力就有点不济。它们栖息着不动，从后面轻轻伸手，一捏就能捏住。玩蜻蜓有一种恶作剧的玩法：掐一根狗尾巴草，把草茎插进蜻蜓的屁股，一撒手，蜻蜓就带着狗尾草的穗子飞了。

一种是红蜻蜓。不知道什么道理，说这是灶王爷的马。

另有一种纯黑的蜻蜓，身上，翅膀都是深黑色，我们叫它鬼蜻蜓，因为它有点鬼气。也叫“寡妇”。

刀螂

刀螂即螳螂。螳螂是很好看的。螳螂的头可以四面转动。螳螂翅膀嫩绿，颜色和脉纹都很美。昆虫翅膀好看的，为螳螂，为纺织娘。

或问：你写这些昆虫什么意思？答曰：我只是希望现在的孩子也能玩玩这些昆虫，对自然发生兴趣。现在的孩子大都只在电子玩具包围中长大，未必是好事。

草木春秋

汪曾祺

有一个唱“红”（老生）的演员，不受欢迎，农民给他起了个外号：“车前子。”怎么给他起了这么个外号呢？因为他一出台，农民观众即纷纷起身上厕所，这位“红”利小便。

木芙蓉

浙江永嘉多木芙蓉。市内一条街边有一棵，干粗如电线杆，高近二层楼，花多而大，他处少见。楠溪江边的村落，村外、路边的茶亭（永嘉多茶亭，供人休息、喝茶、聊天）檐下，到处可以看见芙蓉。芙蓉有一特别处，红白相间。初开白色，渐渐一边变红，终至整个的花都是桃红的。花期长，掩映于手掌大的浓绿的叶丛中，欣然有生意。

我曾向永嘉市领导建议，以芙蓉为永嘉市花，市领导说永嘉已有市花，是茶花。后来听说温州选定茶花为温州市花，那么永嘉恐怕得让一让。永嘉让出茶花，永嘉市花当另选。那么，芙蓉被选中，还是有可能的。

永嘉为什么种那么多木芙蓉呢？问人，说是为了打草鞋。芙蓉的树皮很柔韧结实，剥下来撕成细条，打成草鞋，穿起来很舒服，且耐走长路，不易磨通。

现在穿树皮编的草鞋的人很少了，大家都穿塑料凉鞋、旅游鞋。但是到处都还在种木芙蓉，这是一种习惯。于是芙蓉就成了永嘉城乡一景。

南瓜子豆腐和皂角仁甜菜

在云南腾冲吃了一道很特别的菜。说豆腐脑不是豆腐脑，说鸡蛋羹不是鸡蛋羹。滑、嫩、鲜，色白而微微带点浅绿，入口清香。这是豆腐吗？是的，但是用鲜南瓜子去壳磨细“点”出来的。很好吃。中国人吃菜真能别出心裁，南瓜子做成豆腐，不知是什么朝代，哪一位美食家想出来的！

席间还有一道甜菜，冰糖皂角米。皂角，我的家乡颇多。一般都用来泡水，洗脸洗头，代替肥皂。皂角仁蒸熟，妇女绣花，把绒在皂仁上“光”一下，绒不散，且光滑，便于入针。没有吃它的。到了昆明，才知道这东西可以吃。昆明过去有专卖蒸菜的饭馆，蒸鸡、蒸排骨，都放小笼里蒸，小笼垫底的是皂角仁，蒸得了晶莹透亮，嚼起来有韧劲，好吃。比用红薯、土豆衬底更有风味。但知道可以做甜菜，却是在腾冲。这东西很滑，进口略不停留，即入肠胃。我知道皂角仁的“物性”，警告大家不可多吃。一位老兄吃得口爽，弄了一饭碗，几口就喝了。未及终席，他就奔赴厕所，飞流直下起来。

皂角仁卖得很贵，比莲子、桂圆、西米都贵，只有卖干果、山珍的大食品店才有的卖，普通的副食店里是买不到的。

近几年时兴“皂角洗发膏”，皂角恢复了原来的功能，这也算是“以故为新”吧。

车前子

车前子的样子很有趣。叶贴地而长，近卵形，有长柄。在自由伸向四面的叶丛中央抽出细长的花梗，顶端有穗形花序，直立着。穗不多，少的只有一穗。画家常画之为点缀。程十发即喜画。动画片中好像少不了它。不知道为什么，这东西有一种童话情趣。

车前子可利小便，这是很多农民都知道的。

张家口的山西梆子剧团有一个唱“红”（老生）的演员，经常在几县的“堡”（张家口人称镇为“堡”）演唱，这位唱“红”的唱得起劲，观众就大声喊叫：“快去，快，赶紧拿咸菜！”这又是怎么回事呢？吃白薯吃得太多了，烧心反胃，嚼一块咸菜就好了。这位演员的嗓音叫人听起来烧心。

农民有时是很幽默的。

搞艺术的人千万不能当“车前子”，不能叫人烧心反胃。

紫穗槐

在戴了“右派分子”的帽子以后，我曾经被发到西山种树。在石多土少的山头用镢头刨坑。实际上是在石头上硬凿出一个一个的树坑来，再把凿碎的砂石填入，用九齿耙搂平。山上寸土寸金，树坑就山势而凿，大小形状不拘。这是个非常重的活。我成了“右派”后所从事的劳动，以修十三陵水库和这次西山种树的活最重。那真是玩了命。

一早，就上山，带两个干馒头、一块大腌萝卜。顿顿吃大腌萝卜，这不是个事。已经是秋天了，山上的酸枣熟了，我们摘酸枣吃。草里有蝈蝈，烧蝈蝈吃！蝈蝈得是三尾的，腹大，多子。一会儿就能捉半土筐。点一把火，把蝈蝈往火里一倒，劈劈剥剥，熟了。咬一口大腌萝卜，嚼半个烧蝈蝈，就馒头，香啊。人不管走到哪一步，总得找点乐子，想一点办法，老是愁眉苦脸的，干吗呢！

我们刨了坑，放着，当时不种，得到明年开了春，再种。据说要种的是紫穗槐。

紫穗槐我认识，枝叶近似槐树，抽条甚长，初夏开紫花，花似紫藤而颜色较紫藤深，花穗较小，瓣亦稍小。风摇紫穗，姗姗可爱。

紫穗槐的枝叶皆可为饲料，牲口爱吃，上膘。条可编筐。

刨了约二十多天树坑，我就告别西山八大处回原单位等候处理，从此再也没有上过山。不知道我们刨的那些坑里种上紫穗槐了没有。再见，紫穗槐！再见，大腌萝卜！再见，蝈蝈！

阿格头子灰背青

敕勒川，
阴山下。
天似穹庐，
笼盖四野。
天苍苍，
野茫茫，
风吹草低见牛羊。

北齐斛律金这首用鲜卑语唱的歌公认是北朝乐府的杰作，写草原诗的压卷之作，苍茫雄浑，前无古人，后无来者。一千多年以来，不知道有多少“南人”，都从“风吹草低见牛羊”一句诗里感受到草原景色，向往不已。

但是这句诗有夸张成分，是想象之词。真到草原去，是看不到这样的景色的。我曾四下内蒙，到过呼伦贝尔草原，达茂旗的草原，伊克昭盟的草原，还到过新疆的唐巴拉牧场，都不曾见过“风吹草低见牛羊”。张家口坝上沽源的草原的草，倒是比较高，但也藏不住牛羊。论好看，要数沽源的草原好看。草很整齐，叶细长，好像梳过一样，风吹过，起伏摇摆如碧浪。这种草是什么草？问之当地人，说是“碱草”，我怀疑这可能是“草菅人命”的“菅”。“碱草”的营养价值不是很高。

营养价值高的牧草有阿格头子、灰背青。

陪同我们的老曹唱他的爬山调：

阿格头子灰背青，
四十五天到新城。

他说灰背青，叶子青绿而背面是灰色的。“阿格头子”是蒙古话。他拔起两把草叫我们看，且问一个牧民：

“这是阿格头子吗?”

“阿格！阿格!”

这两种草都不高，也就三四寸，几乎是贴地而长。叶片肥厚而多汁。

“阿格头子灰背青，四十五天到新城。”老曹年轻时拉过骆驼，从呼和浩特驮货到新疆新城，一趟得走四十五天。那么来回就得三个月。在多见牛羊少见人的大草原上，拉着骆驼一步一步地走，这滋味真难以想象。

老曹是个有趣的人。他的生活知识非常丰富，大青山的药材、草原上的草，他没有不认识的。他知道很多故事，很会说故事。单是狼，他就能说一整天。都是实在经验过的，并非道听途说。狼怎样逗小羊玩，小羊高了兴，跳起来，过了圈羊的荆笆，狼一口就把小羊叼走了；狼会出痘，老狼把出痘子的小狼用沙埋起来，只露出几个小脑袋；有一个小号兵掏了三只小狼羔子，带着走，母狼每晚上跟着部队，哭，后来怕暴露部队目标，队长说服小号兵把小狼放了……老曹好说，能吃，善饮，喜交游。他在大青山打过游击，山里的堡垒户都跟他很熟，我们的吉普车上下山，他常在路口叫司机停一下，找熟人聊两句，帮他们买拖拉机，解决孩子入学……。我们后来拜访了布赫同志，提起老曹，布赫同志说：“他是个红火人。”“红火人”这样的说法，我在别处没有听见过。

但是用之于老曹身上，很合适。

老曹后来在呼市负责林业工作。他曾到大兴安岭调查，购买树种，吃过犴鼻子（他说犴鼻子黏性极大，吃下一块，上下牙粘在一起，得使劲张嘴，才能张开。他做了一个当时使劲张嘴的样子，很滑稽）、飞龙。他负责林业时，主要的业绩是在大青山山脚至市中心的大路两侧种了杨树，长得很整齐健旺。但是他最喜爱的是紫穗槐，是个紫穗槐迷，到处宣传紫穗槐的好处。

“文化大革命”，内蒙大搞“内人党”问题，手段极其野蛮残酷，是全国少有的重灾区。老曹在劫难逃。他被捆押吊打，打断了踝骨。后经打了石膏，幸未致残，但是走起路来一拐一拐的。他还是那么“红火”，健谈豪饮。

老曹从小家贫，“成分”不高。他拉过骆驼，吃过很多苦。他在大青山打过游击，无历史问题，为什么要整他，要打断他的踝骨？为什么？

阿格头子灰背青，

四十五天到新城。

花和金鱼

从东珠市口经三里河、河舶厂，过马路一直往东，是一条横街。这是北京的一条老街了。也说不上有什么特点，只是有那么一种老北京的味儿。有些店铺是别的街上没有的。有一个每天卖豆汁儿的摊子，卖焦圈儿、马蹄烧饼，水疙瘩丝切得细得像头发。这一带的居民好像特别爱喝豆汁儿，每天晌午，有一个人推车来卖，车上搁一个可容一担水的木桶，木桶里有多半桶豆汁儿。也不吆喝，到时候就来了，老太太们准备好了坛坛罐罐等着。马路东有一家卖鞭哨、皮条、纲绳等等骡车马车上用的各种配件。北京现在大车少了，来买的多是河北人。看了店堂里挂着的挺老长的白色的皮条、两股坚挺的竹子拧成的鞭哨，叫人有点说不出来的感动。有一家铺子在一个高台阶上，门外有一块小匾，写着“惜阴斋”。这是卖什么的呢？我特意上了台阶走进去看了看：是专卖老式木壳自鸣钟、怀表的，兼营擦洗钟表油泥，修配发条、油丝。“惜阴”用之于钟表店，挺有意思，不知是哪位一方名士给写的匾。有一个茶叶店，也有一块匾：“今雨茶庄”（好几个人问过我这是什么意思）。其实这是一家夫妻店，什么“茶庄”！

两口子，有五十好几了，经营了这么个“茶庄”。他们每天的生活极其清简。大妈早起撒炉子、生火、坐水、出去买菜。老爷子扫地，擦拭柜台，端正盆花金鱼。老两口都爱养花、养鱼。鱼是龙睛，两条大红的，两条蓝的（他们不爱什么红帽子、绒球……）。鱼缸不大，飘着笮草。花四季更换。夏天，茉莉、珠兰（熟人来买茶叶，掌柜的会摘几朵鲜茉莉花或一小串珠兰和茶叶包在一起）；秋天，九花（老北京人管菊花叫“九花”）；冬天，水仙、天竺果。我买茶叶都到“今雨茶庄”买，近。我住河舶厂，出胡同口就是。我每次买茶叶，总爱跟掌柜的聊聊，看看他的花。花并不名贵，但养得很有精神。他说：“我不瞧戏，不看电影，就是这点爱好。”

我打成了“右派”，就离开了河舶厂。过了十几年，偶尔到三里河去，想看“今雨茶庄”还在不在，没找到。问问老住户，说：“早没有了！”——“茶叶店掌柜的呢？”——“死了！叫红卫兵打死了！”——“干吗打他？”——“说他是小业主；养花养鱼是‘四旧’。老伴没几天也死了，吓死的！——这他妈的‘文化大革命’！这叫什么事儿！”

一九九六年十月二十八

看 花

朱自清

> 栀子花不是什么高品，但我喜欢那白而晕黄的颜色和那肥肥的个儿，正和那些卖花的姑娘有着相似的韵味。也许有人会问，“你爱的不是花吧?”这个我自己其实也已不大弄得清楚，只好存而不论了。

生长在大江北岸一个城市里，那儿的园林本是著名的，但近来却很少；似乎自幼就不曾听见过“我们今天看花去”一类话，可见花事是不盛的。有些爱花的人，大都只是将花栽在盆里，一盆盆搁在架上；架子横放在院子里。院子照例是小小的，只够放下一个架子；架上至多搁二十多盆花罢了。有时院子里依墙筑起一座“花台”，台上种一株开花的树；也有在院子里地上种的。但这只是普通的点缀，不算是爱花。

家里人似乎都不甚爱花；父亲只在领我们上街时，偶然和我们到“花房”里去过一两回。但我们住过一所房子，有一座小花园，是房东家的。那里有树，有花架（大约是紫藤花架之类），但我当时还小，不知道那些花木的名字；只记得爬在墙上的是蔷薇而已。园中还有一座太湖石堆成的洞门；现在想来，似乎也还好的。在那时由一个顽皮的少年仆人领了我去，却只知道跑来跑去捉蝴蝶；有时掐下几朵花，也只是随意挼弄着，随意丢弃了。至于领略花的趣味，那是以后的事：夏天的早晨，我们那地方有乡下的姑娘在各处街巷，沿门叫着，“卖栀子花来”。栀子花不是什么高品，但我喜欢那白而晕黄的颜色和那肥肥的个儿，正和那些卖花的姑娘有着相似的韵味。栀子花的香，浓而不烈，清而不淡，也是我乐意的。

我这样便爱起花来了。也许有人会问，“你爱的不是花吧?”这个我自己其实也已不大弄得清楚，只好存而不论了。

在高小的一个春天，有人提议到城外F寺里吃桃子去，而且预备白吃；不让吃就闹一场，甚至打一架也不在乎。那时虽远在五四运动以前，但我们那里的中学生却常有打进戏园看白戏的事。中学生能白看戏，小学生为什么不能白吃桃子呢？我们都这样想，便由那提议人纠合了十几个同学，浩浩荡荡地向城外而去。到了F寺，气势不凡地呵叱着道人们（我们称寺里的工人为道人），立刻领我们向桃园里去。道人们踌躇着说："现在桃树刚才开花呢。"但是谁信道人们的话？我们终于到了桃园里。大家都丧了气，原来花是真开着呢！这时提议人P君便去折花。道人们是一直步步跟着的，立刻上前劝阻，而且用起手来。但P君是我们中最不好惹的；"说时迟，那时快"，一眨眼，花在他的手里，道人已跪跄在一旁了。那一园子的桃花，想来总该有些可看；我们却谁也没有想着去看。只嚷着，"没有桃子，得沏茶喝！"道人们满肚子委屈地引我们到"方丈"里，大家各喝一大杯茶，这才平了气，谈谈笑笑地进城去。大概我那时还只懂得爱一朵朵的栀子花，对于开在树上的桃花，是并不了然的；所以眼前的机会，便从眼前错过了。

以后渐渐念了些看花的诗，觉得看花颇有些意思。但到北平读了几年书，却只到过崇效寺一次；而去得又嫌早些，那有名的一株绿牡丹还未开呢。北平看花的事很盛，看花的地方也很多；但那时热闹的似乎也只有一班诗人名士，其余还是不相干的。那正是新文学运动的起头，我们这些少年，对于旧诗和那一班诗人名士，实在有些不敬；而看花的地方又都远不可言，我是一个懒人，便干脆地断了那条心了。后来到杭州做事，遇见了Y君，他是新诗人兼旧诗人，看花的兴致很好。我和他常到孤山去看梅花。孤山的梅花是古今有名的，但太少；又没有临水的，人也太多。有一回坐在放鹤亭上喝茶，来了一个方面有须，穿着花缎马褂的人，用湖南口音和人打招呼道，"梅花盛开嗒！""盛"字说得特别重，使我吃了一惊；但我吃惊的也只是说在他嘴里"盛"这个声音罢了，花的盛不盛，在我倒并没有什么的。

有一回，Y来说，灵峰寺有三百株梅花；寺在山里，去的人也少。我和Y，还有N君，从西湖边雇船到岳坟，从岳坟入山。曲曲折折走了好一会，又上了许多石级，才到山上寺里。寺甚小，梅花便在大殿西边园中。园也不大，东墙下有三间净室，最宜喝茶看花；北边有座小山，山上有亭，大约叫“望海亭”吧，望海是未必，但钱塘江与西湖是看得见的。梅树确是不少，密密地低低地整列着。那时已是黄昏，寺里只我们三个游人；梅花并没有开，但那珍珠似的繁星似的骨都儿，已经够可爱了；我们都觉得比孤山上盛开时有味。大殿上正做晚课，送来梵呗的声音，和着梅林中的暗香，真叫我们舍不得回去。在园里徘徊了一会，又在屋里坐了一会，天是黑定了，又没有月色，我们向庙里要了一个旧灯笼，照着下山。路上几乎迷了道，又两次三番地狗咬；我们的Y诗人确有些窘了，但终于到了岳坟。船夫远远迎上来道：“你们来了，我想你们不会冤我呢!”在船上，我们还不离口地说着灵峰的梅花，直到湖边电灯光照到我们的眼。

Y回北平去了，我也到了白马湖。那边是乡下，只有沿湖与杨柳相间着种了一行小桃树，春天花发时，在风里娇媚地笑着。还有山里的杜鹃花也不少。这些日日在我们眼前，从没有人像煞有介事地提议，“我们看花去。”但有一位S君，却特别爱养花；他家里几乎是终年不离花的。我们上他家去，总看他在那里不是拿着剪刀修理枝叶，便是提着壶浇水。我们常乐意看着。他院子里一株紫薇花很好，我们在花旁喝酒，不知多少次。白马湖住了不过一年，我却传染了他那爱花的嗜好。但重到北平时，住在花事很盛的清华园里，接连过了三个春，却从未想到去看一回。只在第二年秋天，曾经和孙三先生在园里看过几次菊花。“清华园之菊”是著名的，孙三先生还特地写了一篇文，画了好些画。但那种一盆一干一花的养法，花是好了，总觉没有天然的风趣。直到去年春天，有了些余闲，在花开前，先向人问了些花的名字。一个好朋友是从知道姓名起的，我想看花也正是如此。恰好Y君也常来园中，我们一天三四趟地到那些花下去徘徊。今年Y君忙些，我便一个人去。我爱繁花老干的杏，临风婀娜的小红桃，贴梗累累如珠的紫荆；但最恋恋的是西府海棠。海棠的花繁得好，也淡得好；艳极了，却没有一丝荡意。疏疏的高干子，英气隐隐逼人。可惜没有趁着月色看过；王鹏运有两句词道："只愁淡月朦胧影，难验微波上下潮。"我想月下的海棠花，大约便是这种光景吧。为了海棠，前两天在城里特地冒了大风到中山公园去，看花的人倒也不少；但不知怎的，却忘了畿辅先哲祠。Y告我那里的一株，遮住了大半个院子；别处的都向上长，这一株却是横里伸张的。花的繁没有法说；海棠本无香，昔人常以为恨，这里花太繁了，却酝酿出一种淡淡的香气，使人久闻不倦。Y告我，正是刮了一日还不息的狂风的晚上；他是前一天去的。他说他去时地上已有落花了，这一日一夜的风，准完了。他说北平看花，是要赶着看的：春光太短了，又晴的日子多；今年算是有阴的日子了，但狂风还是逃不了的。我说北平看花，比别处有意思，也正在此。这时候，我似乎不甚菲薄那一班诗人名士了。

一九三零年四月

花　会

朱自清

无论如何，到花会来的人重要目的并不在看花而在凑热闹看人。成都人究竟是成都人，丢不开那古老城市的风俗习惯。

紫陌红尘拂面来，无人不道看花回。

——刘禹锡

成都整年难得见太阳，全城的人天天都埋在阴霾里，像古井阑的苔藓，他们浑身染着地方色彩，浸润阴幽，沉寂，永远在薄雾浓云里度过他们的悠悠岁月。他们好闲，却并不甘寂寞，吃饭，喝茶，逛街，看戏，都向人多的处所挤。挤来挤去，左右不过是那几个地方。早上坐少城公园的茶馆，晚上逛春熙路，西东大街以及满街挂着牛肉的皇城坝，你会想到成都人没有在家里坐着的习惯，有闲空总得出门，有热闹总得挨凑进去。成都人的生活可以说是“户外的”，但是同时也是“城里的”。翻来覆去，总跳不出这个城圈子。五十万的人口，几十方里的面积，形成一种大规模的蜂巢蚁穴。所以表面看来，车如流水马如龙，无处不是骚动，而实际上这种骚动只是蛰伏式的蠕动，像成都一位老作家所说的“死水微澜”。

花会时节是成都人的惊蛰期。举行花会的地方是西门外的青羊宫。这座大道观据说是从唐朝遗留下来的。花会起于何朝何代，尚待考据家去推断，大概来源也很早。成都的天气是著名的阴沉，但在阳春三月，风光却特别明媚。春来得迟，一来了，气候就猛然由温暖而热燥，所以在其他地带分季开放的花卉在成都却连班出现。梅花茶花没有谢，接着就是桃杏，桃杏没有谢，接着就是木槿芄兰芍药。在三月里你可以同时见到冬春夏三季的花。自然，最普遍的花要算菜花。成都大平原纵横有五六百里路之广。三月间登高一望，视线所能达到的地方尽是菜花麦苗，金黄一片，杂以油绿，委实是一种大观。在太阳之下，花光草色如怒火放焰，闪闪浮动，固然显出山河浩荡生气蓬勃的景象，有时春阴四布，小风薄云，苗青鹊静，亦别有一番清幽情致。这时候成都人，无论是男女老少，便成群结队地出城游春了。

游春自然是赶花会。花会之名并不副实。陈列各种时花的地方是庙东南一个偏僻的角落。所陈列的不过是一些普通花卉，并无名品，据说今年花会未经政府提倡，没有往年的热闹，外县以及本城的名园都没有把他们的珍品送来。无论如何，到花会来的人重要目的并不在看花而在凑热闹看人。成都人究竟是成都人，丢不开那古老城市的风俗习惯。

花会场所还是成都城市的具体而微。古董摊和书画摊是成都搬来的会府和西玉龙街，铜铁摊是成都搬来的东御街，著名的吴抄手在此有临时分店，临时茶馆菜馆面馆更简直都还是成都城里的那种气派。每个菜馆后面差不多都有个篾篷，一个大篾箱似的东西只留着一个方孔做门，门上挂着大红布帘。里面锣鼓喧聒，川戏，相声，洋琴，大鼓，杂耍，应有尽有。纵横不过一里的地方，除着成都城里所有的形形色色之外，还有乡下人摆的竹器木器花根谷种以至于锄头菜刀水桶烟杆之类。地方小，花样多，所以挤，所以热闹。大家来此，吃，喝，买，卖，“耍”，看，城里人来看乡下人，乡下人来看城里人，男的来看女的，女的来看男的。好一幅仇十洲的清明上河图，虽然它所表现的不尽是太平盛世的攘往熙来的盛况。

除掉几条繁盛街道之外，成都在大体上还保存着古代城市的原始风味。舶来品尽管在电光闪烁之下惊心夺目，在幽暗僻静的街道里，铜铁匠还是用钉锤锻生铜制锅、制水烟袋，织工们还是在竹框撑紧的蜀锦上一针一线地绣花绣鸟。所有的道地的工商业都还是手工品的工商业。他们的制法和用法都有很长久的传统做基础。要是为实用的，它们必定是坚实耐久；要是为玩耍的，它们必定是精细雅致。一个水桶的提手横木可以粗得像屋梁，一茎狗尾草叶可以编成口眼脚翅全具的蚱蜢或蜻蜓。只要你还保存有几分稚气，花会中所陈列的这些大大小小的物品件件都很可以使你流连。假如你像我的话，有一个好玩的小孩子，你可注意的东西就更多，风车，泥人，木马，小花篮，以及许多形形色色的小玩具都可以使你自慰不虚此行。此外，成都人古董书画之癖在花会里也可以略窥一二。老君堂的里外前后的墙壁都挂满着字画，台阶上都摆满着碑帖。自然，像一般的中国人，成都人也很会制造假古董，也很喜欢买假古董。花会之盛，这也是一个原因。

花会之盛还另有一个原因，就是在一般人心理中，青羊宫里所供奉的那位李老君是神通广大的道教祖。青羊者据说是李老君西升后到成都显圣所骑的牲畜。后人记念这个圣迹，立祠奉祀。于今青羊宫正殿里还有两头青铜铸成的羊子，一牝一牡，牝左牡右。单讲这两匹羊的形样，委实是值得称赞的艺术品。到花会的人少不得都要摸一摸这两匹羊。据说有病的人摸它们一摸，病就会自然痊愈。摸的地方也有讲究，头病摸头脚病摸脚，错乱不得。古往今来病头病脚以及病非头非脚的地方者大概不少，所以于今这两匹羊周身被摸得精光。羊尚如此，老君本人可知，于是老君堂上满挂着前朝巡抚提督现代省长督军亲书或请人代书的匾额。金光四耀，煞是妙相庄严，到此不由人不肃然起敬，何况青羊宫门坎之高打破任何记录！祈财，祈子，祈福，祈寿，祈官，都得爬过这高门坎向老君进香。爬这高门坎的身手不同，奇态便不免百出。七八十岁的老太太须得放下拐杖，用双手伏在门坎上，然后徐徐把双脚迈过去。至于摩登小姐也有提起旗袍叉口，一大步就迈过去的。大殿上很整秩地摆着一列又一列的棕制蒲团。跪在蒲团上捧香默祷的有乡下佬，有达官富商，也有脚踏高跟皮鞋襟口挂着自来水笔的摩登小姐，如上文所云一大步就迈近门户坎的。在这里新旧两代携手言欢，各表心愿。香炉之旁，例有钱桶。花会时钱桶易满。站在香炉旁烧香的道士此时特别显得油光滑面，喜笑颜开。“临邛道士鸿都客，能以精诚致魂魄”，此风至今未泯也。

成都素有小北平之称。熟习北平的人看到花会自然联想到厂甸的庙会，它们都是交易、宗教、游玩打成一片的。单就陈列品说，厂甸较为丰富精美，但是就天时与地利说，成都花会赶春天在乡村举行，实在占不少的便宜。逛花会不尽是可以凑热闹，买玩艺儿，祈财求子，还可以趁风和日暖的时候吐一吐城市的秽浊空气，有如古人的修禊，青羊宫本身固然也不很清洁，那里人山人海中的空气也不见得清新。可是花会逛过了，沿着城西郊马路回城，或是刚出城时沿着城西郊赴花会，平畴在望，清风徐来，路右边一阵又一阵的男男女女带着希望去，左边一阵又一阵的男男女女提着风车或是竹篮回来，真所谓“无边光景一时新”，你纵是老年人，也会觉得年轻十岁了。人过中年，难得常有这样少年的兴致。让我赞美这成都花会啊！

牵牛花

叶圣陶

> 有时认着墙上的斑驳痕想，明天未必便爬到那里吧；但出乎意外，明晨竟爬到了斑驳痕之上；好努力的一夜工夫！“生之力”不可得见；在这样小立静观的当儿，却默契了“生之力”了。渐渐地，浑忘意想，复何言说，只呆对着这一墙绿叶。

手种牵牛花，接连有三四年了。水门汀地没法下种，种在十来个瓦盆里。泥是今年又明年反复用着的，无从取得新的泥来加入。曾与铁路轨道旁种地的那个北方人商量，愿出钱向他买一点儿，他不肯。

从城隍庙的花店里买了一包过磷酸骨粉，搀和在每一盆泥里，这算代替了新泥。

瓦盆排列在墙脚，从墙头垂下十条麻线，每两条距离七八寸，让牵牛的藤蔓缠绕上去。这是今年的新计划，往年是把瓦盆摆在三尺光景高的木架子上的。这样，藤蔓很容易爬到了墙头；随后长出来的互相纠缠着，因自身的重量倒垂下来，但末梢的嫩条便又蛇头一般仰起，向上伸，与别组的嫩条纠缠，待不胜重量时重演那老把戏；因此墙头往往堆积着繁密的叶和花，与墙腰的部分不相称。今年从墙脚爬起，沿墙多了三尺光景的路程，或者会好一点儿；而且，这就将有一垛完全是叶和花的墙。

藤蔓从两瓣子叶中间引伸出来以后，不到一个月工夫，爬得最快的几株将要齐墙头了。每一个叶柄处生一个花蕾，像谷粒那么大，便转黄萎去。据几年来的经验，知道起头的一批花蕾是开不出来的；到后来发育更见旺盛，新的叶蔓比近根部的肥大，那时的花蕾才开得成。

今年的叶格外绿，绿得鲜明；又格外厚，仿佛丝绒剪成的。这自然是过磷酸骨粉的功效。他日花开，可以推知将比往年的盛大。

但兴趣并不专在看花，种了这小东西，庭中就成为系人心情的所在，早上才起，工毕回来，不觉总要在那里小立一会儿。那藤蔓缠着麻线卷上去，嫩绿的头看似静止的，并不动弹；实际却无时不回旋向上，在先朝这边，停一歇再看，它便朝那边了。前一晚只是绿豆般大一粒嫩头，早起看时，便已透出二三寸长的新条，缀一两张长满细白绒毛的小叶子，叶柄处是仅能辨认形状的小花蕾，而末梢又有了绿豆般大一粒嫩头。有时认着墙上的斑驳痕想，明天未必便爬到那里吧；但出乎意外，明晨竟爬到了斑驳痕之上；好努力的一夜工夫！“生之力”不可得见；在这样小立静观的当儿，却默契了“生之力”了。渐渐地，浑忘意想，复何言说，只呆对着这一墙绿叶。

即使没有花，兴趣未尝短少；何况他日花开，将比往年盛大呢。

君子兰

李国文

> 即使一时半会地不能不朽，时光会洗涤去积淀，终要闪现出熠熠光辉。若是为声名所累，不惜老王卖瓜，自卖自夸，活着想看到自己不朽，那就不免要贻笑大方，让人摇头了。

如今的君子兰，可大不如前了。

十几年前，它开始走俏起来。七八年前，到了鼎盛时期。一盆花高达万元、数万元，是不值得大惊小怪的事情。等到三四年前，我到长春去，潮涨也有潮落时，君子兰的最风光的日子，已经过去了。朋友送给我一棵据说是名贵品种的君子兰，从此我也开始养起这种花。

其实，君子兰极易成活，稍加调理，水肥适度，即可开花结果。

但若是要培养出好的品种，赏花观叶两宜，进而要求叶片宽短，叶脉清晰，植株整齐，花色变异，那就除了需要学问和经验，还要全神贯注，毋躁毋懈，正经当个营生来干才行。为了挣大钱，这种投入也是理所应当的。那时，张辛欣写了篇小说，叫《疯狂的君子兰》，就描写了这种由于价格与价值的超度背离，弄得人们七颠八倒的故事。

哄抬，北京话也叫起哄架秧子，是很能造成一种“轰动效应”的。

契诃夫写过一篇小说，一个人待在马路上，抬着脑袋在那儿看天，第二个人走过来，看他在看，也跟着仰脸，第三，第四，结果半个城市的人，都呆呆傻傻地驻足观看，努力在晴朗的天空里寻找什么，当然实际上是什么也没有的。

于是我想起我们这一行的兴衰起伏，似乎也有差不多际遇。经过十年文化沙漠的枯涸干渴以后，新时期文学出现了一个前所未有的热潮。

每一篇作品的问世，在广大读者中间立刻引起的反响，形容为洛阳纸贵，也许有点夸张，但确实一大批作品，一大批作家是在那个时期涌现出来，并且有了很大的知名度。那时，一份文学刊物，订户达百万，一本小说，初版印数十几万，不算什么稀奇！在今天看来，几乎是天方夜谭了。

但有时候也不禁琢磨，这种盛况的背后，是不是也存在着像君子兰在它最火爆的那阵，所产生的价格和价值的背离呢？是不是会像契诃夫小说里那些瞪眼看天的市民一样，不过是人云亦云，人看我看，人傻我傻地，最后结果只是留下一个空空如也呢？因此，要不清醒地意识到当时读者的饥不择食的哄抢心理，恐怕也会对自己作出错误的估计。另外，那时人们对于文学的渴求，和为了满足这种需要所创作的文学，并不完完全全是属于文学的文学；对不起，包括作者自己在内，也在使文学负担了一部分非文学的使命。

对比今天文学的寂静，往日那种不胫而走的喧闹场面，和七、八年前君子兰的鼎盛状况，大概是相类似的。正如一盆花售价数万元，纯系哄抬物价的结果。同样，有些作品，也是盛名之下，其实难符的。

如果谁有兴趣，到旧书店去，在打对折或者廉价处理的书架上翻一翻，便会找到不少当年名噪一时的作品。这时候，你捧着那些仍旧崭新的旧书，就觉得契诃夫小说里描写过的现象，重又演过一遍。

时光对于作品来说，是挺无情的。

问题在于这些作家并不逛旧书店，还沉湎在昔日的众星捧月的最佳境界之中。虽然那也确是一个光辉的过去，但由此以为自己已经在创作不朽，万世传诵，那就有欠清醒了。“啊！史诗啊！史诗！”这种话，别人说说是可以的，而且是在当时那样情况之下说说的。犹如三年灾荒饿得前胸贴后背后，吃一块高价点心，那种如登天堂的快乐，并不说明糕点好得不得了一样。物以稀为贵，一头小毛驴运到贵州，把当地的老虎都吓了一跳。如果不实事求是，自己也在“啊！史诗啊！史诗！”地赞叹，还封自己为“里程碑”，还要成立研究自己的学会，接着萝卜快了不洗泥地写下去，那就不足为训了。君子兰是曾经卖到两三万元，甚至还要多的高价，并不等于它真值那么多钱。现在花上三、五十元，便可抱回去一盆，也许这价格才真正体现实际价值。

曹雪芹在北京西郊喝粥就咸菜，写他的《红楼梦》时，绝想不到后世竟有“红学”这一说的。莎士比亚临终写他的遗嘱时，连把一张次好的床留给他的妻子这个具体而微的细节，都未漏掉。可是对他写下的那么多作品，却只字未提，看来他并不当回事。显然他也没料到将来会有“莎学”，会有靠他吃饭谋生的一大批学者专家。所以，若是的的确确的不朽，不吭声，也会不朽。即使一时半会地不能不朽，时光会洗涤去积淀，终要闪现出熠熠光辉。若是为声名所累，不惜老王卖瓜，自卖自夸，活着想看到自己不朽，那就不免要贻笑大方，让人摇头了。

因此，文学的这种“君子兰效应”，一时间的行情看好，是千万当真不得的。

如今，我那盆君子兰也开花了。过去走俏时花怎么鲜艳，眼下变得平常时，花也仍旧那么鲜艳。外界的是非褒贬，与它了然无干，或许，这也可算是为人为文之道吧？

一九九二年九月二十九日

竹

黄苗子

在传统的文人诗画中，梅兰菊竹被称为四君子，松竹梅被称为岁寒三友，自古以来，都把竹比做高风亮节的品质。

文人爱竹，不厌其烦地写出歌颂的诗文书画故事，王羲之的儿子徽之性爱竹，住到哪里，便在哪里种竹，说：“何可一日无此君。”听说人家有好竹园，便贸贸然跑进去欣赏，从人说，先得给园主打个招呼，徽之说：“看竹何须问主人。”晋代名士，往往脱略不羁如此。唐朝已经有画竹的专家，王维曾在陕西凤翔寺中画竹，后来宋朝游师雄把它刻在石上传世。白居易有题画墨竹诗。杜甫也有许多关于竹的诗。“新松恨不高千尺，恶竹应须斩万竿”等句，人所皆知。苏东坡的好友文同（与可）是很有名的画竹专家。东坡诗：“寄语窗前抱节君，与君相伴合相亲。写真虽是文夫子，我赤东堂作记人。”郑板桥画竹，同时题了许多竹诗。我最喜欢他在花县当县太爷时写的一首：“衙斋卧听萧萧竹，疑是民间疾苦声。些少吾侪州县吏，一枝一叶总关情。”板桥出入孔孟老庄，倒是个真性情人。他因赈灾救百姓结果被罢官归里，以书画为生。清代有个叫竹月的年青和尚，颇工书画。被人告到衙门，说他私通民女。县太爷是个才子，说你叫竹月，我现用竹字为题，做一首《望江南》词，你用月字再续一首。县官那首是：“江南竹，巧匠作为筒，付与法师藏法体，碧波深处伴蛟龙，方知色是空。”竹月忙续道：“江南月，如镜复如钩。如镜不鉴红粉面，如钩不上画帘头，空自付东流。”以表示其蒙冤，县太爷便把竹月放了。可是曾见过一首诗，是诗人题在一位爱自吹自捧的中年画家所画《种竹图》上面的，主人不敢公开挂出，怕被该画家看见认为讽刺他也。诗云：“竹似伪君子，外坚中却空；招摇能炫日，荏弱不禁风。根细工钻穴，腰柔惯鞠躬。此君名气大，糊做纸灯笼。”末句因为纸灯笼这个庞然大物，是先用竹织，后用纸糊的空心老倌。

盆　景

黄苗子

> 忆在重庆一画家家，看到一盆盆景，选枯树根配以化石，遍长绿苔，其名贵不下于东坡《枯木竹石图》也。

周瘦鹃先生，二三十年代活跃于上海文坛，被目为鸳鸯蝴蝶派的文人。1950年后，蛰居苏州，以种盆景自娱，他种的兰花、荆条、蒲草、杜鹃、黄山松等，配以小石，清雅妙逸，迥非凡品。五六十年代，周氏盆景的声誉鹊起，凡到苏州游览的人，都希望一访周家盆景。瘦鹃也出版过一本养花小记，文笔清雅可读，当时贤达名流至苏参观者，都有留题，朱德、周恩来都去过周家。“文革”以后，瘦鹃已逝世，吾友龚之方兄，记得有文章介绍过他这位同乡晚年的花草生涯。

盆景在中国，很早就是一种普及于各阶层的文娱观赏之物。60年代发现的唐章怀太子或懿德太子墓壁画上，就绘有一位宫女手捧花石盆景的情节，说明唐代宫廷，就有盆景的陈设。在元代，盆景叫做“些子景”。盆景和山水画相仿，是根据中国特有的“以小观大”的艺术规律，把自然界的美缩小于尺寸之间，供之几案，是贵族、文人和农夫贩卒都喜欢的文玩。

蓄盆景比种花更难，要选择草木的姿态，并且随时修剪；要好的石头或枯木搭配；要有适当的盆盎。盆景分直干、双干、悬崖（树枝倒挂于盆外）、露根（根株出土面）、叠石（配以石山）等形色。还有在深盆内浮置土石，上栽小树，下蓄游鱼的，总之各出心裁，所以是艺术，和日本的花道分道扬镳。

盆景在国内，因植物、土壤、气候之不同，全国盆景也有许多派别。香港盆景，多来自广州，佳者现在也有值万元以上的。忆在重庆一画家家，看到一盆盆景，选枯树根配以化石，遍长绿苔，其名贵不下于东坡《枯木竹石图》也。

插 花

周瘦鹃

插花不可太多，以三枝或五枝最为得当，并且不可太整齐，应当有高有低，也应当有疏有密。

好花生在树上，只可远赏，而供之案头，便可近玩；于是我们就从树上摘了下来，插在瓶子里，以作案头清供，虽只二三天的时间，也尽够作眼皮儿供养了。插花的瓶子，正如今人所谓丰富多彩，各个不同，质地有瓷、铜、玉、石、砖、陶之分，式样有方、圆、大、小、高、矮之别。这还不过是大纲而已；若论细则，那非写一部专书不可。单以瓷瓶而论，就有什么官窑、哥窑、柴窑、钧窑、郎窑、定窑等等名目，式样之五花八门，更不用说。铜器又有什么觚、尊、罍、觯等等名目，就是依着它们的式样而定名的。其他玉石砖陶用处较少，也可偶尔一用。比较起来，还是用陶质的坛或韩瓶等等插花最为相宜，坛口大，可插多枝或多种的花，如果是三五枝花，那么用小口的韩瓶就得了。安吉名画家吴昌硕先生每画折枝花，喜画陶坛和韩瓶，瞧上去自觉古雅。

插花虽小道，而对于器具却不可随便乱用。明代袁中郎（宏道）的《瓶史》中曾说："养花瓶亦须精良，譬如玉环飞燕，不可置之茅茨；又如嵇阮贺李，不可请之酒食店中。尝见江南人家所藏旧瓶，青翠入骨，砂斑垤起，可谓花之金屋，其次官、哥、象、定等窑，细媚滋润，皆花神之精舍也。"据他的看法，大概插花还是以铜瓶为上，所以有青翠入骨、砂斑垤起之说；而瓷瓶次之，即使是名窑，也不得不屈居其下。但我以为也不可一概而论。譬如粗枝大叶的花，分量较重，插在瓷瓶中易于翻倒，自以铜瓶为妥善。记得前几年苏州怡园开幕时，我举行盆景瓶供个人展览会，曾用一个古铜瓶插一枝悬崖的枇杷花，枝干很粗，主体一枝，另一枝斜下作悬崖形，而叶子十多片，每片好似小儿的手掌般大，倘用瓷瓶或陶瓶来插，定然不胜负担，因此不得不借重铜瓶了。元宵节，我从梅丘的一株铁骨红梅树上，折了一枝粗干下来，也插在一个古铜瓶中，不但觉得举重若轻，而且色彩也很调和，红艳艳的梅花，衬托着黑黝黝的瓶身，自有相得益彰之妙。这一夜供在爱莲堂中，与灯光月色相映，真的赏心悦目，美不可言。

铜瓶蓄水插花，可免严冬冻裂之弊。据说出土的古铜瓶，因年深月久地受了土气，插花更好，花光鲜艳，如在枝头一样，并且开得快而谢得慢，延长了寿命。结果子的花枝，还能在瓶里结出果子来，可是我没有亲见，不敢轻信。瓷瓶插花，自比铜瓶漂亮，但是严冬容易冰碎，未免美中不足；必须特制锡胆，或则利用竹管，更是惠而不费，否则在水中放些硫磺，也可免冻。

插花不可太多，以三枝或五枝最为得当，并且不可太整齐，应当有高有低，也应当有疏有密。瓶口小的，自是容易插好，要是瓶口太大，那么李笠翁《闲情偶寄》中发明“撒”之一物，说是以坚木为之，大小其形，不拘一格，其中或扁或方，或为三角，但须圆形其外，以便合瓶。我以为此法还是太费；不如剪一根树枝，横拴在瓶口以内，或多用一根，作十字形，那么插了花可以稳定，不会动摇了。

《瓶史》全文不过三千多字，分作十二节：一为花目，二为品第，三为器具，四为择水，五为宜称，六为屏俗，七为花祟，八为洗沐，九为使令，十为好事，十一为清赏，十二为监戒。我先后读了两遍，觉得他似乎在卖弄笔墨，切合实际的地方实在不多。譬如洗沐一节，就是在花上喷水，这是很简单的一回事，什么人都干得了的；而他老人家偏偏郑重其事，还指定什么花要什么人去给它洗浴，甚至同是一枝花，偏要给它们分出谁主谁婢，这实在是一种封建思想在作怪，不知道他是用什么看法分出来的？那些被派为婢子的花，如果是有知觉的话，也许要对他提出抗议来吧？

中国古籍中关于插花的，似乎只有《瓶史》一种。其中如品第、器具、择水、宜称、好事诸节，也自有见地。此书传到日本，日本人对于插花向有研究，就当作教科书读；甚至别创一派，名“宏道流”，表示推重之意。中郎品第花枝十分严格，非名花不插；如牡丹必须黄楼子、绿蝴蝶、舞青猊，芍药必须冠群芳、御衣黄、宝妆成，梅花必须重叶绿萼、玉蝶、百叶缃梅。我以为插花不比盆景，选择无妨从宽，一年四季，什么花都可采用，或重其色，或重其香，或则有色有香，当然更好。不过器具却要选择得当，色彩也要互相衬托，对于枝叶的修剪，花朵的安排，必须特别注意。如果插得好，那么即使是闲花凡卉，也一样是足供欣赏的。

插花的器具，不一定单用铜瓷陶等瓶樽，就是安放水石的盘子或失了盖的紫砂旧茶壶等，也大可利用。我曾在一个乾隆白建窑的浅水盘中，放了一只铅质的花插，插上一枝半悬崖的朱砂红梅，旁置灵璧拳石一块，书带草一丛（用以掩蔽花插），自饶画意。又曾在一只陈曼生的旧砂壶中，插一枝黄菊花，花只三朵，姿态自然，再加上一小串猩红的枸杞子，作为陪衬。有一位老画师见了，就说：“这分明是一幅活色生香的徐青藤的画啊！”

天井里的种植

叶圣陶

> 我们乐于亲近植物，趣味并不完全在看花。一条枝条伸出来，一张叶子展开来，你如果耐着性儿看，随时有新的色泽跟姿态勾引你的欢喜。

搬到上海来十多年，一直住的弄堂房子。弄堂房子，内地人也许不明白是什么式样。那是各所一律的：前墙通连，隔墙公用；若干所房子成为一排；前后两排间的通路就叫做“弄堂”；若干条弄堂合起来总称什么里什么坊，表示那是某一个房主的房产。每一所房子开门进去是个小天井。天井，也许又有人不明白是什么。天井就是庭院；弄堂房子的庭院可真浅，只须三四步就跨过了，横里等于一所房子的阔，也不过五六步光景，如果从空中望下来，一定会觉得那个“井”字怪适当的。天井跨进去就是正间。正间背后横生着扶梯，通到楼上的正间以及后面的亭子间。因为房子并不宽，横生的扶梯够不到楼上的正间，碰到墙，拐弯向前去，又是四五级，那才是楼板。到亭子间可不用跨这四五级，所以亭子间比楼正间低。亭子间的下层是灶间；上层是晒台，从楼正间另一旁的扶梯走上去。近年来常常在文人笔下出现的亭子间就是这么局促闷损的居室。然而弄堂房子的结构确乎值得佩服；俗语说，“麻雀虽小，五脏俱全”，弄堂房子就合着这样经济的条件。

住弄堂房子，非但栽不成深林丛树，就是几棵花草也没法种，因为天井里完全铺着水门汀。你要看花草只有种在花盆里。盆里的泥往往是反复地种过了几种东西的，一些养料早被用完，又没处去取肥美的泥土来加入；所以长出叶子来开出花朵来大都瘦小可怜。有些人家嫌自己动手麻烦，又正有余多的钱足以对付小小的奢侈的开支，就与花园约定，每个月送两回或者三回盆景来；这样，家里就长年有及时的花草，过了时的自有花匠带回去，真是毫不费事。然而这等人家的趣味大都在于不缺少照例应有的点缀，自己的生活跟花草的生活却并没有多大干系；只要看花匠带回去的，不是干枯了的叶子，就是折断了的枝干，可见我这话没有冤枉了他们。再有些人家从小菜场买一些折枝截茎的花草，拿回来就插在花瓶里，不像日本人那样讲究什么“花道”，插成“乱柴把”或者“喜鹊窠”都不在乎；直到枯萎了，拔起来向垃圾桶一扔，就此完事。这除了“我家也有一点儿花草”以外，实在很少意味。

我们乐于亲近植物，趣味并不完全在看花。一条枝条伸出来，一张叶子展开来，你如果耐着性儿看，随时有新的色泽跟姿态勾引你的欢喜。到了秋天冬天，吹来几阵西风北风，树叶毫不留恋地掉将下来；这似乎最乏味了。然而你留心看时，就会发见枝条上旧时生着叶柄的处所，有很细小的一粒透露出来，那就是来春新枝条的萌芽。春天的到来是可以预计的，所以你对着没有叶子的枝条也不至于感到寂寞，你有来春看新绿的希望。这固然不值一班珍赏家的一笑，在他们，树一定要搜求佳种，花一定要能够入谱，寻常的种类跟谱外的货色就不屑一看；但是，果真能从花草方面得到真实的享受，做一个非珍赏家的“外行”又有什么关系。然而买一点折枝截茎的花草来插在花瓶里，那是无法得到这种享受的；叫花匠每个月送几回盆景来也不行，因为时间太短促，你不能读遍一种植物的生活史；自己动手弄盆栽当然比较好，可是植物入了盆犹如鸟进了笼，无论如何总显得拘束，滞钝，跟原来不一样。推究到底，只有把植物种在泥地里最好。可是哪来泥地呢？弄堂房子的天井里有的是坚硬的水门汀！

把水门汀去掉；我时时这样想，并且告诉别人。关切我的人就提出了驳议。有两说：又不是自己的房产，给点缀花木犯不着，这是一说；谁知道这所房子住多少日子，何必种了花木让别人看，这是又一说。前者着眼在经济；后者只怕徒劳而得不到报酬。这种见识虽然不能叫我信服，可是究属好意；我对他们都致了谢。然而也并没有立刻动手。直到三年前的冬季，才真个把天井里的水门汀的两边凿去，只留当中一道，作为通路。水门汀下面满是砖砾，烦一个工人用了独轮车替我运出去。他就从不很近的田野里载回来泥土，倒在凿开的地方。来回四五趟，泥土与留着的水门汀平了。于是我买一些植物来种下，计蔷薇两棵，紫藤两棵，红梅一棵，芍药根一个。蔷薇跟紫藤都落了叶，但是生着叶柄的处所，萌芽的小粒已经透出来了；红梅满缀着花蕾，有几个已经展开了一两瓣；芍药根生着嫩红的新芽，像一个个笔尖，尤其可爱。我希望它们发育得壮健些，特地从江湾买来一片豆饼，融化了。分配在各棵的根旁边；又听说芍药更需要肥料，先在安根处所的下边埋了一条猪的大肠。

不到两个月，“一·二八”战役起来了。停战以后，我回去捡残余的东西。天井完全给碎砖断板掩没了。只红梅的几条枝条伸出来，还留着几个干枯的花萼；新叶全不见，大概是没命了。当时心里充满着种种的忿恨，一瞥过后，就不再想到花呀草呀的事。后来回想起来，才觉得这回的种植真是多此一举。既没有点缀人家的房产，也没有让别人看到什么，除了那棵红梅总算看见它半开以外，一点儿效果都没有得到，这才是确切的“犯不着”。然而当初提出驳议的人并不曾想到这一层。

去年秋季，我又搬家了。经朋友指点，来看这所房子，才进里门，我就中了意，因为每所房子的天井都留着泥地，再不用你费事，只一条过路涂的水门汀。搬了进来之后，我就打算种点儿东西。一个卖花的由朋友介绍过来了。我说要一棵垂柳，大约齐楼上的栏杆那么高。他说有，下礼拜早上送来。到了那礼拜天，一家人似乎有一位客人将要到来，都起得很早。但是，报纸送来了，到小菜场去买菜的回来了，垂柳却没有消息。那卖花的“放生”了吧，不免感到失望。忽然，“树来了！树来了！”在弄堂里赛跑的孩子叫将起来。三个人扛着一棵绿叶蓬蓬的树，到门首停下；不待竖直，就认知这是柳树而并不是垂柳。为什么不送一棵垂柳来呢？种活来得难哩，价钱贵得多哩，他们说出好些理由。不垂又有什么关系，具有生意跟韵致是一样的。就叫他们给我种在门侧；正是齐楼上的栏杆那么高。问多少价钱，两块四，我照给了。人家都说太贵，若在乡下，这样一棵柳树值不到两毛钱。我可不这么想。三个人的劳力，从江湾跑了十多里路来到我这里，并且带来一棵绿叶蓬蓬的柳树，还不值这点儿钱吗？就是普通的商品，譬如四毛钱买一双袜子，一块钱买三罐香烟，如果撇开了资本吸收利润这一点来说，付出的代价跟取得的享受总有些抵不过似的，因为每样物品都是最可贵的劳力的化身，而付出的代价怎样来的未必每个人没有问题。

柳树离开了土地一些时，种下去过了三四天，叶子转黄，都软软地倒垂了；但枝条还是绿的。半个月后就是小春天气，接连十几天的暖和，枝条上透出许多嫩芽来；这尤其叫人放心。现在吹过了几阵西风，节令已交小寒，这些嫩芽枯萎了。然而清明时节必将有一树新绿是无疑的。到了夏天，繁密的柳叶正好代替凉棚，遮护这小小的天井：那又合于家庭经济原理了。

柳树以外我又在天井里种了一棵夹竹桃，一棵绿梅，一条紫藤，一丛蔷薇，一个芍药根，以及叫不出名字来的两棵灌木；又有一棵小刺柏，是从前住在这里的人家留下来的。天井小，而我偏贪多；这几种东西长大起来，必然彼此都不舒服。我说笑话，我安排下一个“物竞”的场所，任它们去争取“天择”吧。那棵绿梅花蕾很多，明后天有两三朵开了。

戏梦戏缘

我还是爱看戏，爱看谭富英、梅兰芳后代传人们演的戏，从那些艺术家们的精湛表演中，体味到中国古老民族文化的深厚底蕴，体味到昔日无数个甜酸苦涩的梦。

戏的梦

孙　犁

> 我从事文艺工作，已经有几十年。所谓名誉，所谓出风头，也算够了。这些年，所遭凌辱，正好与它们抵消。

大概是一九七二年春天吧，我“解放”已经很久了，但处境还很困难，心情也十分抑郁。于是决心向领导打一报告，要求回故乡“体验生活，准备写作”。幸蒙允准。一担行囊，回到久别的故乡，寄食在一个堂侄家里。乡亲们庆幸我经过这么大的“运动”，安然生还，亲戚间也携篮提壶来问。最初一些日子，心里得到不少安慰。

这次回老家，实际上是像鲁迅说的，有一种动物，受了伤，并不嚎叫，挣扎着回到林子里，倒下来，慢慢自己去舔那伤口，求得痊愈和平复。

老家并没有什么亲人，只有叔父，也八十多岁了。又因为青年时就远离乡土，村子里四十岁以下的人，对我都视若陌生。

这个小村庄，以林木著称，四周大道两旁，都是钻天杨，已长成材。此外是大片大片柳杆子地，以经营农具和编织为副业。靠近村边，还有一些果木园。

侄子喂着两只山羊，需要青草。烧柴也缺。我每天背上一个柳条大筐，在道旁砍些青草，或是拣些柴棒。有时到滹沱河的大堤上去望望，有时到附近村庄的亲戚家走走。

又听到了那些小鸟叫；又听到了那些秋虫叫；又在柳林里拣到了鸡腿蘑菇；又看到了那些黄色紫色的野花。

一天中午，我从野外回来，侄子告诉我，镇上传来天津电话，要我赶紧回去，电话听不清，说是为了什么剧本的事。

侄子很紧张，他不知大伯又出了什么事。我一听是剧本的事，心里就安定下来，对他说：

“安心吃饭吧，不会有什么变故。剧本，我又没发表过剧本，不会再受批判的。”

“打个电话去问问吗？”侄子问。

“不必了。”我说。

隔了一天，我正送亲戚出来，街上开来一辆吉普车，迎面停住了。车上跳下一个人，是我的组长。他说，来接我回天津，参加创作一个京剧剧本。各地都有“样板戏”了，天津领导也很着急。京剧团原有一个写抗日时期白洋淀的剧本，上不去。因我写过白洋淀，有人推荐了我。

组长在谈话的时候，流露着一种神色，好像是为我庆幸：领导终于想起你来了。老实讲，我没有注意去听这些。剧本上不去找我，我能叫它上去？我能叫它成了样板戏？

但这是命令，按目前形势，它带有半强制的性质。第二天我们就回天津了。

回到机关，当天政工组就通知我，下午市里有首长要来，你不要出门。这一通知，不到半天，向我传达三次。我只好在办公室呆呆坐着。首长没有来。

第二天，工作人员普遍检查身体。内、外科，脑系科，耳鼻喉科，楼上楼下，很费时间。我正在检查内科的时候，组里来人说：市文教组负责同志来了，在办公室等你。我去检查外科，又来说一次，我说还没检查牙。他说快点吧，不能叫负责同志久等。我说，快慢在医生那里，我不能不排队呀。

医生对我的牙齿很夸奖了一番，虽然有一颗已经叫虫子吃断了。医生向旁边几个等着检查的人说：

“你看，这么大的年岁，牙齿还这样整齐，卫生工作一定做得好。

运动期间，受冲击也不太大吧？”

“唔。”我不知道牙齿整齐不整齐，和受冲击大小，有何关联，难道都要打落两颗门牙，才称得上脱胎换骨吗？我正惦着楼上有负责同志，另外，嘴在张着，也说不清楚。

回到办公室，组长已经很着急了。我一看，来人有四五位。其中有一个熟人老王，向一位正在翻阅报纸的年轻人那里呶呶嘴，暗示那就是负责同志。

他们来，也是告诉我参加剧本创作的事。我说，知道了。

过了两天，市里的女文教书记，真的要找我谈话了，只是改了地点，叫我到市委机关去。这当然是隆重大典，我们的主任不放心，亲自陪我去。

在一间不大不小的会议室里，我坐了下来。先进来一位穿军装的，不久女书记进来了。我和她在延安做过邻居，过去很熟，现在地位如此悬殊，我既不便放肆，也不便巴结。她好像也有点矛盾，架子拿得太大，固然不好意思，如果一点架子也不拿，则对于旁观者，起码有失威信。

总之，谈话很简单，希望我帮忙搞搞这个剧本。我说，我没有写过剧本。

“那些样板戏，都看了吗？”她问。

“唔。”我回答。其实，罪该万死，虽然在这些年，样板戏以独霸中夏的势焰，充斥在文、音、美、剧各个方面，但直到目前，我还没有正式看过一出、一次。因为我已经有十几年不到剧场去了，我有一个收音机，也常常不开。这些年，我特别节电。

一天晚上，去看那个剧本的试演。见到几位老熟人，也没有谈什么，就进了剧场。剧场灯光暗淡，有人扶持了我。

这是一本写白洋淀抗日斗争的京剧。过去，我是很爱好京剧的，在北京当小职员时，经常节衣缩食，去听富连成小班。有些年，也很喜欢唱。

今晚的印象是：两个多小时，在舞台上，我既没有能见到白洋淀当年抗日的情景，也没有听到我所熟悉的京戏。

这是“京剧革命”的产物。它追求的，好像不是真实地再现历史，也不是忠实地继承京剧的传统，包括唱腔和音乐。它所追求的，是要和样板戏“形似”，即模仿“样板”。它的表现特点为：追求电影场面，采取电影手法，追求大的、五光十色的、大轰大闹、大哭大叫的群众场面。它变单纯的音乐为交响乐队，瓦釜雷鸣。它的唱腔，高亢而凄厉，冗长而无味，缺乏真正的感情。演员完全变成了政治口号的传声筒，因此，主角完全是被动的，矫揉造作的，是非常吃力，也非常痛苦的。繁重的唱段，连续的武打，使主角声嘶力竭，假如不是青年，她会不终曲而当场晕倒。

戏剧演完，我记不住整个故事的情节，因为它的情节非常支离；也唤不起我有关抗日战争的回忆，因为它所写的抗日战争，完全不是那么回事，甚至可以说是不着边际。整个戏锣鼓喧天，枪炮齐鸣，人出人进，乱乱哄哄。不知其何以开始，也不知其何以告终。

第二天，在中国大戏院休息室，开座谈会，我准备了一个发言提纲。参加会的人很不少，除去原有创作组，主要演员，剧团负责人，还有文化局负责人，文化口军管负责人。天津日报还派去了一位记者。

我坐在那里，斟酌我的发言提纲。忽然，坐在我旁边的文化局负责人，推了我一下。我抬头一看，女书记进来了，全场的人都站了起来，我也跟着站了起来。女书记在我身边坐下，会议开始。

在会上，我谈了对这个戏的印象，说得很缓和，也很真诚。并谈了对修改的意见，详细说明当时冀中区和白洋淀一带，抗日战争的形势，人民斗争的特点，以及敌人对这一地区残酷扫荡的情况。

大概是因为我讲的时间长了一些，别的人没有再讲什么，女书记作了一些指示，就散会了。

后来我才知道，昨天没有人讲话，并不是同意了我的意见。在以后只有创作组人员参加的讨论会上，旧有成员，开始提出了反对意见，并使我感到，这些反对意见，并不纯粹属于创作方面，而是暗示：一、他们为这个剧本，已经付出了很长的时间和很大的精力，如果按照我的主张，他们的剧本就要从根本上推翻。二、不要夺取他们创作样板戏可能得到的功劳。三、我是刚刚受过批判的人物，能算老几。

我从事文艺工作，已经有几十年。所谓名誉，所谓出风头，也算够了。这些年，所遭凌辱，正好与它们抵消。至于把我拉来写唱本，我也认为是修废利旧，并不感到委屈。因此，我对这些富于暗示性的意见，并不感到伤心，也不感到气愤。它使我明白了文艺创作的现状。使我奇怪的是，这个创作组，曾不只一次到白洋淀一带体验生活，进行访问，并从那里弄来一位当年的游击队长，长期参与他们的创作活动。为什么如此无视抗日战争的历史和现实呢？这位游击队长，战斗英雄，为什么也尸位素餐，不把当年的历史情况和自己的亲身经历告诉他们呢？

后来我才明白，一些年轻人，一些“文艺革命”战士，只是一心要“革命”，一心创造样板，已经迷了心窍，是任何意见也听不进去的。

不知为了什么，军管人员在会上支持我的工作，因此，剧本讨论仍在进行。

这就是目前大为风行的集体创作：每天大家坐在一处开会，今天你提一个方案，明天他提一个方案，互相抵消，一事无成。积年累月，写不出什么东西，就不足为怪了。

夏季的时候，我们到白洋淀去。整个剧团也去，演出现在的剧本。

我们先到新安，后到王家寨，这是淀边上一个比较大的村庄。我住在村南头（也许不准确，因为我到了白洋淀，总是转向，过去就发生过方向错误）一间新盖的、随时可以放眼水淀的、非常干净的小房里。

房东是个老实的庄稼人。他的爱人，比他年轻好多，非常精明。他家有几个女儿，都长得秀丽，又都是编席快手，一家人生活很好。但是，大姑娘已经年近三十，还没有订婚，原因是母亲不愿失去她这一双织席赚钱的巧手。大姑娘终日默默不语。她的处境，我想会慢慢影响下面那几个逐年长大的妹妹。母亲固然精明，这个决策，未免残酷了一点。

在这个村庄，我还认识了一位姓魏的干部。他是专门被派来招呼剧团的，在这一带是有名的“瞎架”。起先，我不知道这个词儿，后来才体会到，就是好摊事管事的人。凡是大些的村庄，要见世面，总离不开这种人。因为村子里的猪到处跑，苍蝇到处飞，我很快就拉起痢来，他对我照顾得很周到。

住了一阵子，我们又到了郭里口。这是淀里边的一个村庄，当时在生产上，好像很有点名气，经常有人参观。

在大队部，村干部为我们举行了招待会，主持会的是村支部宣传委员刘双库。这个小伙子，听说在新华书店工作过几年，很有口才，还有些派头。

当介绍到我，我说要向他学习时，他大声说：“我们现在写的白洋淀，都是从你的书上抄来的。”使我大吃一惊。后来一想，他的话恐怕有所指吧。

当天下午，我们坐船去参观了他们的“围堤造田”。现在，白洋淀的水，已经很浅了，湖面越来越小，芦苇的面积，也有很大缩减，荷花淀的规模，也大不如从前了。正是荷花开放的季节，我们的船从荷丛中穿过去。淀里的水，不像过去那样清澈，水草依然在水里浮荡，水禽不多，鱼也很少了。

确是用大堤围起了一片农场。据说，原是同口陈调元家的苇荡。

实际上是苇荡遭到了破坏。粮食的收成，不一定抵得上苇的收成，围堤造田，不过是个新鲜名词。所费劳力很大，肯定是得不偿失的。

随后，又组织了访问。因为剧本是女主角，所以访问了抗日战争时期的几位妇救会员，其中一位名叫曹真。她已经四十多岁了。她的穿着打扮，还是三十年代式：白夏布短衫，长发用一只卡子束拢，搭在背后。抗日时，她是一位十八九岁的姑娘，在芦苇淀中的救护船上，她曾多次用嘴哺养那些伤员。她的相貌，现在看来，也可以说是冀中平原的漂亮人物，当年可想而知。

她在二十岁时，和一个区干部完婚，家里常常掩护抗日人员。就在这年冬季，敌人抓住了她的丈夫，在冰封的白洋淀上，砍去了他的头颅。她，哭喊着跑去，收回丈夫的尸首掩埋了。她还是做抗日工作。

全国胜利以后，她进入中年，才和这村的一个人结了婚。她和我谈过往事，又说：胜利以后，村里的宗派斗争，一直很厉害。前些年，有二十六名老党员被开除党籍，包括她在内。现在，她最关心的，是什么时候才能解决他们的组织问题。她知道，我是无能为力的，她是知道这些年来老干部的处境的。但是，她愿意和我谈谈，因为她知道我曾经是抗日战士，并写过这一带的抗日妇女。

在她面前，我深感惭愧。自从我写过几篇关于白洋淀的文章，各地读者都以为我是白洋淀人，其实不是，我的家离这里还很远。

另外，很多读者，都希望我再写一些那样的小说。读者同志们，我向你们抱歉，我实在写不出那样的小说来了。这是为什么？我自己也说不出。我只能说句良心话，我没有了当年写作那些小说时的感情，我不愿用虚假的感情，去欺骗读者。那样，我就对不起坐在对面的曹真同志。她和她的亲人，在抗日战争时期，是流过真正的血和泪的。

这些年来，我见到和听到的，亲身体验到的，甚至刻骨镂心的，是另一种现实，另一种生活。它与抗日战争时期的现实生活大不一样，甚至相反。抗日战争，是中国共产党领导的一种神圣的战争。人民作出了重大的牺牲。他们的思想、行动升到无比崇高的境界。生活中极其细致的部分，也充满了可歌可泣的高尚情操。

这些年来，林彪等人，这些政治骗子，把我们的党，我们的国家，我们的干部和人民，践踏成了什么样子！他们的所作所为，反映到我脑子里，是虚伪和罪恶。这种东西太多了，它们排挤、压抑，直至销毁我头脑中固有的、真善美的思想和感情。这就像风沙摧毁了花树，粪便污染了河流，鹰枭吞噬了飞鸟。善良的人们，不要再责怪花儿不开、鸟儿不叫吧！它受的伤太重了，它要休养生息，它要重新思考，它要观察气候，它要审视周围。

我重游白洋淀，当然想到了抗日战争。但是这一战争，在我心里好像是很久很久以前的事了。它好像是在前一生经历的，也好像是在昨夜梦中经历的。许多兄弟，在战争中死去了，他们或者要渐渐被人遗忘。另有一部分兄弟，是在前几年含恨死去的，他们临死之前，一定也想到过抗日战争。

世事的变化，常常是出于人们意料之外的。每个时代，有每个时代的血和泪。

坐在我面前的女战士，她的鬓发已经白了，她的脸上，有很深的皱纹，她的心灵之上，有很重的创伤。

假如我把这些感受写成小说，那将是另一种面貌，另一种风格。我不愿意改变我原来的风格，因此，我暂时决定不写小说。

但是现在，我身不由己，我不得不参加这个京剧脚本的讨论。我们回到天津，又讨论了很久，还是没有结果。我想出一个金蝉脱壳之计：自己写一个简单脚本，交上去，声明此外已无能为力。

我对京剧是外行，又从不礼拜甚至从不理睬那企图支配整个民族文化的“样板戏”，剧团当然一字一句也没有采用我的剧本。

戏的续梦

孙　犁

她那一头短发，一身短袄裤，一顶戴在头上的破军帽，一支身上背的木制盒子枪，一举一动，都使旧有的京剧之美、女角之动人，在我的头脑里破灭了。可惜新的京剧之美、英雄之美，并没有在旧的基础上滋生出来。

过去，我写过一篇《戏的梦》，现在写《戏的续梦》。

俗话儿说，“隔行如隔山”；又说，“这行看着那行高”。的确不错。比如说，我是写文章的，却很羡慕演员，认为他们的生活、他们的艺术，神秘无比。对话剧、电影演员，倒没有什么，特别羡慕京剧演员，尤其是女演员。在我童年的时候，乡下的戏班，已经有了坤角儿，她们的演出，确实是引人入迷的。在庙会大戏棚里，当坤角儿一上场，特别是当演《小放牛》这类载歌载舞的戏剧时，那真称得起万头攒动，如醉如狂。从这个印象出发，后来我就特别喜欢看花旦和武旦的戏，女扮男装的戏，比如《辛安驿》呀、《铁弓缘》呀、《虹霓关》呀等等。

三十年代初，我在北京当小职员，每月十八元钱，还要交六元钱的伙食费。但到了北京，如果不看戏，那不是大煞风景吗？因此，我每星期必定看一次京戏。那时北京名角很多，我不常去看，主要是看富连成和中华戏剧学校小科班的“日场戏”，每次花三四角钱，就可以了。

中华戏剧学校演出的地点，是东安市场的吉祥剧场。在这里，我看过无数次的戏，这个科班的“德和金玉”四班学生，我都看过。直到现在，还记得他们的名字。

每次散戏出场，我还恋恋不舍，余音缭绕在我的脑际。看到停放在市场大门一侧的、专为接送戏校演员的、那时还很少见到的、华贵排场的大轿车，对于演员这一行，就尤其感到羡慕不已了。

后来回到老家参加游击队打日本，就再也看不到京戏。庙会没有了，有时开会演些节目，都是外行强登台，文场没有文场，武场没有武场，实在引不起我这看过真正京戏的人的兴趣。

地方上原来也有几个京剧演员，其中也有女演员，凡有些名声的，这时都躲到大城市混饭吃去了。有一年春节，我们驻扎在保定附近一个村庄，听说这村里有一个唱花旦的女演员，从保定回来过节，我们曾想把她动员过来，给我们演几段戏。还没有计议好，人家就听到了风声，连夜逃回保定去了。

一九七二年春天，在一种特殊的情况下，我认识了一位演花旦和能反串小生的青年女演员。说是认识，也没有说过多少话。只是在去白洋淀体验生活时，我和她同坐一辆车。这可能是剧团对我们的优待，因为她是这个剧团的主要演员，我是新被任命的顾问，并被人称做首席顾问。虽然当了顾问，比过去当“牛鬼蛇神”稍微好听了一点，实际处境还是很糟。比如出发的这天早晨，家里有人还对我表示了极端的不尊重，我带着一肚子闷气上了车，我右边座位上就是这位女演员。

我上车来，她几乎没有任何表示，头一直望着窗外。我也没有说话，车就开动了。这是一辆北京牌吉普车，开车的是一位原来演武生，跌伤了腿，改学司机的青年。一路上，车开得很快，我不知道多么快，反正是风驰电掣、腾云驾雾一般。我想：不是改行，他满可以成为一名骆连翔式的“勇猛武生”。如果是现在，我一定要求他开慢一点，但在那个年月，我的经验是处处少开口为妙。另外，经过几年的摔打，什么危险，我也有些不在乎了。

路经保定，车辆到齐，要吃午饭，我提出开到一个好些的饭店门口，我请客。我觉得这是责无旁贷的事，却也没有人对我表示感谢。其实好些的饭店，也不过是卖炒饼，而饼又烙得厚，切得块大，炒得没滋味。饭后每人又喝了一碗所谓木樨汤。

然后又上路。到了安新县，天还早，在招待所休息一下，我们编剧组又一同绕着城墙，散步一番。我不记得当时这位女演员说过什么话。她穿得很普通，不上台，谁也看不出她是个演员来，这也是“文化革命”的结果。

听说，她刚刚休完产假。把孩子放在家里，有些不放心吧。她担任的那个主角，又不好演，唱段、武打很多，很是吃力。她虽然是主角，但她在台上，我看不到过去的花旦、武旦的可爱形象。她那一头短发，一身短袄裤，一顶戴在头上的破军帽，一支身上背的木制盒子枪，一举一动，都使旧有的京剧之美、女角之动人，在我的头脑里破灭了。可惜新的京剧之美、英雄之美，并没有在旧的基础上滋生出来。

在那些时候，我惊魂不定，终日迷迷惘惘，什么也不愿去多想，沉默寡言、应付着过日子。周围的人，安分守己的人，也都是这样过日子。不久，我得了痢疾，她和另外两位女演员，到我的住处看望我，这可能是奉领导之命，还提出要为我洗衣服，我当然不肯，向她们表示了谢意。

我们常常到外村体验生活，都是坐船去。有一次回来时天晚了，烟雾笼罩着水淀，我和这位演员坐在船头上，我穿着单衣，身上有些冷，从书包里取出一件棉背心，套在外面，然后又没精打采地蜷缩在那里。可能是这种奇怪的穿衣法，引起了她的兴致；也可能是想给她身边这位可怜的顾问增添点乐趣，提提精神，驱除寒冷，她忽然用京剧小生的腔调，笑了几声，使整个水淀都震荡，惊起几只水鸟，我才真正地欣赏了她的京剧才能，并感到了她对我的真诚的好意。

那些年月，对于得意或失意的人，成功或失败的人，造反或打倒的人，生者或死者，都算过去了，过去很久了。我也更衰老了，但心里保留了一幅那个年月人与人的关系的图表。因此，这些情景，还记得很清楚。

我十二岁的时候，父亲给我买了一本《京剧大观》，使我对京剧有了一些知识。在我流浪时，从军时，一个人苦闷或悲愤，徘徊或跋涉时，我都喊过几句京戏。在延安窑洞里，我曾请一位经过名师传授的同志去教我唱，因此对她产生了爱慕之情，并终于形成了痛苦的结果。在农村工作时，我常请一些民间乐手为我操琴，其实我唱得并不好。后来终于有机会和这个剧团的内行专家们，共同生活了几个月，虽然时候赶得不好，但也平平安安，相安无事。

今年春天，忽然有一位唱花脸的同志来看我，谈起了这段往事。我送给他一本书，随后又拿了一本，请他送给那位女演员。

戏　缘

叶广芩

父亲的琴拉得很认真，托、随、领、带一丝不苟，并不因了我的稚嫩而稍有疏忽，我便也唱得极努力，信心不为兄长们的讽刺与挖苦所动，父亲说过，学戏与做人事理相通，凡事都得尽力，都得用心，不能投机取巧。

我爱戏，爱得如醉如痴。

这种爱好，从很小的时候就开始了。

我父亲有本叫《梦华琐簿》的书，闲时他常给我们讲那里面的事情，多是清末北京梨园行中的轶事，很有意思。我大约就是从这本书，从父亲那颇带表演意味的讲述中认识了京剧，迷上了京剧，同时，将那本书看作神奇得不得了的天下第一书。“文革”破四旧时，这本发黄的线书又被翻腾出来，我才知该书出自蕊珠旧史之手，知道“旧史”便是清末杨懋建氏。翻览全书，发现并无多少深刻内容，盖属笔记文学之类，文字也嫌粗糙肤浅，我遂明白，当初对它的崇拜，很多原因是因了父亲的缘故。

我的父亲在美院从事陶瓷美术的教学与研究，艺术造诣甚深。不唯画儿画得好，而且戏也唱得好，京胡也拉得好。我们家是个大家庭，几重的四合院幽深幽深，晚饭后，父亲常坐在石榴树前拉胡琴自娱。那琴声脆亮流畅，美妙动听，达到一种至臻至妙的境界。几位兄长亦各充角色，生旦净末丑霎时凑全，家庭自乐班就此开场，热热闹闹一直唱到月上中天。我在其中充任裹乱的角色，所以不太受欢迎，往往开戏不久，就被母亲哄进屋去“睡觉”，声称晚上院里有狐仙，且以白胡子老头的形象出现，专跟小孩子过不去。躺在床上，听着外面悠扬的乐曲，我的心一阵阵发痒，以致怀疑父亲是为狐仙之化身，因了他的白胡子，因了他与兄长们的亲热——这不是跟我过不去么。

日常我最企盼的莫过于回姥姥家。姥姥家在北京朝阳门外坛口，那里有个剧场，经常轮换演出一些应时小戏。我常常跑到剧场后面，隔着门缝看一名叫李玉茹的演员化装。现在看来，李玉茹不过是京郊戏班的一个普通旦角，但当时在我眼中却是辉煌至极，伟大至极的人物。开演前半个小时，李玉茹来到后台，从画脸贴片子到上头面穿戏衣，我都看得特别仔细，想象那些东西装扮到自己身上也一定不会逊色，于是就有些莫名的嫉妒。后台门缝的宽度容不下一只眼，所以看李玉茹如同看今日之遮幅银幕，不过那银幕是竖着的，恰如徐悲鸿画的那幅“吹箫”写生画，细长的一条，大部分被黑遮盖着，给人留下了无穷无尽的遐想。一天奇热，后台的门大大地敞开了，整个后台连同李玉茹便一览无遗地暴露在我面前，我终于看到了一个全面、完整的李玉茹。那天她演的是《穆柯寨》里的穆桂英，一身锦靠扎得匀称利洒，一对雉尾在头顶悠悠地颤，威风极了。李玉茹看了我一眼，使我至今记忆犹新，难以忘怀。看过我之后，她走到水池边朗朗吟道：“巾帼英雄女丈夫，胜似男儿盖世无；足下斜踏葵花镫，战马冲开摆阵图。”对李玉茹来说，这或许是上场前的情绪酝酿，或许是一般的发声练习，但我则认为她这一举止是专门为了我的，是专做给我一个人看的，我连着在门缝里向她张望了这许多时日，她自然是知道的。总之，为了她吟的那两句诗，我丢魂落魄般，整整激动了一天。后来我问父亲，全中国，戏唱得最好的是不是首推李玉茹。父亲说他不知道李玉茹，他只知道马连良、裘盛戎、叶盛兰、谭富英……这都是当今名角，他们合演的《群英会》是名副其实的“群英会”，集中国京剧艺术之大成，称得上千古绝唱。我问父亲喜欢谁，他说谭富英唱腔酣畅痛快，他喜欢谭富英。我说那我就当谭富英，何况这人的名字跟李玉茹一样的好听。父亲就教我唱谭富英的《捉放曹》，大意说三国时曹操刺杀董卓未遂，被下令捕拿，曹操行至中牟县被捕获。中牟县令陈宫私自将曹释放并与曹同逃。途中过吕伯奢家，承吕热情款待，曹却疑心吕要害他，杀死吕之全家，陈宫怨曹操心狠不仁，乘夜丢下曹操自己走去。父亲教的是陈宫见曹操杀死吕家数口后的大段唱词“听他言吓得我心惊胆怕，背转身自埋怨我自己作差”。我唱不好，用父亲的话说是生吞活剥走过场，又说这两句西皮慢三眼并不是谁都能把谭老板那“云遮月”的韵味儿唱出来的，叶家门里除了老四，谁都不行。父亲说的老四是指我的四哥，四哥整大我二十四岁，我们都是属耗子的，性情上就有些贴近，他在故宫博物院工作，长得帅气，人也清高，三十多了，还没对象。老人们常为此事操心，我想，恐怕只有李玉茹那样的漂亮姐儿才配得上他。有一回他业余演出《四郎探母》，将演出剧照拿回家来让大伙看，母亲和大伯母举着照片细细地瞧，不是瞧四哥，是瞧他旁边坐着的铁镜公主，看“公主”跟“四郎”是否相配。两个老太太将“公主”姓字名谁家住何方兄弟几人父母作甚问了个遍，听说“公主”尚待字闺中又穷追不舍，问是否有可能真嫁四郎成为叶家媳妇。四哥说那女的个儿太矮，穿着花盆底鞋还不及他的肩膀，母亲说个儿高了不好，女孩儿家大洋马似的看着不舒坦。四哥说那女的才十八，母亲不再吭声了。是啊，岁数太悬殊了过不到一块儿去怎么办？我为四哥感到遗憾，安慰他说我将来一定长得很高，陪他去唱铁镜公主一定很般配，他对母亲说，丫丫这模样演刘媒婆不用化装。我不知刘媒婆为何许人，想必与父亲喜欢的谭富英，与我喜欢的李玉茹一样，是个娇美俊俏的花花娘子。

每日跟父亲学唱“听他言”，并自报家门系谭派正宗。逢到我唱兄长们便撇嘴起哄，说刘媒婆的“痰”派的确唱得无与伦比，一遍跟一遍毫不相同，比天桥的绝活还绝。父亲的琴拉得很认真，托、随、领、带一丝不苟，并不因了我的稚嫩而稍有疏忽，我便也唱得极努力，信心不为兄长们的讽刺与挖苦所动，父亲说过，学戏与做人事理相通，凡事都得尽力，都得用心，不能投机取巧。

有一日随父母去吉祥剧院看戏，听说里面有谭富英，有刘媒婆，所以一整天都在盼着，不敢淘气，怕父母生气变卦而换了别的孩子。吉祥剧院在东安市场，老式的，我个子小，坐在椅子扶手上，垫着父亲的大衣，高出别人一头，就看得极清楚。台上有花花绿绿的男女在转来转去，我果断地推定那个穿粉衣的喂鸡小姑娘为刘媒婆，父亲说小姑娘是《拾玉镯》里的孙玉娇，刘媒婆是那个脸上有黑痣穿肥短衫的。肥短衫是个又丑又老的婆儿，扯着公鸭嗓，挤眉弄眼很不中看。我很生气，敢情憧憬了许久的刘媒婆竟是这般嘴脸，当下我眼里便含了泪。第二折是《捉放曹》，一个戴黑胡子的男人出场，唱出我熟悉的“听他言吓得我心惊胆怕”，我才知道这就是父亲喜欢的谭富英，数日来我效仿的竟不是什么美娘子而是这么个半大老头子，窝窝囊囊地追着个大白脸，该睡觉的时候不睡觉，一个人站那里傻唱……想象与现实的错位对我是个沉重的打击，一种失望的悲哀终于使我失却了看下去的愿望，我将身子缩进座位，盖着大衣，在“背转身自埋怨我自己作差”的慢板中昏昏睡去……按说我的“戏剧生涯”到此该画个句号打住，孰料，一个出乎意外的转机将我对京剧的热爱推向了更新的高度。还是那天晚上，一阵紧锣密鼓将我催醒，直起身见台上一着白甲英俊男子正平地跃起，横身悬空又旋转落地，游龙似的洒脱，比穆桂英更有吸引力。我马上问这是谁。父亲说那是《长坂坡》里的赵云，独闯重围，单骑救主，是个了不得的英雄。我说我就当赵云了，再不更改。父亲说你怎么能当赵云？武生可是不好演的呢。看戏回来问遍兄长，果然无一人会演赵云，都说没那功夫。我很瞧不起他们，决定自己练，遂脱了小褂，掂来根扎枪，嘴里给自己打着家伙点儿，围着院里的金鱼缸跑开了圆场。不知是谁按下了快门，至今给这个家庭留下了一张小丫头光着膀子耍扎枪的照片。二十多年后，我领着还未成亲的爱人进门，便有好事者将此照片拿给他看，倒把他弄得很不好意思。

八九岁时，中国戏曲学校招生，我决计去报名。那时父亲已去世，便与母亲商量，她不答应，一气之下我在墙上拿大顶抗议，声称不答应就决不下来。母亲不睬我，也不让大家睬我，人们从我身边过来过去，任我头朝下用胳膊支撑着身体，竟没有一个肯为我说句话的。我下不来台，开始寻事，喊着七哥的小名开骂。七哥过来，揪着我的两腿把我摔在砖地上，使我一颗门牙脱落，我嚎啕不止，扯住老七让赔牙。母亲说我们不懂事，她一个寡妇拉扯我们已经很不容易，我们却还要这样让她为难，说着掉下了眼泪，七哥在母亲的泪中认了错，我也在母亲的泪水中绝了唱戏的念头。

这一念之差是否使中国京剧界失了一个角儿，我不知道。“文革”时都唱样板戏，我也进了文艺宣传队，人们赞赏我这一口脆亮京白，就让我演阿庆嫂。有小时的戏曲功底，演阿庆嫂也没费多大力气，那大段的二黄慢板“风声紧雨意浓天低云暗”唱下来也很自如，自我感觉颇为不错。给兄长们写信，告知演阿庆嫂的事，以期得到祝贺，然而却如同当年在墙上拿大顶一样，没得到一个人的反响。演出在即，队长找我谈话，说让我演沙奶奶，将阿庆嫂角色交一王姓女子担任。王系广西人，说话带有明显的嘶嘶腔，而且台形也略显粗短，与阿庆嫂形象相差甚远。我谈了自己看法，队长似无商量余地，我则只好由青衣改唱老旦。临上戏前，队长又让我改演革命群众，即初场迎接伤病员，末场迎接新四军……后来，我得知这一串的更改是因了我的家庭出身和社会关系时，我便离开了宣传队，自此再不唱戏，连口也懒得张了，紧接着是一场大病，嗓音被彻底摧毁，由此唱戏的一颗心终究是冷了。

转眼年已不惑，一切也都看得开了。现今五彩缤纷的舞台和电视屏幕较几十年前丰富多了。我的女儿当然再不会出现当年刘媒婆、谭富英一类的错位，这个追星族所追的星星也已不是她母亲当年推崇的穆桂英与赵云，而变作郭富城、张学友之类。其热烈程度较我有过之无不及。我还是爱看戏，爱看谭富英、梅兰芳后代传人们演的戏，从那些艺术家们的精湛表演中，体味到中国古老民族文化的深厚底蕴，体味到昔日无数个甜酸苦涩的梦。

前不久，有人说我长得与某历史人物相像，就有人想邀我去演电视剧。照例写信给诸兄长，征求意见，哥哥们的回信如出一辙，均持反对态度。我亦就此罢休。

我的家庭使我认识了戏，爱上了戏，却又阻碍了我与它的亲近，有时把我推入很尴尬的境地。遂得出结论：此生与戏无缘。

每日“堂会”

刘绍棠

> 谭富英是谭鑫培的孙子、余叔岩的弟子；余叔岩又是谭鑫培的高徒。聆听谭鑫培、余叔岩和谭富英三代的唱段，每一遍都能进一步理解何谓师承、变化和发展。

我的行走能力虽然有所恢复，还不是举步维艰，寸步难行，但仍行动慢如蜗爬，又不会左旋右转，进退自如，很难亦步亦趋随大流，今生也就不想进出戏园子了。

不能进出戏园子，我并不觉得有多大缺憾。我是个老派（京）戏迷，以听为主，看不看两可。我有盒带和收录机，还有半导体和电视机，每天都能在家里办“堂会”，且能随心所欲，自己由性儿安排。比如，我常听梅、程、荀、尚四大名旦和张君秋的唱段。听四大名旦唱段的同时，我又不能不佩服当年的观众，多么公正，多么懂行，多么有眼力！二十年代选出的四大名旦，到如今的九十年代看来，仍然不差分毫，准确无误，经住了似水流年的时间检验。张君秋是四小名旦之一，四大名旦的晚辈。他的音质、音色和扮相，无与伦比。张君秋的唱腔艺术，师法梅、尚，兼学程、荀，集大成于一身。我听张君秋的《春秋配》，就听出了程腔；听《望江亭》的四平调，自然想到了荀慧生。四大名旦中尚派的影响已经大为减弱，但是张君秋继承、发展、变革了尚派，在现今旦行中，竟可与梅、程两大家的影响鼎足而三。不过，张君秋也深知自身的突出弱点。一位戏曲文学作家写文，转述张君秋对他的弟子们说：你们就学我的唱，别学我的身上。张门弟子应该谨遵师教。如果未有幼功，一定要努力从梅、程两派的身上取长补短。

我的每日“堂会”，还常听前四大须生余（叔岩）、言（菊朋）、高（庆奎）、马（连良）和后四大须生马（连良）、谭（富英）、杨（宝森）、奚（啸伯），以及李少春的唱段。听这八位名家的唱段有如读唐宋八大家韩（愈）、柳（宗元）、欧阳（修）、苏（洵、轼、辙）、王（安石）、曾（巩）的散文。余叔岩是唐魁（韩愈）宋首（欧阳修）；言菊朋是文章精妙的柳宗元；马连良是王安石变法。其他的人难以一一对号。听奚啸伯我想的却是（孟）郊寒（贾）岛瘦。听杨宝森的《文昭关》而读太史公的《报任安书》，听李少春的《野猪林》而读《李陵答苏武书》，别有一番滋味。我最爱听谭富英的《奇冤报》，那是一首悲凄动人的哀歌，歌唱多，表演少，最能充分展现谭富英的特长和优势。我认为，《奇冤报》应该恢复原名《乌盆记》，可算一出古典魔幻荒诞的“北京歌剧”。跟《李慧娘》(《红梅阁》) 一样，也是“有鬼无害”的艺术佳品。谭富英是谭鑫培的孙子、余叔岩的弟子；余叔岩又是谭鑫培的高徒。聆听谭鑫培、余叔岩和谭富英三代的唱段，每一遍都能进一步理解何谓师承、变化和发展。老戏评家说余叔岩是七分师承三分自创。我至今尚未听出这“三七开”，也听不出谭富英的演唱中有多少“余味”。余叔岩的另一名弟子李少春，也是自家路数为主。倒是并未拜过余叔岩的杨宝森根据自身条件创造性地学余，变化发展而形成杨派。在后四大须生中，杨派影响仅次于马派。严格地讲，大陆号称余派的京剧老生，细听之下主调都是“杨腔”。我偶尔听到台湾余派老生的唱片，余味纯正得多。我主观臆测，这是不是得自解放前夕移居香港的孟小冬的艺术影响？孟小冬学余叔岩，一如新艳秋之学程砚秋，一板一眼都不敢有分毫之差。把余叔岩的唱片，与孟小冬的唱片对照来听，常使我回忆一九五六年孟小冬从香港来京观光，在北京饭店宴会厅的文艺界聚会上，我曾“远视”了几眼。这位杜月笙大亨的遗孀，并不珠光宝气。我生也晚，没有眼福看她和梅兰芳乾坤颠倒、阴差阳错的《四郎探母》；不知可有唱片留存，让我一饱耳福也好。

听言菊朋，我还要听李家载，听高庆奎，当然必须听李和曾。听马连良，我只听我的乡亲梁益鸣；梁益鸣学马下功夫最苦、最深，唱得最像，韵味儿也正，只是嗓子窄一点儿，涩一点儿。听谭富英，不听谭元寿又听谁？听杨宝森，我对叶蓬的《文昭关》最感兴趣。杨宝森和叶盛兰是知音好友，对叶盛兰的长子叶蓬必定有所真传。听奚啸伯，只有听票友欧阳中石了。欧阳中石跟我都是北京大学中文系出身，他又在我的家乡通县教书多年。所以，对欧阳中石的唱我听得仔细。有一回，电视转播他《白帝城》，荧屏上却写的是陶渊明的《桃花源记》。我怀疑，可能是舞台监督刚听完侯宝林的《关公战秦琼》，便急用先学，立竿见影，给欧阳中石配置了这个道具，把《白帝城》荒诞了一下子。

李鸣盛唱得好，我很爱听。但是，我听他的《李陵碑》，必须搭配张君秋的《春秋配》才有更加浓厚的兴味。这是因为，当年我头一回听他，他正给张君秋挎刀。把两个人的唱搭配在一起听，我好像又找回了自己的“当年”。

我这个人爱发思古之幽情，有时听唱便意在戏外。比如，我听刘秀荣和张春孝，完全是出于念旧。四十五年前，国民党二〇八师四维戏校的孩子演员，曾到通州大众文化教育馆中山堂演出多场。我当时正在通州城内念高小，“穆桂英出马阵阵到”哪怕逃学都每场必看。刘秀荣和张春孝都是四维戏校的学员，那时可能也到通州演出。但是，我把他俩视为四维戏校的代表人物，听他俩的唱便想起四维戏校，也想起我的“恰同学少年”。

五十年代，我的京剧欣赏，耳目专注于叶盛兰和杜近芳。当时有一位以狂放闻名的青年诗人，迷醉的是刘秀荣和张春孝。他自称跟我是“异曲同工”、“殊途同归”，鉴赏水平不比我低。他把自己刚出版的长诗赠送刘秀荣，还以激情的诗句赞美刘秀荣是“我们的乌兰诺娃”。我认为他比喻不伦，他便强迫我陪他看刘秀荣的《白蛇传》，喋喋不休地给我解说，品头评足没有一句内行话。后来，此人的京剧热急聚降温，又如醉如痴地另有所好，现在更是对京剧不屑一顾了。

刘秀荣是王（瑶卿）派传人，全能型旦角演员，功夫和嗓子都与关肃霜不相上下。关肃霜猝然逝世，死于不该死的年龄。但愿健在者自个儿多疼自个儿，珍重呀珍重！

上一回我写的，《我也程门立雪》，海外一家杂志托人跟我打招呼，要求转载；同时希望我补充几句，说一说侯玉兰。

“布衣坤伶”侯玉兰，“破格”与李少春结婚便告别舞台，甘当家妇。解放前，我曾在东单麻线胡同侯玉兰的干妈倪太太家住过。侯玉兰常带着孩子到干妈家玩上一天，住上两日。她为人随和，但无论如何恳求敦促，都绝口不唱。所以，我对侯玉兰的程腔造诣，毫无所知。

收藏家可有侯玉兰的唱片？如能找得到（不是合作戏），恳请电台播放一下。

电台的京剧节目还应多讲一点儿学问。例如，为了对比老生“一轮明月照窗前”的各派演唱艺术，就播放了马连良的《清官册》、谭富英的《捉放曹》、杨宝森的《文昭关》各一折，很高级。

艺术欣赏，也要取法乎上；不能桌子底下放风筝，出手就不高。

一九九二年十一月于蝈笼斋

自怡自乐

忙里偷闲的滋味虽好，但是人人可以领略，惟有在长闲中要去尝到闲的滋味，可就难了。如果没有变化多端的特殊的环境，或中外古今的瑰奇的宝物，来作调剂，斗室枯坐，一定会使你闷的慌，闲的要死。

打弹子

朱　湘

这些红的、白的弹子在绿呢上无声的滑走，很像一间宽敞的厅里绿毡毹上面舞蹈着的轻盈的美女。她披着鹅毛一样白的衣裳，衣裳上面绣的是金线的牡丹，柔软的细腰上系着一条满缀宝石的红带……

打弹子最好是在晚上。一间明亮的大房子，还没有进去的时候，已经听到弹子相碰的清脆声音。进房之后，看见许多张紫木的长台平列排着，鲜红的与粉白的弹子在绿色的呢毯上滑走。整个台子在雪亮的灯光下照得无微不见，连台子四围上边嵌镶的菱形螺钿都清晰的显出。许多的弹竿笔直的竖在墙上。衣钩上面有帽子，围巾，大氅。还有好几架钟，每架下面是一个算盘——听哪，答拉一响，正对着门的那个算盘上面，一下总加了有二十开外的黑珠。计数的伙计一个个站在算盘的旁边。

也有伙计陪着单身的客人打弹子。这样的伙计有两种，一种是陪已经打得很好的熟客打，一种是陪才学的生客打。陪熟客打的，一面低了头运用竿子，一面向客人嘻笑地说："你瞅吧！这竿儿再赶不上你，这碗儿饭就不吃啦!"陪生客打的，看见客人比了大半天，竿子总抽上了有十来趟，归根还是打在第一个弹子的正面就不动了，他看着时候，说不定心里满觉得这位客人有趣，但是脸上绝不露出一丝笑容，只随便的带说一句，"你这球要低竿儿打红奔白就得啦。"

打弹子的人有穿灰色爱国布罩袍的学生，有穿藏青花呢西服的教员，有穿礼服呢马褂淡青哔叽面子羊皮袍的衙门里人。另有一个，身上是浅色花缎的皮袍，左边的袖子掳了起来，露出细泽的灰鼠里子，并且左手的手指上还有一只耀目的金戒指。这想必是富商的儿子罢。这些人里面，有的面呈微笑，正打眼着“眼镜”。有的把竿子放去背后，作出一个优美的姿势来送它。有的这竿已经有了，右掌里握着的竿子从左手手面上顺溜的滑过去，打的人的身子也跟着灵动的扭过，再准备打下一竿。

“您来啦！您来啦！”伙计们在我同子离掀开青布棉花帘子的时候站起身，来把我们的帽子接了过去。“喝茶？龙井，香片？”

弹子摆好了，外面一对白的，里面一对红的。我们用粉块擦了一擦竿子的头，开始游戏了。

这些红的、白的弹子在绿呢上无声的滑走，很像一间宽敞的厅里绿毡毹上面舞蹈着的轻盈的美女。她披着鹅毛一样白的衣裳，衣裳上面绣的是金线的牡丹，柔软的细腰上系着一条满缀宝石的红带，头发扎成一束披在背后，手中握着一对孔雀毛，脚上穿的是一双红色的软鞋。脚尖矫捷的在绿毡毹上轻点着，一刻来了厅的这方，一刻去了厅的那方，一点响声也听不出，只偶尔有衣裳的窸窣，环佩的丁当，好像是替她的舞蹈按着拍子一样。

这些白的、红的弹子在绿呢上活泼的驰行，很像一片草地上有许多盛服的王孙公子围着观看的一双斗鸡。它们头顶上戴的是血一般红的冠。它们弯下身子，拱起颈，颈上的一圈毛都竦了起来，尾巴的翎毛也一片片的张开。它们一刻退到后头，把身体蜷伏起来，一刻又奔上前去，把两扇翅膀张开，向敌人扑啄。四围的人看得呆了，只在得胜的鸡骄扬的叫出的时候，他们才如梦初醒，也跟着同声的欢呼起来。

弹子在台上盘绕，像一群红眼珠的白鸽在蔚蓝的天空上面飘扬。弹子在台上旋转，像一对红眼珠的白鼠在方笼的架子上面翻身。弹子在台上溜行，像一只红眼珠的白兔在碧绿的草原上面飞跑。

还记得是三年前第一次跟了三哥学打弹子，也是在这一家。现在我又来这里打弹子了，三哥却早已离京他往。在这种乱的时世，兄弟们又要各自寻路谋生，离合是最难预说的了；知道还要多少年，才能兄弟聚首，再品一盘弹子呢？

正这样想着的时候，看见一对夫妇，同两个二十左右的女子，带着三个小孩子，一个老妈子，进来了球房：原来是夫妻俩来打弹子的。他们开盘以后，小孩子们一直站在台子旁边看热闹，并且指东问西，嘴说手画，兴头之大，真不下似当局的人。问的没有得到结果的时候，还要牵住母亲的裙子或者抓住她的弹竿唠叨的尽缠：被父亲呵了几句，才暂时静下一刻，但是不到多久，又哄起来了。

事情凑巧：有一次轮到父亲打，他的白球在他自己面前，别的三个都一齐靠在小孩子们站的这面的边上，并且聚拢在一起，正好让他打五分的，那晓得这三个孩子看见这些弹子颜色鲜明得可爱，并且圆溜溜的好玩，都伸出双手踮起脚尖来抢着抓弹子；有一个孩子手掌太小，一时抓不起弹子来，他正在抓着的时候，父亲的弹子已经打过来了，手指上面打中一下，痛得呱呱的大哭起来。老妈子看到，赶紧跑过来把他抱去了茶几旁边，拿许多糖果哄他止哭。那两个孩子看见父亲的神气不对，连忙双手把弹子放回原处，也悄悄的偷回去茶几旁边坐下了。母亲连忙说，“一个孩子已经够嚷的啦。咱们打球吧。”父亲气也不好，不气也不好，狠狠的盯了那两个孩子一跟，盯得他们在椅子上面直扭，他又开始打他的弹子了。

在这个当儿，子离正向我谈着“弹子经”。他说：“打得妙的时候，一竿子可以打上整天。”他看见我的嘴张了一张，连忙接着说下：“他们工夫到家的妙在能把四个球都赶上一个台角里边去，而后轻轻的慢慢的尽碰。”我说：“这未免太不‘武’了！大来大往，运用一些奇兵，才是我们的本色！”子离笑了一笑，不晓得他到底是赞成我的议论呀还是不赞成。其实，我自己遇到了这种机会的时候，也不肯轻易放过，所惜本领不高，只能连个几竿罢了。

我们一面自己打着弹子，一面看那对夫妇打。大概是他们极其客气。两人都不愿占先的缘故，所以结果是算盘上的黑珠有百分之八十都还在右头。我向四围望了一眼，打弹子的都是男人，女子打的只这一个，并且据我过去的一点经验而言，女子上球房我这还是第一次看见。我想了一想，不觉心里奇怪起来："女子打弹子，这是多么美的一件事！毡毹的平滑比得上她们肤容的润泽，弹竿的颀长比得上她们身段的苗条；弹子的红像她们的唇，弹子的白像她们的脸；她们的眼珠有弹丸的流动，她们的耳珠有弹丸的匀圆。网球在女界通行了，连篮球都在女界通行了，为什么打弹子这最美的、最适于女子玩耍的，最能展露出她们身材的曲线美的一种游戏反而被她们忽视了呢?"那晓得我这样替弹子游戏抱着不平的时候，反把自己的事情耽误了，原来我这样心一分，打得越坏，一刻工夫已经被子离赶上去半趟，总共是多我一趟了。

现在已经打了很久了，歇下来看别人打的时候，自家的脑子里面都是充满着角度的纵横的线。我坐在茶几旁边，把我的眼睛所能见到的东西都拿来心里面比量，看要用一个什么角度才能打着。在这些腹阵当中，子离口噙的烟斗都没有逃去厄难。有一次我端起茶杯来的时候曾经这样算过："这茶杯作为我的球，高竿，薄球，一定可以碰茶壶，打到那个人头上的小瓜皮帽子。不然，厚一点，就打对面墙上那架钟。"

钟上的计时针引起了我的注意，现在时间已经不早了。我向子离说，"这个半点打完，我们走吧。"

"三点！一块找！要辅币！手巾！……谢谢您！您走啦！您走啦！"

临走出球房的时候，听到那一对夫妻里面的妻子说，"有啦！打白碰到红啦！"丈夫提出了异议。但是旁观的两个女郎都帮她，"嫂嫂有啦！哥哥别赖！"

磨豆浆

王 蒙

> 那些狼视眈眈，时刻打算着把同行吞到肚里去的朋友，如果多磨几次豆浆喝几次豆浆，说不定也会增加一点人情味，表情变得松弛一些。

在家里，有几件事是我“垄断”的——喂猫、调理煤气灶的风眼和磨豆浆。

现在，先谈一谈磨豆浆。

我喜欢喝豆浆，首先是基于营养学的有关理论，什么蛋白质啦矿物质啦胆固醇比牛奶低得多啦之类。其次是由于传统，我这个年龄的人，长期生活在北京，能想得出什么更好的早餐来吗？后来又加上新潮流。我在澳大利亚就知道，那里的豆浆比等量的牛奶贵多了。在新加坡，我也发现，那里到处都有袋装的豆浆卖。您瞧，东方的神秘主义与西方的实证主义、炎黄传统与现代科技以及带有东方禁欲主义色彩的素食路线与讲求营养的乐生态度不就在豆浆上汇合了吗？大哉豆浆！粥我所欲也，豆浆亦我所欲也，谁说二者不可得兼？一样一样地喝可也。

但是常常苦于找不到好豆浆，豆浆的本源黄豆可比稀粥坚硬多啦！把坚硬的黄豆变成温柔驯顺纯洁无私的豆浆并不是那么容易的事情。早点铺里卖的豆浆清可鉴人，透明度未免令人伤感；有时还有沉渣起伏，有时还有酸味辣味“哈喇”之味。自从我国经济发展生活提高以来，鸟枪换炮，就连最不像样子的早点铺也变成二等餐馆了，大家都向五、四、三星级酒店看齐，鸡鸭鱼肉都不在话下，一心追求乌龟王八蝎子上席，这样，最最不像样子的豆浆也很难找到了。无豆浆便想豆浆，这也是人之常情吧。从五年前我便开始用买自意大利罗马的粉碎机自制豆浆。粉碎效果很好，就是过滤麻烦。为了过滤豆浆，我特意买了箩。后来一位朋友又送了我一面更精致的金属丝编织的箩，上题“碾压成正果，漏渗有精华”，令人忍俊不禁，心想亏他想得出。题字是经过刀刻烟薰涂绿的，不像是这位朋友“别有用心”自撰的。后来我把这面箩送给张洁了。但据说她也没怎么坚持从事豆浆制造事业，她也嫌麻烦。

有了箩仍然磨不干净，滤不干净，每次出浆不多，出渣不少，物未尽其用，精华与糟粕不分，一起扔掉或者沤肥，有点对不起种豆打豆的贫下中农。我也试着把豆渣吃过几次，呛得孩子直咳嗽。

恰在此时，有一位朋友得知了我偏爱豆浆的事。她慷慨地把一台上海出产的矽钢万能食品粉碎机送给了我，其中特别包含了磨豆浆和筛豆渣的设施：粉碎的刀具外面包着一层纱罩，把粉碎与过滤变为一道工序，抓一把浸泡软化过了的黄豆可以加水三次碾磨出浆三次。这样，眼看着泡得饱满鼓涨的黄豆一次又一次地变成充溢着营养的白色乳汁，心中的几乎是类似创世的快乐便油然升起。劳动创造世界，马克思主义的那么多道理似乎是从这里来的——不像是从造反有理那里来的。

当然，洗豆泡豆加水开动停机……这样做很费时间。磨豆浆的噪音也很大。有时为供应全家喝豆浆我要早起一个小时，磨完了煮开也要费不少时间，豆浆很容易出现沸腾的假象，咋咋唬唬一大堆泡沫其实仍然是凉的；而生豆浆喝了是会中毒的，所以需要十分小心地慢慢加热，自始至终密切注视着豆浆的动态，不敢掉以轻心，绝对不能使之失控。整整六十分钟一心沉浸在豆浆制作的兴奋与不安的紧张里，把一切不如磨豆浆有趣有意义不如磨豆浆清楚明白的狗事即那些一心想不让人喝好豆浆的破事全部丢到九霄云外，我觉得很愉快。边喝豆浆边长精神，边喝豆浆边得休息，边喝豆浆边认定如果一旦自己江郎才尽写不成小说了，能磨豆浆也还算有点用，磨不了豆浆光喝也行，就是千万别干专门害写作的同行整写作的同行的事。

那样的人毕竟是极少数。我边喝豆浆边感到了同行之间的友谊的温暖。中国当代文人的特点毕竟是常常相濡以沫，不是一口咬住就不撒嘴。而那些狼视眈眈，时刻打算着把同行吞到肚里去的朋友，如果多磨几次豆浆喝几次豆浆，说不定也会增加一点人情味，表情变得松弛一些。

一九九三年

秋思莼鲈

初国卿

秋风起兮佳景时，吴江水兮鲈鱼肥。
三千里兮家未归，恨难得兮仰天悲。

天高气爽，秋风凉，忽然有了故乡之思，又想起了莼羹鲈脍的典故。

家在辽西红叶村，本不是江浙之人，何来莼鲈之雅兴？但我一向认为饮食为大俗大雅之事，乡思亦然。历史上有那么一个典故，虽然与自己无涉，但与乡思饮食有关，想一下又有何妨呢？本来这雅俗也是相对而言的，理解的或认为是雅，有学识而又追求时尚的嫌其酸，还可追封你一个古董式的旧文人的称号。但如果无此知识，也就雅俗不曾，无所谓了。文章嘛，本来就是写给同调的。

一

说起莼羹鲈脍，实在讲，我对此，是文化品位在先，饮食品位在后的。因为在中国文化史上，这莼羹鲈脍的名气实在是太大了，如果在餐桌上什么也不想，莼羹喝下，鲈脍吞掉，未免太暴殄天物，过于形而下了。

关于"莼羹鲈脍"的典故，在《世说新语》和《晋书》中均有记载。《世说新语·卷中·识见第七》载："张季鹰（张翰），辟齐王东曹掾，在洛，见秋风起，因思吴中菰菜羹、鲈鱼脍，曰：'人生贵得适意尔，何能羁宦数千里以要名爵？'遂命驾便归。俄而齐王败，时人皆谓为见机。"这是说张翰因为思念家乡吴中的"莼羹鲈脍"，就辞官南归了，其实这只是一个“见机”，或者说是借口。

然而事情的始末原本就不是这么简单。

张翰为吴郡吴人（出身地在今江苏省吴江市莘塔），父亲曾为东吴大鸿胪。他出身官宦之家，有清才，善属文，纵任不拘，被齐王司马冏辟为大司马曹掾（执掌政务军务之官）。司马氏统一中国后，大封皇子，重用外戚，将一个进步的局面一下又推向了一个大乱的趋势。张翰明智地看到了形势的发展，激流勇退，从而留下了《晋书》记载的那一段典故，并且还为此作了一首诗《思吴江歌》：

秋风起兮佳景时，吴江水兮鲈鱼肥。
三千里兮家未归，恨难得兮仰天悲。

这首诗充分地反映了他当时的心境，也见出他要思归的原因根本不是想吃家乡的莼鲈脍。

张翰此举，曾招致后人的纷纷议论，有人认为他是一位高士，如《吴郡图经续记》说张翰“见机而作，托意莼鲈，归以毁卒，可谓高行之士”。也有人说张翰未必就是贤者，如孔武仲《蛤蜊》说：“适意四方无不可，若思鲈脍未应贤。”不一而足。我则认为无论如何，张翰见机而离官场，退归家乡，这本身是需要一种勇气和意志的，沧浪之水在前，张翰应该说是一位高士。他回到吴中后，居家事母，饮莼羹，食鲈脍，五十七岁而卒，葬于苏州横山东五里。

张翰无意仕途，秋思莼鲈，留下了一则千古佳话。后人在想起张翰莼羹鲈脍的时候，往往淡化了它的原始意，而多着眼于它的饮食属性，这倒使松江的莼菜鲈鱼更加风光，千年之下，不减秀色。

二

莼是菜中上品，鲈乃鱼中之最，莼羹鲈脍，既是餐中美味，又有悠久历史，这可以说是最具文化意蕴的饮食了。

莼，过去也写作“蓴”，是一种多年生草本植物，多生于江南湖沼、河流等浅水中，属睡莲科。叶片椭圆形，深绿色，浮在水面，有长柄生叶下，茎上和叶背有黏液，花暗红色。嫩叶可食用，做羹味尤美。莼菜在《诗经》中被称之为“茆”，《诗·鲁颂·泮水》曰：“思乐泮水，薄采其茆。”陆机疏曰：“茆与荇菜相似。江南人谓之莼菜，或谓之水葵。”另外它还有露葵、浮菜、马蹄草、缺盆草等名称。

莼菜做羹在历史上有两个著名的典故，除张翰莼羹鲈脍之外，还有一个出自《世说新语·言语》：“陆机诣王武子，武子前置数斛羊酪，指以示陆曰：‘卿江东何以敌此?’陆曰：‘有千里莼羹，但未下盐豉耳!’”王武子是太原晋阳人，他家乡的特产是羊酪，并以此向陆机夸耀：“你们家乡有什么美味可和这羊酪相比?”陆机答以不加盐豉（加了盐豉更好吃了）的千里湖莼羹就胜似它。千里湖在江苏溧阳县东南，陆机的家在松江县，也算是江南故乡。陆机与张翰为同时代人，且同为吴地人，又同以莼羹的典故而闻名。不同的是张翰因思莼鲈而引退，终老故乡；陆机却以莼羹而争胜，最终为司马氏所杀。

大约因了张翰、陆机的缘故，莼菜莼羹在以后的历史上身价倍增，大受世人葆爱。唐人岑参《送许子擢第归江宁拜亲因寄王大昌龄》诗中说：“六月槐花飞，忽思莼菜羹。”杜甫在《赠别贺兰铦》中云：“我恋岷下芋，君思千里莼。”韩翃《送客之江宁》诗说：“从来北地夸羊酪，自有莼羹味可人。”张志和《渔父歌》道：“松江蟹舍主人欢，菰饭莼羹也共餐。”宋代周邦彦《蓦山溪》词又有：“玉箫金管，不共美人游，因个甚，烟雾底。独爱莼羹美。”辛弃疾《六么令》词也说：“谁怜故乡梦，千里莼羹滑。”金代王渥《驿口桥看白莲》诗还说：“百年蓬鬓关心切，千里莼羹与愿违。”莼羹入诗，写得是这股有韵味，可见历史上人们对莼菜的看重。

莼菜春季长芽，吐叶后即可采摘，直到深秋。明代李时珍《本草纲目·莼》中曾有详细的描绘："莼，生南方，湖泽中最易生。种以水浅深为候，水深，则茎肥而叶少；水浅，则茎瘦而叶多。其性逐水而滑，惟吴越人喜食之。叶如荇菜而差圆，形似马蹄。茎紫色，大如筋。柔滑可羹。夏月开黄花，结实青紫色，大如棠梨，中有细子。三、四月嫩茎未叶，细如钗股，黄赤色，名稚莼，又雉尾莼，体软味甜。五月叶稍舒长者，名丝莼。九月萌在泥中，渐粗硬，名瑰莼，或作葵莼。十月、十一月名猪莼，又名龟莼，味苦体涩，不堪食，取汁作羹，犹胜他菜。味甘寒，无毒。治消渴、热痹，厚肠胃，安下焦，逐水，解百药毒并蛊气。"从记述中可知莼菜能从春吃到秋，十月以后称"猪莼"，采回家中还能喂猪。它还是一种保健菜蔬，解百毒，对糖尿病（消渴）患者颇多益处。

至于陆机、张翰所说的"莼羹"该是如何烹制，今天已无从知道。后人吃莼菜，有堆盘的，有做汤的，有杂炖的。还有的受陆机"未下盐豉"的启发，不加盐而淡煮的，宋人杨万里在《咏莼》诗中就曾说："一杯淡煮宜醒酒，千里何须下豉盐。"我曾在上海吃过未加盐的莼菜汤，酒后品尝，滑嫩清新，虽未下盐，却未觉其淡，正应了杨万里的"一杯淡煮宜醒酒"。

从古人的记述看，食莼菜最正宗最具意味的当属与鲈鱼一起。唐人李中有《寄赠致仕沈彬郎中》诗说："莼羹与鲈脍，秋兴最宜长。"陶振《汾湖赋》也有"春水桃花之鳜，秋风莼菜之鲈"的说法。饮莼羹，吃鲈脍，正是古人留给我们的最佳美味组合。

三

鲈脍是用鱼肉制作的一种菜肴。鲈鱼体侧扁，巨口细鳞，背部灰绿色，腹面白色，身体两侧和背鳍有黑斑。这种鱼夏季进入淡水，冬季返回海中。鲈鱼中最有名的为松江鲈鱼，即张翰见秋风起所思的那种鲈鱼。

松江鲈鱼又名“花姑鱼”、“媳妇鱼”、“花花娘子”等，肉质细嫩，味极鲜美。这种鱼体型较小，一般长不过五六寸，重约二两左右。鱼头大而扁平，体呈纺锤形，全身细鳞，呈灰褐色，体侧有黑色斑纹，形状别致，逗人喜爱。对松江鲈鱼的产地，过去一直认为仅产于古时江南的松江府亦即现在上海的松江县，并且还有产于松江城的秀野桥或长桥之下的神秘之说。其实，这是一种误传。松江鲈鱼并不仅仅产于松江府或松江县，而是整个太湖水系及太湖中。它每年要在当年十二月至第二年二月从江入海作生殖回游，即从太湖附近河流中出发，经吴淞江、苏州河、黄浦江，转长江口入海产卵。到清明前后，幼苗成鱼，再从海中随波逐流原路回游至长江口、黄浦江、苏州河、吴淞江以至太湖一带生长发育。张翰家乡在吴江市的莘塔镇，临淀山湖，北有吴淞江，南有黄浦江，河网密布，湖泊成片，正是松江鲈鱼的主产地，秋风起，自然能吟咏出“吴江水兮鲈正肥”的诗句。

松江鲈鱼又名“四鳃鲈”，南朝宋范晔曾在《后汉书·方术传下·左慈》中记述了一个左慈钓鲈鱼的故事：

左慈，字元放，庐江人也，少有神道，尝在司空曹操坐，操从容顾众宾客曰：“今日高会，珍馐略备，所少吴淞江鲈鱼耳。”放于下坐应曰：“此可得也。”因求铜盘贮水，以竿饵钓于盘中，须臾引一鲈鱼出。曹拊掌大笑，会者皆惊。操曰：“一鱼不周坐席，可更得乎?”放乃更饵钩沉之，须臾复引出，皆长三尺，生鲜可爱。

这段故事后来到了罗贯中的《三国演义》第十八回中变得更为神奇：

少刻，庖人进鱼脍。慈曰：“脍必松江鲈鱼者方美。”操曰："千里之隔，安能取之？"

慈曰："此亦何难取！"教把钓竿来，于堂下鱼池中钓之，顷刻钓出数十尾大鲈鱼，放在殿上。操曰："吾池中原有此鱼。"慈曰："大王何相欺邪？天下鲈鱼只两腮，惟淞江鲈鱼有四鳃：此可辨也。"众官视之，果是四鳃。

有了《三国演义》的传播，"四鳃鲈"之美名播扬天下，世人亦往往认为"四鳃鲈"始于《三国演义》。其实不然，南宋同时代的陆游和范成大二人就提出过"四鳃鲈"一说。陆游《记梦》诗道："团脐霜蟹四鳃鲈，樽俎芳鲜十载无。"杨万里在《吴郡志》中也说："鲈鱼，生松江，尤宜脍，洁白松软，又不腥，在诸鱼之上……俗传江鱼四鳃，湖鱼止三鳃。"从这些记载中，人们便相信了四鳃鲈的传说，清代嘉庆《松江府志》引《续韵府》说："天下鲈皆两鳃，惟松江鲈四鳃。"似乎松江鲈四鳃已是不争的事实。其实，松江鲈鱼也只有两鳃，而被宋元以后人认为四鳃的原因是因为此鱼两鳃鳃孔前各有一鳃状凹陷，这两个凹陷处在繁殖季节也呈橙红色，与鳃孔的形状色极为相似，乍看有如真鳃孔，所以每每误认松江鲈鱼独具四鳃。

四

一个误传，却导致了松江鲈鱼具有四鳃的千年美誉，招引了无数人争到松江品尝四鳃鲈。

我第一次吃鲈鱼是在上海，据说为太湖所产，做法为家庭常见的红烧，那时还不知道鲈鱼有许多典故，但吃起来是蛮好的，肉嫩味鲜，那种鲜，绝对是其他鱼所没有的。第二次吃鲈鱼是在苏州一家有名的菜馆里，那天，窗外秋雨淅沥，雨点打到梧桐树上砰然有声。菜馆的女服务员在我们点完菜后同老板用苏州话款款私语，然后老板细细打量我们，可能是奇怪北方汉子何以点出这般地道的苏州菜？我们点的菜中有"鲈鱼汆鸡汤”、“生吃鲈鱼脍”和“莼菜汤”。苏州菜馆，江南本色，正好听梧桐秋雨，想陆机张翰，品莼羹鲈脍，“三美”俱全，可称得上是大俗大雅了。

“鲈鱼脍”，与北方饭店中的生吃鱼片大同小异，只不过它是将鱼肉切成细丝，然后蘸以作料。据说这方法来自唐代，不知真假。但我知道鱼脍在唐代颇为讲究，从物料的选择到刀工的运用以及技法的处理上都有说道。杜甫曾在《阌乡姜七少府设脍戏赠长歌》中描写过，他说：“饔人受鱼鲛人手，洗鱼磨刀鱼眼红。无声细下飞碎雪，有骨已剁觜春葱。”又在《观打鱼歌》中说：“饔子左右挥霜刀，脍飞金盘白雪高。”看上去倒有点像刀削面表演。唐人为了制脍，还有专门的刀具，《酉阳杂俎》上记载说唐玄宗向安禄山赐赠，其中就有这种“脍手刀子”。这家苏州菜馆的鲈鱼脍条缕精细，色泽鲜亮，佐以蒜汁、芥酱等，入口确实鲜美，北方饭店的生吃黑鱼片难以相比。食间，我想起了曾在苏州做过官的白居易，他特别爱吃这种鱼脍，并在诗中多次提到，如在《春末夏初闲游江郭》诗中云：“绿蚁杯香嫩，红丝脍缕肥。”《想东游五十韵》中道：“脍缕鲜仍细，莼丝滑且柔。”还在《和微之诗》中说：“鱼脍芥酱调，水葵盐豉絮。”水葵即莼菜，看来白居易食鲈鱼也是不忘莼菜的。

吃过了鲈鱼脍，端上来的是“鲈鱼汆鸡汤”。这道菜盛在白瓷盆中，整条鱼浸在鸡汤里，只露出鱼嘴和鱼尾。鸡汤上浮着一层金黄色，用匙将汤荡开，只见肚如雪脂的鲈鱼，香气扑鼻而来，鱼鲜鸡香，浓郁淳厚。最让人称奇的是三口过后，只见鱼腹中的内脏还在。服务员见我们面露诧异，马上过来对我们说：松江鲈鱼是不能用刀剖其腹部的，而且内脏不能丢弃，须用竹筷从鱼口插入腹中，取出内脏，洗净后再放回鱼腹中一同烹饪，只有如此处理，才能确保松江鲈鱼的鲜美。听着女服务员那莺歌般吴侬软语的介绍，直感叹这餐饭是大长了见识。不一会儿，连汤带鱼已全部吃光，待莼菜汤端上来时，早已没了胃口，再用匙喝汤，已完全是为了那“莼羹鲈脍”的典故了。于是大家只好细数古人，引经据典，都说吃鲈鱼不可无莼。什么岑参的“鲈脍剩堪忆，莼羹殊可餐”，什么李频的“莫为莼鲈美，天涯滞尔才”。半醒半醉之中，我想起了李白《秋下荆门》中的一句：“此行不为鲈鱼脍，自爱名山入剡中。”因为我们几个人还要到浙东去寻唐诗之路，总不能为了鲈鱼而醉倒在苏州！

因为“鲈鱼汆鸡汤”而没有领略到莼菜的美味，总有些遗憾。又过了几年，有机会去苏州的洞庭东山，寻访碧螺春的故乡。正是暮春时节，茶乡到处飘着果香，黄的枇杷，红的樱桃。饭馆里，家家莼菜，清香可人。那日中午，寻了一处清静的饭馆，两个人吃了三样莼菜，外加一个太湖芙蓉银鱼。三样莼菜是“清汤莼菜”、“汪牙鱼炖莼菜”和“虾仁莼菜羹”。最难得的是汪牙鱼是刚从太湖打上来的，虾仁也是新鲜的太湖白虾所产。鱼虾极鲜，春天的莼菜又极肥嫩，每一叶都外附厚厚的透明胶质，入口润滑，感觉好极了，记忆里那是吃得最饱的一顿饭，饭后连泡好的明前碧螺春茶都不想喝了。

莼羹美味，险些将我醉倒在洞庭东山。

年年秋雨，年年思莼羹鲈脍。我的故乡之思，莼鲈之思就是这样来的。秋风里，恰逢友人去松江，我特嘱其带莼菜一瓶，松江鲈鱼二斤。我知道松江鲈鱼的鳃房中蓄水较多，鲜鱼捞出后放在稻壳中还能存活三四天，即使乘火车从苏州带回，也不会减其鲜美。

然而朋友却空手而回，他说因为环境污染，松江鲈鱼已濒临灭绝，现已成为国家二级保护动物，老兄，闭上你的嘴吧！

我很黯然，美味不再。由此我更怀念苏州，怀念东山，更依然秋思莼鲈，依然记得陆机、张翰。鲈鱼堪脍？我不知该怎样品味。“枕上片时春梦中，行尽江南数千里。”

菜园小记

吴伯箫

> “种瓜得瓜，种豆得豆”，就算种的只是希望，那希望也给人很大的鼓舞。因为那希望是用成实的种子种在水肥充足的土壤里的，人勤地不懒，出一分劳力就一定能有一分收成。

种花好，种菜更好。花种得好，姹紫嫣红，满园芬芳，可以欣赏；菜种得好，嫩绿的茎叶，肥硕的块根，多浆的果实，却可以食用。俗话说：“瓜菜半年粮。”

我想起在延安蓝家坪我们种的菜园来了。

说是菜园，其实是果园。那园里桃树杏树很多，还有海棠。每年春二三月，粉红的桃杏花开罢，不久就开绿叶衬托的艳丽的海棠花，很热闹。果实成熟的时候，杏是水杏，桃是毛桃，海棠是垂垂联珠，又是一番繁盛景象。

果园也是花园。那园里花的种类不少。木本的有蔷薇，木槿，丁香，草本的有凤仙，石竹，夜来香，江西腊，步步高……草花不名贵，但是长得繁茂泼辣。甬路的两边，菜地的周围，园里的角角落落，到处都是。草花里边长得最繁茂最泼辣的是波斯菊，密密丛丛地长满了向阳的山坡。这种花开得稠，有绛紫的，有银白的，一层一层，散发着浓郁的异香；也开得时间长，能装点整个秋天。这一点很像野生的千头菊。这种花称作“菊”，看来是有道理的。

说的菜园，是就园里的隙地开辟的。果树是围屏，草花是篱笆，中间是菜畦，共有三五处，面积大小不等，都是土壤肥沃，阳光充足，最适于种菜的地方。我们经营的那一处，三面是果树，一面是山坡；地形长方，面积约二三分。那是在大种蔬菜的时期我们三个同志在业余时间为集体经营的。收成的蔬菜归集体伙食，自己也有一份比较丰富的享用。

那几年，在延安的同志，大家都在工作，学习，战斗的空隙里种蔬菜。机关，学校，部队里吃的蔬菜差不多都能自给。那个时候没有提出种"十边"，可是见缝插针，很自然地"十边"都种了。窑洞的门前，平房的左右前后，河边，路边，甚至个别山头新开的土地都种了菜。

我们种的那块菜地，在那园里是条件最好的。土肥地整，曾经有人侍弄过，算是熟菜地。地的一半是韭菜畦。韭菜有宿根，不要费太大的劳力（当然要费些工夫)，只要施施肥，培培土，浇浇水，出了九就能发出鲜绿肥嫩的韭芽。最难得的是，菜地西北的石崖下有一个石窠，挖出石窠里的乱石沉泥，石缝里就涔涔地流出泉水。石窠不大，但是积一窠水恰好可以浇完那块菜地。积水用完，一顿饭的工夫又可以蓄满。水满的时候，一清到底，不溢不流，很有点像童话里的宝瓶，水用了还有，用了还有，不用就总是满着。泉水清冽，不浇菜也可以浇果树，或者用来洗头，洗衣服。"沧浪之水清兮，可以濯我缨；沧浪之水浊兮，可以濯我足。"这比沧浪之水还好。同样种菜的别的同志，菜地附近没有水泉，用水要到延河里去挑，不像我们三个，从石窠通菜地掏一条窄窄浅浅的水沟，用柳罐打水，抬抬手就把菜浇了。大家都羡慕我们。我们也觉得沾了自然条件的光，仿佛干活掂了轻的，很不好意思，就下定决心要把菜地种好，管好。

"庄稼一枝花，全靠粪当家。"为了积肥，大家趁早晚散步的时候到大路上拾粪，那里来往的牲口多，"只要动动手，肥源到处有"啊。我们请老农讲课，大家跟着学了不少知识。《万丈高楼从地起》的歌者，农民诗人孙万福，就是有名的老师之一。记得那个时候他是六十多岁，精神矍铄，声音响亮，讲话又亲切又质朴，那老当益壮的风度，到现在我还留着深刻的印象。跟那些老师，我们学种菜，种瓜，种烟。像种瓜要浸种、压秧，种烟要打杈、掐尖，很多实际学问我们都是边做边跟老师学的。有的学会烤烟，自己做挺讲究的纸烟和雪茄；有的学会蔬菜加工，做的番茄酱能吃到冬天；有的学会蔬菜腌渍、窖藏，使秋菜接上春菜。

种菜是细致活儿，“种菜如绣花”；认真干起来也很累人，就劳动量说，“一亩园十亩田”。但是种菜是极有乐趣的事情。种菜的乐趣不只是在吃菜的时候，像苏东坡在《菜羹赋》里所说的：“汲幽泉以揉濯，持露叶与琼枝。”或者像他在《后杞菊赋》里所说的：“春食苗，夏食叶，秋食花实而冬食根，庶几西河南阳之寿。”种菜的整个过程，随时都有乐趣。施肥，松土，整畦，下种，是花费劳动量最多的时候吧，那时蔬菜还看不到影子哩，可是“种瓜得瓜，种豆得豆”，就算种的只是希望，那希望也给人很大的鼓舞。因为那希望是用成实的种子种在水肥充足的土壤里的，人勤地不懒，出一分劳力就一定能有一分收成。验证不远，不出十天八天，你留心那平整湿润的菜畦吧，就从那里会生长出又绿又嫩又茁壮的瓜菜的新芽哩。那些新芽，条播的行列整齐，撒播的万头攒动，点播的傲然不群，带着笑，发着光，充满了无限生机。一棵新芽简直就是一颗闪亮的珍珠。“夜雨剪春韭”是老杜的诗句吧，清新极了；老圃种菜，一畦菜怕不就是一首更清新的诗？

暮春，中午，踩着畦垅间苗或者锄草中耕，煦暖的阳光照得人浑身舒畅。新鲜的泥土气息，素淡的蔬菜清香，一阵阵沁人心脾。一会儿站起来，伸伸腰，用手背擦擦额头的汗，看看苗间得稀稠，中耕得深浅，草锄得是不是干净，那时候人是会感到劳动的愉快的。夏天，晚上，菜地浇完了，三五个同志趁着皎洁的月光，坐在畦头泉边，吸吸烟；或者不吸烟，谈谈话；谈生活，谈社会和自然的改造，一边人声咯咯罗罗，一边在谈话间歇的时候听菜畦里昆虫的鸣声；蒜在抽薹，白菜在卷心，芫荽在散发脉脉的香气：一切都使人感到一种真正的田园乐趣。

我们种的那块菜地里，韭菜以外，有葱、蒜，有白菜、萝卜，还有黄瓜、茄子、辣椒、西红柿，等等。农谚说："谷雨前后，栽瓜种豆。""头伏萝卜二伏菜。"虽然按照时令季节，各种蔬菜种得有早有晚，有时收了这种菜才种那种菜；但是除了冰雪严寒的冬天，一年里春夏秋三季，菜园里总是经常有几种蔬菜在竞肥争绿的。特别是夏末秋初，你看吧：青的萝卜，紫的茄子，红的辣椒，又红又黄的西红柿，真是五彩斑斓，耀眼争光。

那年蔬菜丰收。韭菜割了三茬，最后吃了苔下韭（跟莲下藕一样，那是以老来嫩有名的），掐了韭花。春白菜以后种了秋白菜，细水萝卜以后种了白萝卜。园里连江西腊、波斯菊都要开败的时候，我们还收了最后一批西红柿。天凉了，西红柿吃起来甘脆爽口，有些秋梨的味道。我们还把通红通红的辣椒穿成串晒干了，挂在窑洞的窗户旁边，一直挂到过新年。

风庐茶事

宗　璞

> 饮茶要谛应在那只限一杯的“品”，从咂摸滋味中蔓延出一种气氛。成为“文化”，成为“道”，都少不了气氛，少不了一种捕捉不着的东西，而那捕捉不着，又是实际中来的。

茶在中国文化中占特殊地位，形成茶文化。不仅饮食，且及风俗，可以写出几车书来。但茶在风庐，不走红，不为所化者大有人在。

老父一生与书为伴，照说书桌上该摆一个茶杯。可能因读书、著书太专心，不及其他，以前常常一天滴水不进。有朋友指出“喝的液体太少”。他对于茶始终也没有品出什么味儿来。茶杯里无论是碧螺春还是三级茶叶末，一律说好，使我这照管供应的人颇为扫兴。这几年遵照各方意见，上午工作时喝一点淡茶。一小瓶茶叶，终久不灭，堪称节约模范。有时还要在水中夹带物，茶也就退避三舍了。

外子仲擅长坐功，若无杂事相扰，一天可坐上十二小时。照说也该以茶为伴。但他对茶不仅漠然，更且敌视，说：“一喝茶鼻子就堵住。”天下哪有这样的逻辑！真把我和女儿笑岔了气，险些儿当场送命。

女儿是现代少女，喜欢什么七喜、雪碧之类的汽水，可口又可乐。除在我杯中喝几口茶外，没有认真的体验。或许以后能够欣赏，也未可知，属于“可教育的子女”。近来我有切身体会，正好用作宣传材料。

前两个月在美国大峡谷，有一天游览谷底的科罗拉多河，坐橡皮筏子，穿过大理石谷，那风光就不用说了。天很热。两边高耸入云的峭壁也遮不住太阳。船在谷中转了几个弯，大家都燥渴难当。“谁要喝点什么?”掌舵的人问，随即用绳子从水中拖上一个大兜，满装各种易拉罐，熟练地抛给大家，好不浪漫！于是都一罐又一罐地喝了起来。不料这东西越喝越渴，到中午时，大多数人都不再接受抛掷，而是起身自取纸杯，去饮放在船头的冷水了。

要是有杯茶多好！坐在滚烫的沙岸上时，我忽然想，马上又联想到《孽海花》中的女主角傅彩云做公使夫人时，参加一次游园会，各使节夫人都要布置一个点，让人参观。彩云布置了一个茶摊。游人走累了，玩倦了，可以饮一盏茶，小憩片刻。结果茶摊大受欢迎，得了冠军。摆茶摊的自然也大出风头。想不到我们的茶文化，泽及一位风流女子，由这位女子一搬弄，还可稍稍满足我们民族的自尊心。

但是茶在风庐，还是和者寡，只有我这一个“群众”。虽然孤立，却是忠实，从清晨到晚餐前都离不开茶。以前上班时，经过长途跋涉，好容易到办公室，已经像只打败了的鸡。只要有一盏浓茶，便又抖擞起来。所以我对茶常有从功利出发的感激之情。如今坐在家里，成为名副其实的两个小人在土上的“坐”家，早餐后也必须泡一杯茶。有时天不佑我，一上午也喝不上一口，搁在那儿也是精神支援。

至于喝什么茶，我很想讲究，却总做不到。云南有一种雪山茶，白色的，秀长的细叶，透着草香，产自半山白雪半山杜鹃花的玉龙雪山。离开昆明后，再也没有见过，成为梦中一品了。有一阵很喜欢碧螺春，毛茸茸的小叶，看着便特别，茶色碧莹莹的。喝起来有点像《小五义》中那位壮士对茶的形容：“香喷喷的，甜丝丝的，苦因因的。”这几年不知何故，芳踪隐匿，无处寻觅。别的茶像珠兰茉莉大方六安之类，要记住什么味道归在谁名下也颇费心思。有时想优待自己，特备一小罐，装点龙井什么的。因为瓶瓶罐罐太多，常常弄混，便只好摸着什么是什么。一次为一位素来敬爱的友人特找出东洋学子赠送的“清茶”，以为经过茶道台面的，必为佳品。谁知其味甚淡，很不合我们的口味。生活中各种阴错阳差的事随处可见，茶者细枝末节，实在算不了什么。这样一想，更懒得去研究了。

妙玉对茶曾有妙论："一杯曰品，二杯曰解渴，三杯就是驴饮了。"茶有冠心苏合丸的作用，那时可能尚不明确。饮茶要谛应在那只限一杯的"品"，从咂摸滋味中蔓延出一种气氛。成为"文化"，成为"道"，都少不了气氛，少不了一种捕捉不着的东西，而那捕捉不着，又是实际中来的。

若要捕捉那捕捉不着的东西，需要富裕的时间和悠闲的心境，这两者我都处于"第三世界"，所以也就无话可说了。

文章杂事

——写字·画画·做饭

汪曾祺

> 我作画，大体上有一点构思，便信笔涂抹，墨色浓淡，并非预想。画中国画的快乐也在此。曾请人刻了两方闲章，刻的是陶弘景的两句诗："岭上多白云"、"只可自怡悦"。

我正经练字是在小学五年级暑假。我的祖父不知道为什么一高兴，要亲自教我这个孙子。每天早饭后，讲《论语》一节，要读熟。读后，要写一叫做"义"体的短文。"义"是把《论语》的几句话发挥一通，这其实是八股文的初阶。祖父很欣赏我的文笔，说是若在"前清"，进学是不成问题的。另外，还要写大字、小字各一张。这间屋子分里外间，里间是一个佛堂，供着一尊铜佛。外间是祖母放置杂物的地方，房梁上挂了好些干菜和晾干了的粽叶。我就在干菜、粽叶的气味中读书、作文、写字。下午，就放学了，随我自己玩。

祖父叫我临的大字帖是裴休的《圭峰定慧禅师碑》，是他从藏帖中选出来的。裴休写的碑不多见，我也只见过这一种。裴休的字写得安静平和，不像颜字柳字那样筋骨努张。祖父所以选中这部帖，道理也许在此。

小学六年级暑假，我在三姑父家从韦子廉先生学。韦先生每天讲一篇桐城派古文，让我写一篇大字。韦先生是写魏碑的，曾临北碑各体，他叫我临的却是《多宝塔》。《多宝塔》是颜字里写得最清秀的，不像《大字麻姑仙坛》那样重浊。

有人说中国的书法坏于颜真卿，未免偏激。任何人写碗口大的字，恐怕都得有点颜书笔意。蔡襄以写行草擅名，福州鼓山上有他的两处题名，写的是正书，即是颜体。董其昌行书透逸，写大字却用颜体。歙县有许国牌坊，坊额传为董其昌书，是颜体。

读初中后，父亲建议我写写魏碑，写《张猛龙》。他买来一种稻草做的高二尺，宽尺半，粗而厚的纸，我每天写满一张。

《圭峰碑》、《多宝塔》、《张猛龙》，这是我的书法的底子。

祖父拿给我临的小楷是赵子昂的《闲邪公家传》，我后来临过《黄庭》、《乐毅》，时间都很短。一九四三年云南大学成立了一个曲社，拍曲子。曲谱石印，要有人在特制的石印纸上，用特制的石印墨汁，端楷写出印制。这差事落在我的头上。我凝神静气地写了几十出曲谱，用的是晋人小楷笔意。我的晋人笔意不是靠临摹，而是靠“看”，看来的。

有一个时期，我写的小楷效法倪云林、石涛。

一九四七、四八年我还能用结体微扁的晋人小楷用毛笔在毛边纸上写稿、写信。以后改用钢笔，小楷功夫就荒废了。

习字，除了临摹，还要多看，即“读帖”。我的字受“宋四家”（苏、黄、米、蔡）的影响，但我并未临过“宋四家”，是因为爱看，于不知不觉中受了感染。

对于“宋四家”，自来书法家颇多贬词。有人以为中国书法一坏于颜真卿，二坏于“宋四家”。这话不能说毫无道理。“宋四家”对于二王，对于欧薛，确实是一种破坏。但是，也是革新。宋人书法的特点是解放，有较多的自由，较多的个性。“四家”的“蔡”本指蔡京，因为蔡京人太坏，被开除了，代之以蔡襄。其实蔡京的字是写得很好的，有人以为应为“四家”之冠，我同意。苏东坡多用偏锋，书体颇近甜俗。黄山谷长撇大捺，做作。米芾字不宜多看，多看了会受其影响，终身摆脱不开。米字流畅洒脱，而书品不高，他自称是“臣书刷字”。我的书品也只是尔尔，无可奈何！

我没有正式学过画。我父亲是画家，年轻时画过工笔画，中年后画写意花卉。他没有教过我。只是在他作画时，我爱在旁边看，给他抻抻纸。我家有不少珂罗版印的画册，我没事时就翻来覆去一本一本地看。画册以四王最多，还有，不知为什么有好几本蓝田叔的。我对四王、蓝田叔都没有太大兴趣，及见徐青藤、陈白阳及石涛画，乃大好之。我作画只是自已瞎抹，无师法。要说有，就是这几家（石涛偶亦画花卉，皆极精）。我作画不写生，只是凭印象画。曾为《中国作家》画水仙，另纸题诗一首，中有句云："草花随目见，鱼鸟略似真。"我画的鸟，我的女儿称之为"长嘴大眼鸟"。我的孙女有一次看艺术记录片《八大山人》，说："爷爷画的鸟像八大山人，——大眼睛"。写意画要有随意性，不能过事经营，画得太理智。我作画，大体上有一点构思，便信笔涂抹，墨色浓淡，并非预想。画中国画的快乐也在此。曾请人刻了两方闲章，刻的是陶弘景的两句诗："岭上多白云"、"只可自怡悦"。有人撺掇我开展览会，我笑笑。我的画作为一个作家的画，还看得过去，要跻身画家行列，是会令画师齿冷的。

有人说写字、画画，也是一种气功。这话有点道理。写字、画画是一种内在的运动。写字、画画，都要把心沉下来，齐白石题画曰"心闲气静时一挥"。心浮气躁时写字、画画，必不能佳。写字画域可以养性，故书画家多长寿。

我不会做什么菜，可是不知道怎么竟会弄得名闻海峡两岸。这是因为有过几位台湾朋友在我家吃过我做的菜，大事宣传而造成的。我只能做几个家常菜。大菜，我做不了。我到海南岛去，东道主送了我好些鱼翅、燕窝，我放在那里一直没有动，因为不知道怎么做。有一点特色，可以称为我家小菜保留节目的有这些：

拌荠菜、拌菠菜。荠菜焯熟，切碎，香干切米粒大，与荠菜同拌，在盘中以手抟成宝塔状，塔顶放泡好的海米，上堆姜米、蒜米。好酱油、醋、香油放在茶杯内，荠菜上桌后，浇在顶上，将荠菜推倒，拌匀，即可下箸。佐酒甚妙。没有荠菜的季节，可用嫩菠菜以同法制。这样做的拌菠菜比北京用芝麻酱拌的要好吃得多。这道菜已经在北京的几位作家中推广，凡试做者，无不成功。

干丝。这是淮扬菜。旧只有烫干丝。大白豆腐干片为薄片（刀工好的师傅一块豆腐干能片十六片），再切为细丝。酱油、醋、香油调好备用。干丝开水烫后，上放青蒜末、姜丝（要嫩姜，切极细），将调料淋下，即得。这本是茶馆中在点心未蒸熟之前，先上桌佐茶的闲食，后来饭馆里也当一道菜卖了。煮干丝的历史我想不超过一百年。上汤（鸡汤或骨头汤）加火腿丝、鸡丝、冬菇丝、虾籽同熬（什么鲜东西都可以往里搁），下干丝，加盐，略加酱油，使微有色，煮两三开，加姜丝，即可上桌。聂华苓有一次上我家来，吃得非常开心，最后连汤汁都端起碗来喝了。北京大方豆腐干甚少见，可用豆腐片代。干丝重要的是刀工。袁子才谓“有味者使之出，无味者使之入”，干丝切得极细，方能入味。

烧小萝卜。台湾陈怡真到北京来，指名要我做菜，我给她做了几个菜，有一道是烧小萝卜。我知道台湾没有小红水萝卜（台湾只有白萝卜）。做菜看对象，要做客人没有吃过的，才觉新鲜。北京小水萝卜一年里只有几天最好。早几天，萝卜没长好，少水分，发哏，且有辣味，不甜；过了这几天，又长过了，糠。陈怡真运气好，正赶上小萝卜最好的时候。她吃了，赞不绝口。我做的烧小萝卜确实很好吃，因为是用干贝烧的。“粗菜细做”，是制家常菜不二法门。

塞肉回锅油条。这是我的发明，可以申请专利。油条切成寸半长的小段，用手指将内层掏出空隙，塞入肉茸、葱花、榨菜末，下油锅重炸。油条有矾，较之春卷尤有风味。回锅油条极酥脆，嚼之真可声动十里人。

炒青苞谷。新玉米剥出粒，与瘦猪肉末同炒，加青辣椒。昆明菜。

其余的菜如冰糖肘子、乳腐肉、腌笃鲜、水煮牛肉、干煸牛肉丝、冬笋雪里蕻炒鸡丝、清蒸轻盐黄花鱼、川冬菜炒碎肉……大家都会做，也都是那个做法，不列举。

做菜要有想象力，爱捉摸，如苏东坡所说，“忽出新意”；要多实践，学做一样菜总得失败几次，方能得其要领；也需要翻翻食谱。在我所看的闲书中，食谱占一个重要地位。食谱中写得最好的，我以为还得数袁子才的《随园食单》。这家伙确实很会吃，而且能说出个道道。如前面所说“有味者使之出，无味者使之入”，实是经验的总结。“荤菜素油炒，素菜荤油炒”，尤为至理名言。

做菜的乐趣第一是买菜。我做菜都是自己去买的。到菜市场要走一段路，这也是散步，是运动。我什么功也不练，只练“买菜功”。我不爱逛商店，爱逛菜市。看看那些碧绿生青、新鲜水灵的瓜菜，令人感到生之喜悦。其次是切菜、炒菜都得站着，对于一个终日伏案的人，改变一下身体的姿势，是有好处的。最大的乐趣还是看家人或客人吃得很高兴，盘盘见底。做菜的人一般吃菜很少。我的菜端上来之后，我只是每样尝两筷，然后就坐着抽烟、喝茶、喝酒。从这点说起来，愿意做菜给别的人吃是比较不自私的。

诗曰：

年年岁岁一床书，
弄笔晴窗且自娱。
更有一般堪笑处，
六平方米作郇厨。

一九九三年八月十三日

考证之乐

周汝昌

> 考证之事实非容易。它需要学、识、胆、诚、义……而更需要有悟性。悟性，到底怎么讲解形容？没法说个清楚，但它并不“玄虚”，而且作用很大。

考证，也说成考据、考订。五十年代因批俞批胡，考证也受了株连，批得很厉害。其实大多数人还弄不清“考证”是怎么一回事，只听说它是该“批倒批臭”的东西，一时“谈考色变”。报刊书社，一闻此二字，吓得三魂走二魂，“敬鬼神而远之”。于是，真才实学从此掩容缩影，唱空调搬教条的成为文化学术的典范。

几十年过去了，从无一人敢为它讲一句话。近时，方知季羡林先生有文章，最为之争名分，复声誉。不禁感慨系之矣。

其实哪一行也从未离开它这一法宝，只不过名称不叫“考证”而已。比如科学实验，反复印证，出数据，画曲线，示规律，破疑难，得结论——这就是“考”而“证”之，不考无从证，得证皆由考。经济须“考证”，医学须“考证”，“声光化电”，皆由考证而来，修来“正果”——批倒了它，人类将复归于“洪荒”乎？

考证的功能很多了，非止一端，大致说来，一是纠谬；二是辨伪；三是决疑；四是息争；五是抉隐；六是阐幽；七是斥妄；八是启智；九是破腐；十是发现！

有很多原先不为世知的事情的曲折复杂之内幕，诗文的写作背景与文辞事义，事与事的因果，人与人的关系……无不需要考证而后方能发现——哪儿也没有“记载”和“说明”。

考证使人们只以为是“仁智”的看法不同的错觉，变为正误是非的严格界划，而不容以“各存己见”来“相提并论”。

但考证之事实非容易。它需要学、识、胆、诚、义……而更需要有悟性。悟性，到底怎么讲解形容？没法说个清楚，但它并不“玄虚”，而且作用很大。

今举一例，试看其中意趣——

研求曹雪芹的，都要追溯家世史，不能“就芹论芹”，那什么问题也看不清，说不明；因此至少要上追曾祖、祖父。一看诸书记载皆言其祖父是曹寅兄弟二人，弟名曹宜，字子猷，善画。大家一直这么承认不疑。我得见曹寅诗集之后，确知其弟子猷号筠石、芷园者，不幸早亡，诗句悼念痛切。而故宫档案中那个曹宜分明当差到雍正朝，是个武职，也没说他“工画”的事。而且，曹寅另有一个弟弟叫曹荃——这就怪了。

因此就要“考证”，考证就是必须解决这个疑难的怪问题。

那么，这又怎么下手呢？除上述史料外，再无处寻找任何线索了呀！

这儿，已不仅是学识的事情，就要一点儿悟性了。

在中华氏族谱牒文化中，有普遍传统，即一姓家族为同辈份的兄弟堂兄弟等，取名的汉字都用统一的“偏旁”，我们的字典中本叫“部首”者是也。由此可推，寅、荃、宜三名失此规律，则“荃”非本名，而是变名，中有缘故待详。

记得很清楚：那时我忙着写另一章书稿，就烦四哥祜昌相助，说：你给查寻一下字典辞典，要一个字，条件只两条：一是“宀”部首的；二是此字必应与一个“猷”字有经典关联。并不复杂繁难。

祜昌接受了这个“任务”，就自去“用功”。谁知，只隔了几分钟，他就到我屋来了，说：我找着了一个“宣”字。《诗经》上有句话，是“秉心宣犹”，大约就对。

我一听，大喜！说：太对了！太对了！我们已经找到曹宣！

这就是拙著《新证》中设有一个专节，叫做《迷失了的曹宣》的来由。

在这儿，当然得略有古文字训诂学的知识。因为，在篆文时代，“偏旁”往往左右可以不分，如“好”，也写成“孜”，“独”也写成“獸”，“够”“夠”不分，“幕”“幙”无别……这就是“宣犹”后世皆作“宣猷”之故。

我们初步结论：曹寅有弟，名叫曹宣，表字子猷，典出《诗经》——正如名寅字子清，典出《书经》一样。

但还有一个怪字“荃”，又怎么解？

原先没法想通，现在一知是“宣”便又悟到：北音“宣”“玄”不分，犯了康熙大帝的讳——他当侍臣日在左右，一叫“宣”就犯帝讳，那是不行的，即只有一个变名的办法。此种古时不乏其例。

至于为何选上一个“荃”？那也许是康熙的意思，或者由于某次呼名说成了此音，遂顺水而推舟。从音韵讲，宣本音 suan，北音变为 xuan，改名之音则是 quan，s—x—q 的讹变，有以致之。

这个考证出来以后，反响也十分有趣：

非常赞赏的，是聂绀弩老作家。撰文不以为然并有微词的，是赵冈教授。也有些虽不明文反对而私下蓄疑的学者，以为这样考证有点儿“太悬”，不敢凭信。

聂老是一力调我到出版社的人，我一到社他就送我一首诗：

少年风骨仙乎仙，三国红楼掂复掂。
不是周郎著《新证》，谁知历史有曹宣。

这可见他对这个问题的重视了。

但无论如何大有赏音，人家总不能把“假设”当定论。

直到后来，李华先生发现了康熙本《上元县志》的曹玺传，果然载明长子曹寅，次子曹宣。于是反对、讥讽者闭口，我们的奇特的“考证”胜利了！（至于曹宜，完全是另一个人，兹不多赘。）

我们的考证之时有奇迹，也可由下一例来得到耐人长思的印证。

《红楼梦》原本传世者止于八十回，记载多得很；坊间一百二十回本乃是伪续。四十回拼配谎称“全璧”，这是公认的事实，已成常识。但伪续四十回到底出于何手何因，看法就大有不同了。

有研究者认为，伪续并非程伟元所作，是他真从“鼓担”买得了一部旧续残本，作者不明；程与高鹗只是“补缀”、“润色”，收拾成编罢了。还有不少人坚谓四十回也是“原书”云。

我则相信张问陶在《船山诗草》中所记的一则诗注，明言《红楼》后四十回皆高所补。加上高之友赠高诗亦有“不数石头记”的话——这就是在捧赞高氏的诗文八股等另有专长，而不能把《石头记》算作“首选”。这完全佐证了张问陶的诗注，且张是高的内兄，其姊张筠嫁与高鹗，两家至亲，备知底细。

须知，那时作小说并不是一件“光彩”的“文化事业”，人皆讳之，岂有以此妄称于人之理？

明、清小说作者极少留真名的，皆署以别号，讳莫如深，因为那非正业，亲友社会皆嗤笑，乃“不肖行径”。此类证据太多了，直到《儿女英雄传》，只署“燕北闲人”，《老残游记》只署“洪都百炼生”……真名都“考证”之所得也。

正因如此，我就非常怀疑一点：为何程、高都在书之开卷大书真姓名？尤其是高鹗，竟在序中说出了“名公巨卿”赏读《红楼》的话，这是破天荒的奇特现象！

因而，揣断其中必有缘故。

有此一疑，引出一悟——

原来，《能静居日记》同治九年一条，记载亲闻老学者宋翔凤言说

《红楼梦》是乾隆末年和坤“呈上”的，我立即想到：和珅就是那位“名公巨卿”无疑了，其时绝无第二位能向乾隆呈上一部小说——那是他主持《四库全书》时为了篡改有“妨碍”的一切古书今作而出的坏主意：抽、撤、换、改、销毁等手段中的一招，伪续四十回是阴谋（也偷改前八十回原文）。所以“全本”一出，士大夫“家置一部”，天下风行——是官方的事啊！

为此，我写了一篇三万字的专考。然而，有人竟发文说我是“极左”的“罗织罪名”！

有趣！——到一九八四年，到苏联访古抄本，方听彼邦学者说：莫斯科大学图书馆所藏一部程高本，有第十届教团团长、汉学家卡缅斯基的题记，写道是：“道德批判小说，宫廷印刷的。”程高本正是武英殿修书处的木活字摆印的！

一切明白了，官方的密旨，特殊的“措施”。真让人惊心动魄！那些“护高”以及说我“罗织”的诸公，面对这种硬证，似乎应该“反思”一下了吧？

以上可见，“考证”之功，岂可妄加轻蔑哉！

诗曰：

治学研《红》所为何？中华文化此长河。
从来万事皆须考，有证能休众喙多。

一大乐事在书室

流沙河

> 我卧室大床上有书八堆，堆高尺五以上，估计册数不到两百，皆属宠姬，夜夜倚床读之。白日坐在书室写写小文，常常跑回卧室翻书查证。可见菁华不在书室之中，而在卧床之上。

说来不好意思，我家书室仅有三橱书。橱是老式双扇玻璃门的，容量小，不常开。书在橱中大睡，要好几年才被唤醒一回。醒来后，翻一翻，查一查，又送回去睡了，不知再见又是何年。《阿房宫赋》说秦宫女“有不得见者三十六年”，正像书的命运。台岛诗人痖弦《寂寞》诗曰：

一队队的书籍们，
从书斋里跳出来。
抖一抖身上的灰尘，
自己吟哦给自己听起来了。

书无人读，这是今日繁华场中的一大寂寞。

书室门外还有一橱，也藏着书，命运比秦宫女更苦些，只能被视为楚逐臣，翻翻查查都轮不到，却又不想抛弃。内人卧室还有一架，是她的书，我用不上。我卧室大床上有书八堆，堆高尺五以上，估计册数不到两百，皆属宠姬，夜夜倚床读之。白日坐在书室写写小文，常常跑回卧室翻书查证。可见菁华不在书室之中，而在卧床之上。这些才是我的命根子啊，计有《十三经注疏》、《史记》、《资治通鉴》、《太平御览》、

《太平广记》、《说文解字集注》、《说文解字段注》、《历代史料笔记丛刊》、《世界历史辞典》、《古文观止》等等。谁来把这些书抄没去，等于打断我的双腿，让我坐以待毙。回溯大半生，幸好年轻时读了一些书，一九五七年罹祸后又读了一些书，赖此点滴积蓄，今日得以溷迹士类，讨碗饭吃。

书室十分寒伧，我却乐在其中，或读或写，终日恬然。窗外市声车声，鼓膜听起趼皮，也就听无声了。每日午饭后，躺在马架椅上，看《参考消息》，迷离蒙苇半醒半睡之际，世界烟云过眼，亦算秀才知了天下事。室内决不装修，水泥地面，白灰刷墙，要让房屋也能呼吸，把它当作活物看待。我爱我的书室，唯此为我灵魂之所安也。

每逢周日，必有友人来，少则二三，多则五六，各据一席，喝茶谈天。主题不出阅读范围，皆能说长道短，互相笑傲戏谑。时有噪声，不免惊扰邻室，误以为书室内在吵架。浮生又得半日之忙，忙在嘴巴，而心态则大闲。此为我家书室一大乐事。寒暑无阻，风雨亦至，这种大乐事已延续七八年了，真不容易。

闲中滋味

钱歌川

闲的滋味只能在沉默中去领略一样，如果大家凑在一块儿热闹地谈话，那已经不闲，更谈不到闲中的三味境了。

无论一个什么城市，莫不有它一种适宜的特色，有的适宜于营商，有的适宜于做官，有的适宜于住家。譬如上海这个地方，四通八达，交通方便，有钱的人都来此作寓公，内地货物都以此为聚处，所以万商云集，营业最宜。再如南京，自国都奠定以后，人口骤增，一切供不应求，生活随之提高了不少，而在那骤增的人口中，大都是现任官员和后补官员。在这样一个米珠薪桂，大不易居的都会，进城出城都得受一番检查，不是做了官或寻官做的人，谁要到那里去讨麻烦呢？不过只要你一朝荣达，就一切好办，城门口当然是逢官免查，就是戏院子和游戏场，对官员和军人，都特别优待，平民一定要严厉禁赌，官家似乎可随意玩牌，诸如此类，都能与官方便，所以这是一个适宜于做官的地方。北平原也是这样一个官员的产地，自从国都南迁以后，就一落千丈，人口稀了下来，生活程度也随之更低了。现在却赢得成为一个住家的绝好的地方。真正适于住家的城市，至少要有下列三种要素才行。一要生活便宜，二要交通方便，三要有充分可供我们游玩的地方。北平十几块钱一月可以租一个四合院；一两块钱可以招待朋友吃饭，有的一毛钱坐洋车，可以从城东拉到城西，天气冷了，买一件普通的羊皮统子也只花得十几块钱。衣食住行样样都贱，生活不能不算便宜了。市内除人力车外，又有电车，汽车等交通工具，田郊则有公共汽车，乘火车到海港的天津只消得一两个钟头，联运车直达上海两天也就够了，交通不为不便。不过这以上二者并不能算是北平特有的现象，论交通上海有过之而无不及，论生活与内地也差不多。只是在这种生活便宜，交通便利的地方，而要同时有那么多的名园胜地，可以供人留连游览，那可就难得了。住在北平的人最享福的，就是有的是地方可逛。这是住在上海一带的人，所享受不到的。上海只有两三个小小的公园，内面除了几棵小树和一些花草而外，并没有什么看的，然而一到了春秋佳日或三伏炎天，每天到那里去的常有三万人之多。如果是在北平，像虹口公园一样的草坪，也许压根儿就没有人要去。那儿有的是令人留连忘返的胜境；爱热闹一点的人可以逛中山公园，夏日在古柏下品茗，冬间往小池上溜冰，都是别饶风趣的。爱清静一点的人，可以游天坛、太庙，那儿古柏成林，游人罕至，尤其是太庙，院内的古柏高皆百尺，大的可供三人合抱，林中栖有一种候鸟，名叫灰鹤（即鹳），立住时形似斑鸠，飞起来就是一个有色的小鹤，羽毛是灰色的，头是红的，蹁跹舞影，煞是好看。春间结伴而来，入秋则不知去向，几百年来都是这样。游人来到这样的地方，便不免要发生一种遐想，而感到天地悠悠，人生如寄。因为这儿虽在日中也静得像太古一样，殿内交椅上坐的都是牌位，殿外的环境也只是令人想起“古戍寒云乱鸟还”的诗句而已。

颐和园是北平一个规模最伟大，点缀最完美的名胜，园中有山有水，湖中有长桥卧波，孤岛危立，山上有铜亭佛阁，乱石穿云；凭栏眺望，湖光山色，全在眼底，所以有块地方名字叫做画中游，游人到此，便有一幅天然图画，自然呈现到眼中来。湖边有长廊，有小亭，有树木，有石桥，无处不可以徜徉。当夏日莲花开放，泛舟湖中，尤使人忘去人生的苦劳，而以为身在仙乡(Lotusland）了。

爱游山的，近有景山，山上有五个亭子，登最高亭一望，一片金黄，故宫全景，嘹然在目。山的东麓为明思宗殉国处。真是人不如物，鼎革且再，至今那株古槐，还依旧健在，游人来到这里，怎样能不发生一种怀古之情呢！景山又称煤山，据说是从前皇帝为着储蓄煤炭，堆积而成的山。这小山中间到底是土是煤，现在可没有研究的必要。也顶好不去研究它。如果你根据好事者在万春亭畔发掘的结果，而断定只是从前开通紫禁城河时之积土所成，那末，你对煤山一个名称，又将如何解释呢？北平郊外还有一个最著名的山，就是西山，西山上面的名胜，即所谓八大处，实则除了八个破庙之外，并没有什么可看的。倒是那未列入八大处中的双清别墅，却还幽雅可喜，这是熊希龄的私人院子，现公开地供人游览，内有两个泉水，清彻无尘，岩下池中养满了金鱼，稍远看去就像水上桃花片片，走近来又仿佛自己都成了庄子一般的哲人了。

在西山附近有个著名的庙子，叫做碧云寺。原来是元朝耶律楚材之裔阿利吉舍宅所建。明正德时太监于经加以开拓。天启朝魏忠贤重修，而有今日之规模。殿后的金刚宝座的石塔，顶有七塔，凡十三级。建筑雕刻，十分华丽。庙内有古柏一株，干若虬龙，我去游的时候，觉得很苍古可爱，随手拍了一张照片，后来成中看见了，说这就是徐悲鸿画的那棵树，曾拿到巴黎售到一万多法郎的善价。我虽没有看见那张画，然看到了这给艺术家以灵感的作品的实体，也就觉得有了眼福似的很愉快了。

爱好字画、古籍和古董的人，北平是不可不去的，因为那里可以扩大他的眼界，上至周、秦广及欧、美。三殿及故宫中的各种古董宝物已经美不胜收。历代名家的书画真迹，更是琳琅满壁，北平图书馆中那些千年以来的各种版本的古籍，使那些好买旧书的人，真是要为之垂涎三丈。在这些高楼大殿之中，我们也可以和游山玩水的时候一样，消磨许多闲岁月。忙里偷闲的滋味虽好，但是人人可以领略，惟有在长闲中要去尝到闲的滋味，可就难了。如果没有变化多端的特殊的环境，或中外古今的瑰奇的宝物，来作调剂，斗室枯坐，一定会使你闷的慌，闲的要死。有了游览不尽的花园胜境，百读不厌的名画古董，才需要充分的时间去游览。愈游得久，愈看得多，愈能发现其中之美。这种婆娑出来的美，决不是忙里偷闲的人所能领会得到的。真正的闲中滋味，就只能在这些亲炙的古物之内，山水之间，才可以得到。北平的人就是最能享受这种滋味的。外来的人就是勾留两三个月，也只可以把北平的外表看个大概。住在那里的人，每当花晨月夕，或是秋高气爽的日里，随时都能出去逛。城内有中山公园，有三海，有故宫，有三殿。近郊有颐和园，有西山，稍远有北戴河，有汤山，再远就可以出居庸关，登八达岭到塞外去。这儿虽说是塞外，由北平去时实在再方便没有了，由西直门车站搭火车去，一个多钟头就达到了。

在北平这许多名胜之中，我觉得北海最好。我初到北平的时候，洋车夫拉着我从团城边的桥上走过，我遥望北海中青松白塔，便使我发生一种爱慕之情，后来进去游览，更觉得这地方的可爱，它没有中山公园那么热闹，又没有颐和园那么寂寞。地点适中，时时可以去，门票又贱，人人可以去，真是住在北平的人一个最适当的游园。

北海是四季咸宜的。春天是桃红柳绿，鸟语花香，可以散步，可以醉眠。夏天是荷香袭人，凉风拂面，可以划船，可以钓鱼。秋天是天高气爽，红叶如花，可以赏心，可以郊宴。冬天是冰天冻地，六出花飞，可以溜冰，可以赏雪。

就是一日之中，也无时不可到那里去逛。因为从早到晚，都有它特殊的景色，可以供人赏玩，所以早上去过，晚上还是可以再去。譬如在夏天，北海的晨光，确是美丽可爱的。空气是那般清鲜，鸟儿正啭着歌喉，在树上合奏！鱼儿有时要跃出水面来，再落下去，发出一声清凉的水响，花儿在晓风中轻轻地摆动，花瓣和荷叶上未干的露水，就像珍珠一样，圆转自如。太阳从白塔后面，先翻拥出一股朝霞，然后慢慢射出金光来，白色的塔影衬在红色的天际，格外觉得有一片清凉情味。等我们走过桥去，在东岸仰头望时，便可看见淡紫色的西山，耸立在前面，清晰如画。这时公园内的树木花鸟，固不待言，就是园外的云光山色，仿佛都在向这园中的游人献媚。可惜一般人都贪着早眠，不愿在日出之前跑进北海去，而辜负了那一幅良辰美景。

在清早到北海去的只有几种人：上下左右，不疾不徐，在密林深处做着种种姿势的国术家。口里一边在大唱特唱，身子一边在演戏作势的准伶人。独自在树下小路上踱来踱去，身体看去很瘦削的养病者。到处在扫着落叶和垃圾的清道夫。为那些菜馆茶楼一日之用的原料，而送货来的小商人，和几个送煤的骆驼。再迟一点，就有那用功的学生，拿着书本，跑进这公园来，拣一个绿荫树下或是青草桥边坐下来，埋头读书，在快到九点钟的时候，就有许多公务人员，从后门走进，前门走出，或前门走进，后门走出，他们只是把这儿当作一条捷径，园中景色，对于他们早已不发生关系了，他们决不会停下步来看看承露未干的荷叶，或听听枝头高唱的鸟声，生活不让他们流连来享此清福呢。

在火伞高张，赤日当空的时候，你如果在屋子里觉得闷热不过，也不妨到北海去，那儿有水阁凉亭，有大树，有古刹，有石洞，比家里委实要风凉多了。

等到下午太阳快要偏西，火焰减了一点的时候，更是宜于到北海去，在斜阳一抹之中，最好是架一叶扁舟，由五龙亭，穿过长桥，到芰荷深处，去临风歌唱。那时水面亭亭翠盖，船边流水潺潺，加之清香扑鼻，环顾周遭，你真个要溶化在大自然之中了。

如果你口渴了，弃舟登陆，到五龙亭或漪澜堂或双虹榭等处的茶社里去喝茶，也有另外一种乐趣。譬如五龙亭是建在水上面的。

每个亭子四周都是玻璃窗，坐在亭中东西南北四方都可看见，据说这是从前皇帝建来赏雪的。它们与景山上的五个亭子，遥遥相对，建筑的样式也是一样，不过一在山上，一在水中而已。

茶喝够了，如果这儿的点心，不足充饥的时候，那顶好是起身走几步到仿膳去吃肉馅烧饼和其他的饭菜。座中虽不能看山玩水，然设备很是精致，有紫檀木的桌椅，壁上挂着毫无俗气的字画，几上也有新鲜的小盆花草。菜也很可口，这老板原是从前皇上的御厨呢。

饭吃过以后，就在前面水边树下，散散步也还不错。真的吃饱了太没有事做的时候，悄悄地走到九龙壁或小西天一带去窥看别人的秘密，也可以特别地满足你一种好奇心的。

总之，这公园是可称为“四美具，二难并”的。早晨有早晨的好处，黄昏有黄昏的情趣，淡妆浓抹，无不相宜。

北海使我最不能忘记的，就是一个春和景明的下午。我当日在居停主人盛家吃过午饭，便独自跑到城西的一条胡同里去访兰夫人，想托她代我去买一点北平的妆饰，走到她家里，她午睡初醒，我表示来意之后，她辞以也不内行。后来她见我既不长于词令，枯坐很是乏味，便提议去逛北海。我当然赞成之不暇，又邀得松女士的同意，如是我们三人便雇洋车上公园了。

入门以后，三人一面闲谈，一面游览，不一会也就走到了渡头。坐船渡海在五龙亭附近登陆，又逛了一回所谓西天胜境的天王殿，便把兰夫人留在仿膳茶社里，我和松女士去看九龙壁，因为她虽到过北海多少次，但从未去看过那有名的照壁呢。那是一垛很大的墙壁，相传是大圆镜智宝殿的照壁，但那宝殿早已不知何处去了。壁上由各种颜色的釉砖堆嵌成为九条大龙，工极精细，不可多得。看过九龙壁转来，就三人同入仿膳吃饭。席间她们常常因为我的缘故而为之笑不可止，素来就怕与女子交谈的我，这一来更没有办法了。柏格森在他的《笑的哲学》上对于这种无名的笑，都还没有解释，我更是被送入了五里雾中，至今还是一个哑谜，就因为这个哑谜，而加深了我对于北海的记忆。我每想到北海，就仿佛听到她们那种笑声，笑声一来，就把我深深地抛到默想中去，觉得世界上一切的神秘都包含在一笑之中，如果一定要把所以笑的意义说出来，那早已丧失了笑的神秘性，正同闲的滋味只能在沉默中去领略一样，如果大家凑在一块儿热闹地谈话，那已经不闲，更谈不到闲中的三味境了。